2022년 제23회
젊은평론가상 수상작품집

2022년 제23회

젊은평론가상 수상작품집

남승원
김영임
박인성
이 소
인아영
임지훈
전승민
전철희
조대한
최진석

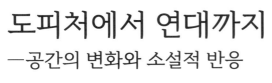

수상작

도피처에서 연대까지
─공간의 변화와 소설적 반응

남승원

역락

2022년 제23회 젊은평론가상 취지서

한국문학평론가협회는 2000년에 '젊은평론가상'을 제정한 이후 우리 비평의 현장성을 보여주는 동시에 개성적인 목소리를 유지하고 있는 평론들에 주목해 왔습니다. 더불어 2011년부터는 기왕에 출판된 평론집을 대상으로 선정하던 방식을 직전 년도 동안 문예지에 발표된 평론들을 선정하는 방식으로 변경하여 젊은평론가상 자체의 현장성과 동시대성을 높이고자 노력했습니다. 올해로 23회를 맞은 이 상은 그간 우리 문단의 대표적인 젊은 평론가들의 활동에 작지만 강렬한 응원을 보냄으로써 문단에 새로운 활력을 불어넣은 중요한 통로입니다.

2021년 한 해 동안 각 문예지에 발표된 평론들 중에서 젊음의 열정과 새로운 시선으로 우리 평단에 새로운 목소리를 전하고 있는 우수한 작품들을 선정해 이렇게 〈2022년 제23회 젊은평론가상 수상작품집〉을 내놓게 되었습니다. 이 책에 수록된 평론들에는 동시대 우리 문학의 다양한 모습들과, 그에 반응하면서 우리 문학을 조명해가는 평론가들의 치열한 고민과 문제의식이 뚜렷이 담겨 있습니다. 2021년도 한국문학의 새롭고 다기한 특성들을 음미해보고 역동적인 현장성을 느껴볼 수 있는 좋은 기회가 되리라고 생각합니다. 여기에 실린 평론들은 섬세한 시선과 다양한 목소리로 우리 문학이 발표되고 소통되는 현장을 점검해 보고 있기 때문입니다.

이번 작품집을 발간하는 일은 그동안 한국문학평론가협회와 손을 잡고 문예지·〈현대비평〉을 출간해온 역락 출판사의 전폭적인 후원이 있었기에 가능했습니다. 점점 어려워지고 있는 출판 환경에도 불구하고 한국문학평론가협회와 역락 출판사는 우리 문학의 근간을 튼튼히 만들 수 있는 여러 가지 생산적인 활동을 펼쳐나가고 있습니다.

한국문학평론가협회는 1971년도에 창립된 이후 지금까지 한국문학의 현장에서 문학의 활력을 높이기 위해 노력해 왔습니다. 본 협회는 앞으로도 깊이 있고 활달한 논의를 통해 한국문학비평과 문학 전반의 생산력을 높이는 데 기여하도록 노력하겠습니다. 많은 관심과 격려를 부탁드립니다.

차례

도피처에서 연대까지

―공간의 변화와 소설적 반응

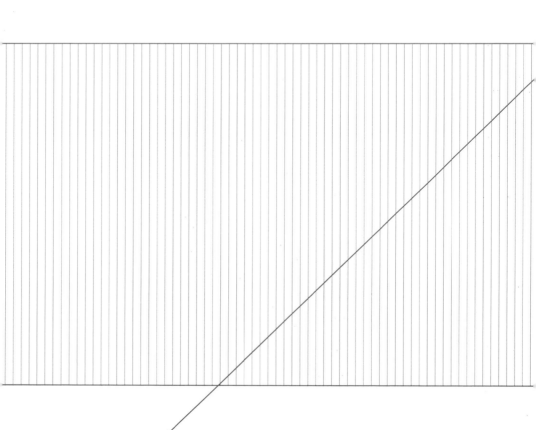

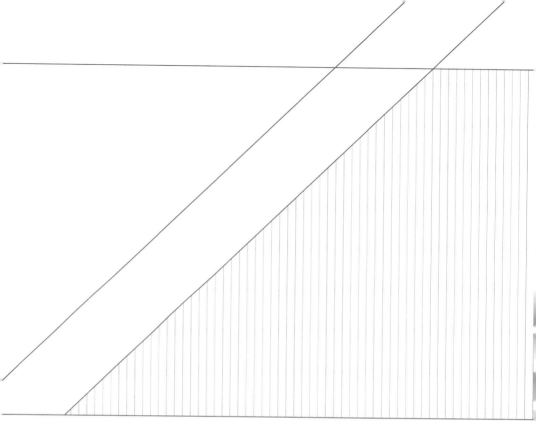

남승원

문학평론가.
2010년 〈서울신문〉 신춘문예로 등단.
계간 〈포지션〉, 〈딩아돌하〉 편집위원.
epistnam@gmail.com

도피처에서 연대까지

—공간의 변화와 소설적 반응

1. 시간과 공간

중세의 유럽에서 고리대금업은 천대받는 직업이었다. 오랜 시간 멸시
와 차별을 받아왔던 유대인들의 역사도 이와 밀접하게 얽혀 있는데, 토지
를 소유할 수 없었던 그들이 생계의 방편으로 고리대금업을 많이 선택하게
되면서 그 억압은 한층 심해지기도 했다. 이같은 인식에는 기독교적인 시
간 개념이 깊숙이 자리하고 있다. 돈을 빌려주고 다시 이자를 추가해 돌려
받는 고리대금업의 원리가 당시 신성하게 여겼던 '노동'은 하지 않고 하나
님의 것인 '시간'을 훔쳐서 돈을 버는 방법으로 여겨졌기 때문이다.[1] 이처럼
'시간'은 오래전부터 이미 인간에게 주어져 있는 것이며 따라서 속세의 삶
을 뛰어넘는 신성함과 결부시켜 이해되었다. 시간이 존재론적 성찰의 가장

<hr>

[1]   자크 르 고프(김정희 옮김)는 『돈과 구원』(이학사, 1998.)에서 중세의 고리대금업을 둘러싼 사
      회사적 의미를 흥미롭게 설명하고 있다.

기본적인 범주였던 사실도 이와 연관되어 있다.

반면에 '공간'은 처음부터 사회적 구성물이었다. 가령, 독일어에서 공간을 의미하는 단어 'raum'은 '공간화하다'는 뜻을 가진 동사 'räumen'에서 파생되었는데, 이 말은 구체적으로 '작업이나 거주를 위해 숲 속에 빈 터를 만드는 것(waldlichtung)'을 의미한다. 이 사실은 공간이 인간의 구체적 활동을 통해 획득된다는 인식을 단적으로 보여준다. 시간 속의 인간이 자신의 인식을 뛰어넘는 본질적인 것에 대해 탐구를 했다면, 공간 속에서의 인간은 여러 목적에 따라 그것을 만들고 변형해나가면서 구체적인 삶의 영역을 조직해나가게 된 것이다.

다양한 인간 경험의 본질을 설명하고자 했던 이-푸 투안이 공간을 주목하고 경험에 따라 구성되는 '장소'를 세분화해냈던 것 역시 공간의 특성에서 기인한다.[2] 그는 우리의 감각만으로는 외부 대상 세계를 결코 완전히 알 수 없으며, 일종의 '공간화(spatializing)'를 통해서만이 세계를 보다 풍부하게 이해할 수 있다고 강조했다.[3] 말하자면 공간은 그 자체로 인간의 감각이고 따라서 감각이 그런 것처럼 공간 역시 세분화되어 가는 과정을 밟아간다. 잘 알려진 대로, 하이데거가 공간적 의미와 결부된 '거주(dwelling)'를 내세워 인간의 실존을 규정하고 있는 것처럼 '공간'은 20세기 이후 철학에서도 주요 관심사로 떠올랐다.

거주를 중심으로 한 공간은 이처럼 인간 삶의 구체성과 만나게 되면서 가치중립적 영역에서 벗어난다. 볼노(O. F. Bollnow)는 이를 '체험공간'으로

---

2 장소를 뜻하는 독일어 ort의 어원은 '창끝(speerspitze)'을 말한다. 이는 특정한 의도에 따라 지적된 것으로서 공간과 구별되는 의미를 가진다.

3 감각의 공간화에 대한 자세한 설명은 이-푸 투안(구동회·심승희 옮김)의 『공간과 장소』(대윤, 1995.) 2장을 참고할 수 있다.

구별하면서 그것이 갖는 다원적이고 비균질적 속성을 강조한다. 그가 강조하는 체험공간은 인간의 의식 또는 감정 등에 따라 질적 차이를 내재한다. 위치나 방향의 측면에서 어떤 위계도 없는 임의적이고 동질적인 수학적 공간과는 구별되는 것이다. 비균질적인 체험공간 속에서 인간이 자신의 모습을 찾기 위해 특정한 공간적 조건이 필요하다면 그것은 어쩌면 당연하게도 '집'이다.[4] 건축학적으로도 주거의 문제는 가장 큰 관심사이기도 했는데, 단적인 예로 근대건축회의(CIAM)는 1933년 '아테네 헌장'을 통해 도시의 4대 기능을 정하면서 여가, 노동, 교통 등과 함께 주거를 가장 맨 앞에 두기도 했다.

하지만, 인간 이성과 합리성의 증진을 목표로 했던 근대적 기획은 언제나 권력의 재배치가 확산되는 통로이기도 했다는 점을 기억해두자. 주거가 안정되고 여가와 노동이 균형을 이루는 도시는 근대의 이상적 모습일 수도 있겠지만, 푸코 식으로 말하자면 이것은 그대로 하나의 치안장치가 된다. 도시의 기능을 원활하게 만들기 위해 설정될 수밖에 없는 여러 지점들, 예를 들어 우체국, 시청과 같은 행정관련 시설이나 쇼핑몰 등의 편의시설들은 우리의 삶을 편하게 만들어주는 특정 장소인 동시에 도시 안에서 차별을 재생산하는 지점들이기도 하다. 물론, '집'을 포함해서 말이다.

2. 도시-내-존재

그렇다면, 이제 우리가 공간을 다루게 될 때 중요한 것은 배치(emplacement)

---

4   오토 프리드리히 볼노(이기숙 옮김), 『인간과 공간』, 에코리브르, 2011. 161~176쪽.

의 문제라고 할 수 있다. 특히, 삶의 양식과 가장 밀접한 주거공간은 개개인의 실제 삶의 변화와는 상관없이 근대 도시 전체의 계획에 부속되면서 이전과는 다른 생활양식을 강제하는 것으로 기능한다. 사적 공간과 그곳에서 구성되는 개인의 내밀함에 근간을 두고 있는 근대 소설의 특징 역시 근대 사회에 맞는 형태로 가족 단위가 분할 배치되고, 그 기능적 분화에 따라 재배치된 주거공간의 변화와 맞닿아 있음은 주지의 사실이다.

가령, 1918년에 발표된 단편소설 「방황」에서 이광수는 기숙사에 누워서 앓고 있는 주인공의 내적 고뇌를 독백체로 드러내고 있다. 바로 이때 기숙사야말로 당시 본격화되고 있던 근대의식의 반영과 사회적 배치에 따른 학교 내의 분할된 장소임을 단적으로 보여주는 공간이다. 따라서 소설에 담겨있던 고민은 자전적인 사실을 배경으로 하고 있음에도 불구하고, 제목 그대로 '방황'의 공간으로서 젊은 지식인이 머무는 '기숙사'에 이미 내재해 있던 보편적 고민의 영역을 크게 벗어나지 못하는 한계를 노출한다.

식민지의 방식으로 한 번 더 굴절된 근대적 경험에 노출될 수밖에 없었던 우리의 소설 속에서 공간, 특히 거주공간에 대한 양상은 처음부터 개인적 욕망과 사회적 의도가 교차하는 이중성을 갖게 된다.[5] 자신의 체험을 담은 소설 「집」(1941)에서 채만식이 "집이란 가장 편리한 발명 중의 하나"로 인정하면서도 집에 종속된 삶을 "가장 불편한 생리"라고 지적했던 것이 그 단적인 예이다. 이후 지속적인 도시 개발을 따라 공급과 수요의 불균형 역

---

5 1913년 일제에 의한 부제(府制)가 실시되면서 경성을 위시한 도시들은 일본의 정치적 목적에 따라 급속한 변화를 겪게 된다. 특히, 새로 짓는 주택 중 60% 이상이 일본인을 위한 것이었는데 이처럼 주거와 관련된 정책은 일본인 이주민들 중심으로 만들어졌다. 30년대에 이르면 조선인의 주거부족률은 이미 15%가 넘는다.(경성부, 『조선연감』, 1935. 전남일 외, 『한국 주거의 사회사』, 돌베개, 2008. 366쪽에서 재인용.)

시 확대되는 가운데, 우리 소설 속에서 거주공간은 휴식의 의미보다는 '불편한 생리'에 대한 예민한 감각이 드러나는 장소로 자리 잡게 된다. 사회적 대항 공간들이 도시 개발로 드러나는 자본 권력에 맞서 힘겹게나마 만들어진다면, '거주'를 목적으로 하는 공간에서는 그 대항의 의지조차 소멸되어 버리는 것이다. 특히, 거주공간 확보를 숙명처럼 여겨온 전 세대들의 의지조차 물려받지 못한 채 그대로 도시에 내던져진 최근의 젊은 세대들에게 '집'은 도시-자본의 논리 속으로 편입되기 위한 준비 장소 내지는 그것으로부터의 도피처에 불과했다.

정이현의 「1979년생」(『문학과사회』, 2005년 가을호)은 이와 같은 거주 공간에 담기는 의미변화를 예민하게 보여준 시금석 같은 작품이다. 소설 속 주인공은 각종 상품들의 후기를 가짜로 만들어 올리는 인터넷 홍보회사를 다니고 있는데, 이 인물에게는 우리가 흔히 소설을 통해 기대하곤 하는 몇몇 전통적 가치들의 의미가 무화된다.

먼저 거짓말. 가짜 후기를 올리는 직업이니 거짓말을 할 수밖에 없는데도 주인공은 자신이 "함부로 거짓말을 하는 사람"이 아니며, 그것은 다만 삶을 위한 "스타벅스의 아이스 모카"나 "마일드 세븐, 벨기에산 호가든" 또는 "교통카드"로 호환되는 자산이기에 정당하다고 생각할 뿐이다. 다음으로는 연대의식. 타인의 주민번호를 도용하여 회원가입을 해서 후기를 남기고 있는 주인공의 앞에는 어떤 사회적 목적을 가지고 있다 해도 모을 수 없을 만큼의 사람들이 있다. 하지만 당연하게도 숫자로만 존재하는 이 사람들은 주인공에게는 같은 해에 태어난 사람들 정도를 인식할 수 있게 만들어진 정보 덩어리일 뿐이다. 따라서, 자신과 생일이 같은 사람을 처음 보고 주인공은 설명할 수 없는 반가움을 느끼게 되지만 이 역시 가짜 아이디를 만드는 데에 좀 더 신경을 쓰는 계기에 불과해진다.

그리고 마지막으로는 역사 인식. 주인공은 층간소음으로 인해 윗집에 살고 있던 노인과 직접 만나게 된다. 그런데, 그는 최소한 주인공이 보기에 자신의 신분을 완벽하게 숨긴 채 살아가는, "부하의 총을 맞고 철철 피를 흘리며, 아주 오래전에 절명한" 그 전직 대통령이다. 그러나 자신이 발견한 이 놀라운 사실에 대해 주인공은 남자친구에게도, 그 누구에게도 설명할 수 없다. 다소 무모하게도 직접 그 집에 들어가 대화를 나누며 자신이 의심하게 된 사실을 확인해보는 노력을 시도해보기도 하지만, 그보다는 자신의 공간을 침해했던 원래의 목표인 층간소음에 집중해서 그 원인을 밝혀낼 뿐이다.

거짓말에 대한 부정과 연대의식, 그리고 역사 인식은 누구나 동의할 수 있는 가치들이다. 그런데 앞에서 살펴본 것처럼 「1979년생」에서 이것들이 무화되고 있는데 그것은 다름 아니라 "엄마한테 얹혀 살"고 있는 집이 서사의 중심에 있기 때문이다. 남편을 일찍 잃고 혼자 김밥 장사를 하면서 살아야 했던 엄마에게 소설 속의 "12층 아파트"는 그간 엄마가 싼 김밥들의 거대한 "김밥산"으로 이룬 결과물이라는 의미 그 자체이고, "무위도식과 허송세월의 시간"을 보내고 싶어하는 주인공에게는 그저 "나만의 공간"이 될 수 없는 불편한 거처이다. 따라서 신분을 감추고 버젓이 살아남은 '전직 대통령'은 주인공에게 온갖 상상력을 불러일으키지만 결국 층간소음을 유발한 윗집 사람일 뿐이며, 그 문제만 해결된다면 '나'와는 아무런 관련이 없는 평범한 이웃의 관계로 돌아가게 될 수밖에 없다. 죽음을 위장한 독재자의 등장이 불러일으킬만한 모든 사건과 상징들은 공교롭게도 그가 죽은 것으로 알려진 해에 태어난 주인공의 인식세계, 그리고 결정적으로 그 주인공이 살아가고 있는 지극히 평범한 "서민 아파트"의 아래층을 시공간으로

하는 축으로 겹쳐지면서 신기루처럼 사라지게 되는 것이다.[6]

그렇다면, 주인공은 어떨까. 자신에게 닥쳐온 이 비현실적인 사건에 대해 주인공은 상당한 확신을 가지고 있으며, 그래서 "저 미지의 1979년"에 대해 감춰진 비밀을 알게 되길 간절히 바라기도 한다. 하지만, 윗집에서 구매한 최신형 러닝머신이 층간 소음의 원인이고 게다가 바로 그 제품에 대해 소음이 없다는 가짜 리뷰를 남긴 적이 있는 주인공은 도용한 아이디가 아니라 자신의 이름으로 만든 아이디로 러닝머신에 대해 시끄럽다는 리뷰를 남기는 것으로 이 거대한 미스터리를 해결하고 만다. 그리고 "내 머리 꼭대기 위에 아무도 없"을 옥탑방으로 이사를 결정하는 마지막 장면에서 비밀을 풀 의지는 우연에 맡겨지는데, 이는 우리의 주거 공간이 이제 역사적·사회적 맥락을 벗어나 모든 문제들을 개인적 책임의 영역 안에 부과하는 장소로 변모되었음을 단적으로 보여준다.

사회적 혜택의 사각에서 개인적으로 해결할 수밖에 없는 주거의 문제는 도시에 던져진 젊은이들에게 특히 절실할 수밖에 없다. 2000년대 이후 우리 소설에서 이른바 취업준비계층에 해당하는 청년들이 대거 등장하게 된 것도 이와 연관되어 있다. 고시원, 옥탑방, 반지하방 등 실제 젊은이들이 많이 거주하고 있는 취약한 주거공간들은 사회적 의미를 담고 있는 상징적 배경이 아니라 그 공간의 특성들로 또 하나의 전형적인 서사를 만들어가게 된다. 언급한 주거공간들의 특성이란 바로 자본-권력을 따라 배치되는 도

<hr>

6   소설에서 '당신'으로 등장하는 윗집 인물은 명백히 박정희이다. 하지만, 주인공이 남자 친구에게 이같은 놀라운 사실을 말할 때조차 10·26 사건을 다룬 영화에서 배역을 맡은 영화배우들의 이름으로 거론 될 뿐 실제 박정희의 이름은 호명되지 않는다. 그럼에도 이것은 훨씬 자연스럽게 느껴지는데, 역사적 무게를 가지고 있는 실제의 이름을 소설 속 '서민 아파트'라는 공간이 감당할 수 없다는 것을 보여준다.

시 계획의 가장 말단에 위치해 있으면서도 동시에 도시 안으로 사람-노동력을 투입하는 전초이기도 하다는 점이다. 따라서, 이 주거공간의 젊은이들은 목표로 하는 삶과 실제 자신의 삶이 점차 유리되어가는 사실을 손 놓고 받아들일 수밖에 없는 상황 속에 위치하게 된다.

이같은 점은 '소설가'에게도 예외가 아니다. 이전의 우리 소설들에서 이른바 '소설가 소설'이 세상에 대해 남다른 식견을 가진 소설가의 안목을 빌기 위한 장치였다면, 지금의 소설가는 수많은 직업 중 하나일 뿐이다. 나아가 일반적인 취업준비생들과 달리 글을 쓰기 위해서 생계를 위한 노동의 시간을 최소화 해야만 하는 소설가 지망생들은 앞에서 언급한 주거공간에서도 다시 말단으로 밀려나기 일쑤이다.

손홍규의 「매혹적인 결말」(『한국문학』, 2007년 여름호.)은 이처럼 도시-자본의 중심에서 밀려난 자리에 위치하고 있는 소설의 영역을 동일한 의미의 주거공간과 정확히 일치시켜 보여주고 있다. 소설가 지망생인 '나'는 역시 같은 처지의 '그'에게 이끌려 시골에서 서울로 상경을 선택한다. "보증금 삼십만원에 월세 칠만원" 하는 그의 방에서 같이 살면서, 그가 신춘문예 당선작들을 분석하면서 발견한 "몇가지 흔들리지 않는 법칙"을 통해 "소설가"가 되기 위해서였다. 그의 방을 좀 더 자세히 보면 이렇다.

오래된 여관을 연상시키는 이 회색빛 이층건물은 정말 한때 여관이었는지도 모른다. 골목으로 난 대문을 열고 들어가면 한뼘의 마당 옆으로 곧장 계단이 이어졌다. 그 계단을 오르면 좁은 복도를 두고 양쪽으로 작은 방들이 다닥다닥 붙어 있는 이층이 나왔다. 오른쪽 세 번째 방이 그의 방이었는데, 그곳에 이르기까지 나는 두 켤레의 슬리퍼와 한 켤레의 운동화, 여자 구두를 본의 아니게 밟고 지나가야 했다.

우리가 이 작품에 등장하는 주거공간을 좀 더 눈여겨보아야 하는 것은 단순히 환경 때문만은 아니다. 믿기 힘들만큼 낙후된 이 공간은 의외로 지하철역에서 얼마 떨어져 있지 않다는 점에서 앞서 말한 것처럼 자본이 원하는 노동력의 상시 대기 공간을 의미한다. 여관에서 집으로 변모된 이 공간은 결국 거주자들을 언제나 임시적 상태에 머물게 만들고, 자신의 삶을 살아가는 것만으로도 "본의아니게" 다른 사람의 삶을 "밟고 지나"갈 수밖에 없게 만든다. 복도에 나와 있는 공동 사용의 냉장고에서 아무렇지도 않게 다른 사람의 김치를 훔쳐 먹는 '그'처럼 말이다.

지점들이나 요소들 사이의 인접관계에 따른 배치 규정 아래에 오늘날의 공간이 주어져 있다는 푸코의 말[7]이 아니더라도, '버거킹'과 '써브웨이'가 근처에 있으면 '좋은 동네'인 것이 상식이 된 사회에서 소설 속 공간은 '취업준비생'[8]들에게 가해지는 자본-권력의 배치 원리를 단적으로 보여주고 있다. 결국, 자본의 논리를 최대한 피할 수 있는 곳에서 거주하며 소설을 쓰고자 했던 이들은 최소한의 생활비를 벌기 위해 공사현장을 다녀오면서도 "파상풍 주사비 칠만원, 진료비와 약값 일만이천원, 어깨와 허리, 발목에 부칠 파스값 이천원까지 빼고 나니 우리 손에는 삼만 육천원이 남았다."는 식의 끝없는 현실적 계산속에서 헤어날 수 없게 된다. 마치 그들이 '매혹적인 결말'이 담긴 소설을 쓰기 위해 스스로를 그 공간 속에 가두었으면서도 끝내 한 편의 소설도 완성하지 못했듯, 이 시대의 '취업준비생'들은 도시-자본의 '매혹'이 가장 잘 보이는 곳에서 어쩌면 영원히 도달할 수 없을 도

---

7   미셸 푸코(이상길 옮김), 『헤테로토피아』, 문학과지성사, 2014. 43쪽.

8   '취업준비생'이라는 말은 사회에 처음으로 나오는 청년층뿐만 아니라 연령과 상관없이 임시직 또는 비정규직 등 사회가 제시한 기준을 따라 끝없이 자기 착취를 하고 있는 사람들 모두를 적극적으로 지칭할 수 있을 것이다.

시의 매혹을 꿈꾸고 있는 것인지도 모르겠다.

　김미월의 「질문들」(『현대문학』 2011년 5월호.)에서 확인할 수 있는 '질문들'을 끝없이 던지면서 말이다.

　　"낮에 햇볕 잘 들어와요?"

　　"방음은 잘되는 편입니까?"

　　"외풍이 있진 않나요?"

　　"수압은 괜찮습니까?"

　소설을 쓰기 위해 근근이 살아가는 주인공의 "보증금 이천만원에 월세 이십만 원짜리" 방은 그마저도 오빠의 결혼을 위해 희생되는데, 그 방을 보러 온 사람들의 '질문들'이다. 주거공간이라면 그 가격을 떠나서, 최소한 위의 질문들에 대한 조건은 이미 충족되어 있어야만 한다. 따라서, 집을 구하는 사람들에게 이 질문은 꼭 확인해보아야 할 사항들이 아니라 오히려 던질 필요가 없는 질문들이어야만 할 것이다. 그럼에도 이 질문을 던질 수밖에 없게 만드는 현실은 결국 이 시대의 모든 사람들에게 질문의 영역 바깥에 대한 상상력을 원천적으로 차단하고 있는 셈이다. 이 '질문들'은 자본의 논리 속에서 위치하고 있는 현실의 거주공간이 가치를 탐구하는 인간의 본래적 기능을 어떻게 효과적으로 축소시키고 있는지를 잘 보여준다.

　따라서 취업준비생들은 '취업'에 성공했음에도 불구하고 윤고은의 「인베이더 그래픽」(『문학사상』, 2009년 6월호.)에서 보이는 것처럼 오히려 취업으로 인해 가족의 주거 공간 밖으로 내몰리게 된다. 신춘문예 당선이 곧 출퇴근을 의미하는 것으로 알고 있는 가족들의 눈을 피해 소설 속 주인공은 백화점에서 그곳의 편의시설들을 활용하며(게다가 자신과 똑같은 방법으로 백화점을 이용하는 누군가와 경쟁을 하게 된다!) 소설 쓰기를 선택할 수밖에 없다. 이같은 주인공의 모습은 곧 전통적 의미의 가족 공간 역시 경제적 논리 안으로 편입되었으며, 최소한 '취업준비생'의 모습이라도 갖추지 않으면 가족 구성원들 그 누구라도 곧 거주의 자격이 박탈되는 현실을 드러낸다. 살펴본 것처럼 2000년대 이후 우리의 거주공간은 세상의 공격에 맞서는 견고한 곳이라는 본래적 의미[9]를 잃고, 자본-권력의 배치가 촘촘히 이루어져가는 도시에 영양분을 공급하는 장소로 변모된다.

3. 과잉의 로그아웃

우리는 어느 도시에 가서도 자기가 살고 있는 곳의 모습과 이내 비슷한 점들을 발견하게 된다. 최근 곳곳에 조성되고 있는 소위 '신도시'를 가게 되면 어디에 온 것인지를 구별할 수 없을 정도로 외형이 서로 닮아있다. 자본-권력의 배치가 그간 일정 공간의 중앙에 집중되는 방식이었다면, 도시의 확장과 발달을 따라 최근에는 '중앙'의 다원화가 이루어지고 있는 셈이다. 이미지의 전지구적 확산과 교통수단의 발달에 따라 가속화되는 이같은 현실을 마르크 오제는 '과잉(surabondance)'으로 진단한다.[10] '공간의 과잉'은, 정체성과 관련되어 역사적인 것으로 규정이 가능한 '장소'를 감소시키고, 그와는 반대로 정체성과도 관련 없고 역사적인 것으로 정의될 수 없는 '비장소'와 같은 공간을 폭발적으로 증가시킨다고 말한다. '비장소'는 이용자

---

9   오토 프리드리히 볼노, 앞의 책, 168쪽.
10   마르크 오제(이상길·이윤영 옮김), 『비장소』, 아카넷, 2017. 39쪽.

들과 일종의 계약관계에 놓여 있는데, 그것은 가령 텍스트 등으로 가시화되는 계약의 조건만 확인되면 이용자들 간의 공통성과는 아무 상관없이 그대로 개별성들의 공존이 가능한 곳을 말한다. 따라서 '장소'가 '유기적인 사회성'을 창조한다면, '비장소'는 '고독한 계약성'을 창조한다.[11]

김의경은 '다이소 매장'이나 '이케아의 쇼룸' 등을 중심으로 공간 탐색을 집요하게 이어나가고 있는데, 이는 주거 공간의 '과잉'에 대한 소설적 반응으로 주목할 만하다. 아주 적절하게도, 수록된 8편의 단편들을 관통하는 제목이 붙은 그의 작품집 『쇼룸』(민음사, 2018.)에는 연애도, 결혼도 그리고 이별도 다이소에서 하는 연인들(「물건들」)이나, 현재의 능력으로는 구매할 수 없지만 이케아를 구경하면서 전시된 쇼룸이 상징하는 삶을 꿈꾸는 사람들(「이케아 소파 바꾸기」「쇼케이스」「계약 동거」), 또는 이와 달리 자신이 선택한 삶의 모습을 만들기 위해 이케아를 찾거나(「이케아 룸」), 이케아에서의 물건 구매를 계기로 틀어진 관계를 바로 잡고 싶어 하는 부부(「세븐 어 클락」) 등이 등장한다.

김의경 소설 속 주인공들은 저마다 다양한 사연들을 가지고 있지만, 모두 거주 공간에 대해 강한 집착을 보이고 있다는 데에서 공통점이 있다. 거주에 대한 욕망은 보편적이라고 할 수 있을텐데, 이들의 욕망은 특히 이케아의 '쇼룸'으로 상징되는 공간을 통해 한층 증폭되어 우리에게 다가온다. 다이소나 이케아와 같은 공간은 단순히 구매의 편리를 위한 장소의 의미를 넘어 실제 거주공간이 주지 못하는 만족감이 투사되어 있다. 하지만, 생산되는 물건들과의 조합을 테마로 만들어진 이케아의 쇼룸이나 상품들의 쓰

---

11 마르크 오제, 위의 책, 97~133쪽. 별도의 인용을 하지 않아도, 이후 '비장소'에 대한 논의는 모두 이 책에서 비롯한다.

임에 따라 분류된 다이소의 진열공간은 당연하게도 실제 우리 삶을 그와 같이 구성해주지는 못한다. 가령, 다이소에서 물건을 구매하는 우리는 다음과 같은 경험을 하게 된다.

> 다이소 매장을 거닐다가 손에 한두 개의 물건을 들고 문득 저쪽 구석을 돌아봤다. 소실점 끝에 뭔가 독특한 물건이 보이는 것 같았다. 얼핏 A 같기도 하고 B 같기도 한 그것이 무엇인가 싶어 다가가면 그다지 특별할 것 없는 물건이었다. 그 물건을 만지작거리다가 또 오른쪽 끝으로 시선을 돌리면 소실점 끝에 색다른 물건이 보이곤 했다. 그날 나는 무려 세 시간 동안 1층부터 5층까지 매장을 샅샅이 훑었지만 어떠한 물건도 장바구니에 담을 수 없었다. (「물건들」)

또는, 이케아에서의 경험도 이와 크게 다르지 않다.

> 저건 뭐지? 하고 다가갔더니 색색의 찬란한 쓰레기통들이었다. 작고 저렴한 물건들은 한데 모아 높게 쌓아 올린 것만으로도 충분히 장식의 효과를 주었다. 멀리서 보면 화려하고 예쁜 것들이 가까이 다가가 낱개로 들어 올린 순간 평범해졌다. (「이케아 소파 바꾸기」)

우리의 거주공간을 대체하게 된 지구보편적인 이 공간들은 정체성과 연관되어 있는 '장소'로서 거주공간과 결부되어 있던 인간의 내밀함에 균열을 일으킨다. 위의 인용문에서 볼 수 있는 것처럼 우리들은 이 새로운 거주공간에 점점 더 많이 머물게 되지만 실제로는 필요한 물건들을 구별조차 할 수 없게 되거나, 오히려 「물건들」에 등장하는 연인처럼 점점 더 많은 다이소의 상품들을 구매하게 될수록 그곳에서 시작된 관계는 파탄을 맞게 된다.

앞서 말한 것처럼 도시를 살아가는 모두가 취업준비생인 현실에서 거주 공간의 탐색과 확보라는 문제는 거주공간의 적합성을 구별할 수 없는 지경에 이르게 된다. 사건의 과잉은 역사적 흐름에 대한 인식을 둔감하게 만들고 결국 진보의 이념이 몰락해버린 것처럼 여겨지게 만들었다는 마르크 오제의 예리한 지적에 빗대어 설명하자면, 공간의 과잉은 우리들의 인식범주를 공간 그 자체에 대한 이해로 축소시키고 오로지 공간의 소비에 몰두하게 만든다. 예를 들어 환경파괴라는 전 지구적 문제는 어느새 '스타벅스'의 문제로 집중되고 이어서 '스타벅스' 매장 안에서의 플라스틱 빨대를 쓰지 않는 것으로 마치 모든 문제를 해결한 것처럼 여기는 일련의 과정이 모든 문제들에 손쉽게 적용되어버리는 것이다. 이처럼 우리의 주거공간에 집약되어 있던 사회적 문제들은 김의경이 보여주는 '이케아의 쇼룸' 안으로 축소·전환되고, 소비행위의 끝없는 순환구조 안에서 이내 흩어져 버리고 만다.

이처럼, 전통적인 거주 공간 안에 존재했던 의무와 책임에서 자유로워지고 계약 관계로만 존재하는 '비장소'의 확대는 거주공간의 전통적 구성원인 가족, 나아가 타인과의 관계를 어떻게 재구성하게 될까. 박생강의 장편 소설 『에어비앤비의 청소부』(은행나무, 2018.)는 이같은 고민에서 비롯된 것처럼 보인다. 먼저, '비장소'가 계약 관계에 따른 신원 확인 절차만 거치면 익명성의 형태로도 소속감과 안정감을 부여하는 방식으로 동시대의 소비 공간을 포괄한다는 특징을 기억해두자.[12] 이와 같은 방식이 기업의 형태

---

12   다시 한 번, 스타벅스의 방식을 떠올려볼 수 있다. 이곳에서는 주문을 하면 웹에서 미리

로 우리에게도 널리 알려지고 있는 가운데 그 중의 하나인 '에어비앤비'의 방이 바로 이 작품의 주요 배경이자 서사의 핵심이다. 에어비앤비 역시 비장소의 대표적인 공간이라고 할 수 있는데, 앞서 김의경의 소설을 통해서 확인했던 것처럼 이곳 역시 표면적으로 제시된 계약조건만 완성되면 '호스트와 게스트'일 뿐인 익명성의 자유를 획득할 수 있다. 그래서 평범한 회사원인 등장인물은 여자 친구와 주말 동안 밤새 놀기 위한 목적으로 에어비앤비를 이용하기도 하지만, 다음과 같이 그냥 일상이 지속되는 평범한 날에도 기꺼이 '게스트'가 되기를 선택한다.

그날은 며칠이나 이어지는 긴 야근의 최고점에 다다른 수요일이었다. 나는 자정 가까운 시간에 퇴근했다. 머리카락이 땀과 피지에 절어 두피에 척 들러붙고, 머릿속이 90년대 컴퓨터 모니터처럼 무거운 날이었다. 공덕에 있는 회사에서 일산에 있는 집까지 지하철 막차를 타고 갈 기분이 아니었다. 택시비를 내고 집에 간다고 한들 사십 평 아파트에서 나를 반겨줄 가족은 없었다. 어머니, 아버지, 여동생까지 세 식구나 있는데.

그런데, 보장된 익명성 속에서 누리고자 했던 편안함은 한 순간에 깨지고 만다. 바로 '호스트'를 직접 마주치는, 에어비앤비의 방에서라면 일어날 수 없는 사건이 발생하게 되는 것이다. 소설의 핵심 서사는 바로 이 '호스트'와의 대화를 통해서 전개된다. 전직 해커였던 이 '호스트'는 자신의 과거 이야기를 기꺼이 '게스트'에게 털어놓고 또 '호스트'와의 상상치도 못했던

정해 둔 '닉네임'으로 손님을 호출해준다. 회원가입과 카드 등록의 계약관계를 인증만 하면, '스타벅스'라는 비장소 안에서 개인들은 자신이 선택한 익명성으로만 존재하고, 관계 맺는다.

남승원 | 도피처에서 연대까지

25

관계를 통해 '게스트' 역시 자신의 삶, 보다 정확하게 말해서 "일산의 사십 평대 아파트"에 펼쳐져 있던 자신의 생활을 '에어비앤비의 방'으로 끌고 들어온다.

앞선 이케아의 쇼룸이 전통적인 주거공간의 욕망이 전도된 공간이라고 한다면, 이 작품에 등장하는 에어비앤비의 방은 실제의 주거공간을 손쉽게 공유하고 제공한다는 점에서 편재된 공간이라고 할 수 있다.[13] 이처럼 정체성이나 사회적 관계와 관련 없는 이 비장소의 공간에서, 그것도 여전히 '호스트와 게스트'인 채로 두 인물의 과거와 현재가 자연스럽게 얽혀들고 있는 것이다. 물론, "이 집의 진짜 주인은 미국에 본사가 있는 에어비앤비야. 에어비앤비를 기획한 새끼 진짜 천재적 새끼네. 세계의 자그마한 빈방을 다 뚫어서 사업자금으로 쓰고 있으니"라는 '호스트'의 말처럼 이같은 '비장소'들은 무엇보다도 경제적 논리를 따라 확산된다. 그럼에도 이와 같은 비장소들이 '공동의 공간(communal spaces)'으로서 시간이나 아름다움이 결코 부재하는 것이 아님을 보여주길 기대했던 오제처럼, 박생강의 소설은 편재된 주거공간의 새로운 형태 속에서 인간관계 회복의 가능성에 도전하고 있는 것처럼 보인다. 이런저런 경험 끝에 '호스트'가 찾아낸 '명언'처럼, "로그인보다 로그아웃"된 상태에서 말이다.

---

13   실제로 에어비앤비 회사의 모토는 "You Belong Here"이기도 하다. 일정한 시간의 축적과 깊은 관련이 있는 주거공간이 그것과 상관없이 단지 접속만으로도 이용 가능한 망(web)이라는 것을 단적으로 보여준다. 소설 속의 두 등장인물인 '호스트'와 '게스트' 역시 각각 전직 해커와 재무부서 근무 회사원으로 나오는데, 모두 컴퓨터가 매개하는 정보만을 다루고 있다는 데에 공통점을 찾을 수 있다.

4. 로그인, 로그아웃

다시 처음의 시간 이야기로 돌아가 보자. 기독교적 가치관이 여전히 압도하고 있었던 중세 유럽에서도 자본의 논리가 침투한 이후에는 신성하고 절대적이었던 시간은 곧 이윤 창출의 도구로 변모된다. 빌린 돈으로 성공을 거둔 투자가 합법적이거나, 불확실해보이는 미래의 성공을 합리적으로 계산해서 돈을 빌려주었다면 높은 이율의 이자 수익을 올리는 행위가 승인이 된 것이다. 보다 흥미로운 것은 근본적인 차원에서 충돌해왔던 고리대금업과 기독교적 가치관이 '공간'의 개입으로 인해 해결된다는 사실이다. 그것은 '고해소'와 '연옥'으로 대표되는 두 공간을 말하는데, 각각 신의 시간이 지배하는 공간인 교회[14]와 일원론적 시간개념의 상징인 '천국-지옥' 사이에 만들어졌다.

먼저, 연옥은 신의 세계 안으로 절대 용인되지 않던 고리대금업자에게 사후에라도 가족들이 재산을 교회에 환원하는 보속(補贖)을 한다면 지옥을 벗어나 천국을 예비할 수 있도록 새롭게 만들어졌다. 천국과 지옥은 애초에 구체적인 공간의 형상과 관련이 없었지만 이처럼 연옥이라는 공간 개념의 틈입으로 인해 위상적 대립구도로 변모하고 이어서 세속적 가치와 적극적으로 결부된다. 이후 보속보다 완화된 방식인 고해가 공식적으로 승인되면서 교회 안에 고해소가 설치되는데, 이 공간은 세속의 시간을 신의 영역 안으로 적극적으로 끌어들인다.[15] 고리대금업자로서의 일상을 유지하면서

---

14 교회를 뜻하는 말의 어원은 '주님에게 속한다'는 뜻을 가진 그리스어 kyriake와 관련되어 있다. 인간이 신에게 속한다는 말의 진정한 의미는 단순히 소유나 영역의 문제가 아니라 신의 시간 안에 머무는 것으로 보아야 할 것이다.

15 원래는 사형수를 위한 의식으로 일부 수도사들에 의해 진행되었던 고해성사는 1215년에

도 고해, 보다 정확하게는 고해소라는 공간을 거치게 되면 신의 가치 안으로 편입이 가능해지게 된 것이다.

요컨대, 공간은 시간에 자연스럽게 축적되어 온 가치를 필연적으로 재조직하면서 탄생한다. 새로운 시대가 언제나 새로운 공간의 구성과 밀접하게 연관되어 있는 것도 바로 이 때문이다. 이와 같은 가능성의 공간을 보여준 작품으로 박서련의 『체공녀 강주룡』(한겨레출판, 2018.)을 기억할 필요가 있다. 일제강점기 고무공장의 동맹파업을 주도한 실존인물인 '강주룡'을 모델로 한 이 소설은 한 인물이 시대적 가치에 눈을 뜨게 되면서 보여주는 성장과 변화를 보여준다. 중요한 것은 소설 전체가 주인공의 행적에 따른 공간의 이동을 중심으로 구성되어 있다는 점인데, 주인공 강주룡은 자신의 행위들로 인해 머물고 있는 공간을 변화시키고 나아가 그 공간 속으로 다른 사람들을 끌어들이게 되면서 새로운 시간을 만들어나가는 가능성을 집중시킨다.

특히 소설의 마지막 장면에서 주인공 강주룡이 자신의 의지를 관철하기 위한 마지막 방편으로 '고공농성'을 하기 위해 선택한 "을밀대 지붕"은 인상적이다. 이는 일제강점기라는 시대적 한계에도 불구하고 남성중심의 시대와 자본의 독점에 저항하고자 했던 주인공의 의지가 시대를 초월해서 "사람"의 가치를 실현시키고자 애써 획득해낸 공간이기 때문이다.

조해진의 「환한 나무 꼭대기」(『문학과사회』, 2018년 겨울호.)에 등장하는 "홍천의 20평대 아파트"도 이와 유사한 문제의식이 반영된 공간이다. 이곳은 호스피스 병동에서 삶의 마지막을 보내고 있는 "혜원"이 오래전 대

열린 4차 라테라노 공의회를 통해 모든 신자의 의무로 확정되었다. 신앙의 내면화를 통한 과정으로 자본주의 체제의 발전을 설명하고자 했던 자크 르 고프는 고해성사와 연옥 개념의 탄생이 맞물려 있다고 보았다.

학 동기였던 "강희"에게 자신의 마지막 병간호를 부탁하면서 그 대가로 양도된다. 대신 전남편과의 사이에서 낳았지만 일곱 살에 미국으로 간 뒤 얼굴도 보지 못한 아들과 연락이 될 때까지 매일 이메일을 보내달라는 조건을 내세운다. 혜원의 죽음 이후 실제로 이곳에 머물게 된 강희의 상황을 빗대어 말하자면 한 사람이 로그아웃한 공간에 같은 아이디로 다시 로그인을 했다고 할 수 있다. 이처럼 타인 삶의 중요한 공간을 공유-계승한 뒤의 경험은 필연적으로 개인적 한계를 넘게 된다. 자신이 원했던 대로 평범하고 단순한 일상을 유지하게 된 소설 속 인물이 결국 "전체이면서 영원으로 가닿는" 시간을 경험하게 되는 것처럼 말이다.

　살펴본 것처럼 우리의 소설들은 개개인이 머무는 삶의 터전인 거주공간에 주목하면서 자본의 논리가 새롭게 구성해나가는 공간의 변모에 민감하게 반응하고 있다. 이와 같은 공간에 대한 반응은 결국 개인과 사회의 정체성을 보다 근본적인 차원에서 검토하고자 하는 의도라고 할 수 있다. 특히 도시-자본의 확대에 따라 비장소가 편재되어가는 현실에서 동일한 시공간의 점유로 이해되어왔던 공동체에 대한 논의도 다른 시각을 확보할 수 있게 될 것이다. '로그인'과 '로그아웃'이라는 적극적 자유의지를 통해서.

감정의 구조화

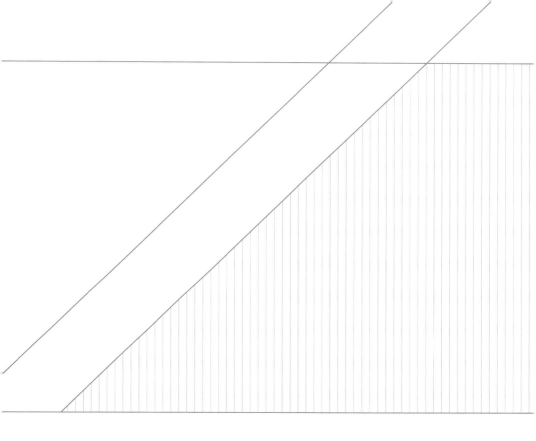

김영임

경희대학교 국제한국어문화학과 박사수료.
〈문학과지성사〉로 등단.
현재 경희대학교 후마니타스칼리지 강사.
대표 저서로는 『유토피아 문학』(공저)이 있고
포스트휴머니즘적 사유와 문학의 겹침에 관심이 많다.
nicie2000@naver.com

감정의 구조화

처음 시: 입구

　독자와 시인 사이에는 처음 시가 있다. 엄밀하게 말하자면 '사이'는 틀린 말이다. 시인은 그 처음 시가 무엇인지 알지 못하지만, 독자는 그 시를 통해 시인을 만났고, 기억하고, 기다린다. 그렇다면 처음 시는 시인의 것이라기보다는 독자의 것이지 않을까. 처음 시는 독자 앞에 놓인 정물(靜物)이 아니라, 시인의 세상으로 독자를 당기는, 낯설지만 끌리는 입구 같은 것이다. 내게 「건물」이라는 시는 시인 임승유를 각인시키는 처음 시였다.

　　내려갈게

　　말해놓고 나니 기다리는 사람이 와 있는 것 같다. 그보다는 내가 오래 있었던 것 같다. 오래된 잠에서 깨어난 것처럼

　　어디 있어?

이런 말을 들으면 움직이면 안 되는데 찾으러 다닌다. 아는 사람을 다 만
나고도 그게 누구였는지 기억 안 나는 꿈을 꾼 것처럼

거기에 있어   .

그럼 꼼짝을 못한다. 누가 꽃 한 묶음을 들고 올라가고 있었다.

-「건물」 전문[1]

시를 구성하고 있는 여러 언어 중에서 "내려갈게", "어디 있어?". "거기
에 있어"라는 짧은 세 개의 문장들은 시를 떠받치는 기둥처럼 읽혔다. 각각
의 기둥들 사이에 서술된 문장들 안에서 직접적으로 시적 화자의 감정을
묘사하는 표현들은 찾아보기 힘든다. 그럼에도 불구하고 건조한 문장들이
조합해 낸 결과물은 스쳐 지나가는 누군가가 들고 있는 "꽃 한 묶음"과 결
합하면서 낯선 건물에 홀로 서 있는 한 인간을 독자와 만나게 한다. 마치 아
무런 장식 없는 콘크리트 벽체만으로도 건축과 세상이 만나는 순간의 아름
다움을 간직한 안도 타다오(安藤忠雄, Ando Tadao. 1941~)의 건물을 봤을 때처
럼 시인 임승유의 「건물」은 메마르면서도 아름다웠다.

1   임승유, 『그 밖의 어떤 것』, 현대문학, 2018, 56쪽.

감각의 회복

「건물」이후 나는 역으로 시인의 첫 시집을 찾아 읽었다. 그리고 약간 당황했다. 박상수 평론가의 해설을 빌자면 첫 시집은 "불길하면서도 에로틱"하고 "넘치고 싶은 강렬한 열망으로 부글"[2]거렸다. 「건물」이라는 시를 통해 내가 가졌던 예상과는 달리 첫 시집의 문장들은 강렬한 에너지를 가진 이미지와 비유들을 품고 있었다.

첫 시집의 「모자의 효과」를 일부 읽어보자.

> 친척 집에 다녀와라
> 가족 중 하나가 그렇게 말해서 여자아이는 집을 나섰다
>
> 친척 집에 간다는 건
> 페도라, 클로슈, 보닛, 그런 모자를 골라 쓰는 일 모자를 쓰고 걸어갈 때
> 모자 속은 아무도 모르고 모자 속을 생각하면 모자 속이 있는 것만 같다 끍적
> 이며 생쥐가 태어나는 것만 같다 고모와 당고모와 대고모의 발바닥으로 가득한
> 그런 친척 집이 있는 것만 같다
> (······)
> 사촌이 몸 안으로 들어오면 여긴 모르는 곳 구름과 이불 이불과 구름 잘
> 못된 발음을 할 때처럼 죄책감이 들어 풀잎과 꽃잎 꽃잎과 풀잎 우린 그만큼
> 가까운가요? 풀숲의 기분으로 달려도 도착하게 되지 않는다 모자 속에서는

◇◇◇◇◇◇◇◇◇◇◇◇◇◇◇◇

2   박상수, 「딱딱하지만 달콤하지 그리고 아이들이 태어난다」, 임승유, 『아이를 낳았지 나 갖
     고는 부족할까 봐』, 문학과지성사, 2015, 123쪽.

나쁜 냄새가 나는 것만 같다

　아픈 할머니를 방문하러 집을 떠나는 샤를 페로의 「빨간 모자」가 연상되는 이 시는 "친척 집에 다녀"오는 사건을 "모자를 골라 쓰는 일"로 비유하고 있다. 시는 구체적인 정보를 서술하기보다는 모자와 관련된 복수의 표현을 통해 '친척 집에 간다는 것'과 이어져 있는 시적 화자의 감각과 감정을 전달한다. 모자는 "생쥐가 태어나는 것만" 같은 기분과 "죄책감"과 "나쁜 냄새"와 같은 단어들로 서술되면서 분명하게 드러나지 않는 불쾌와 불안을 드러내고 있다. 첫 시집의 「모자의 효과」와 두 번째 시집의 「건물」에서 느껴지는 온도 차이는 어떻게 해서 생겨난 것일까? 그리고 이 차이는 '단절'이라고 이해해도 되는 것일까? 여기에 답하기 위해서는 더 많은 읽기가 필요하다.

　마르크스의 문장을 제사(題詞)로 사용한 「어느 육체파 부인의 유언장」이라는 작품 역시 「모자의 효과」와 유사한 전개 방식을 보여준다. 시적 화자는 발목을 비롯한 각각의 신체 부위를 "허공에게", "계단에게", "빗방울에게", "태양에게" 처분하게 된다. '처분'이라는 것은 '소유'를 포기하는 결정이다. "모든 육체적, 정신적 감각 대신 …… 이 모든 감각의 단순한 소외, 즉 소유라는 감각이 나타났다."라는 제사를 역으로 이해해본다면, 소유라는 감각을 포기하면서 시적 화자가 궁극적으로 회복하려는 것은 "육체적, 정신적 감각"이라고 할 수 있다.

　그렇다면 지금까지 읽은 시들 안에서 공통적으로 남는 것은 '감각'이다. 첫 시집과 이후의 시집들 사이에 온도 차가 있는 것은 분명하지만, 임승유 시인이 일관되게 추구하고 있는 것은 바로 '느낌', '감각' 또는 '감정'의 발견일지 모른다는 생각을 했다.

"구조와 성질"

시집들 사이의 온도 차이는 시인과의 한 인터뷰[3]에서 미뤄 짐작해 본다. 임승유 시인은 자신이 말하고자 하는 바를 더 잘 표현하기 위해 다른 것을 가지고 와서 쓰는 것이 그 대상을 도구적으로 활용한다는 느낌이 들었으며, 비유가 폭력적으로 느껴지는 지점이 있다는 말을 했다. 원관념과 보조 관념의 관계가 빚어내는 힘의 (불)균형과 그것의 결과가 어느 일방에게 폭력적으로 가 닿을 수 있는 경우는 언제든지 발생할 수 있다. 비유의 이런 역학이 시인의 언어 운용에 더 깊은 고민을 던진 듯 보인다. 그런데 은유나 환유를 포함한 비유가 항상 '감정적 장식'으로 사용되는 것은 아니지만, 문학 안에서 감정적 수사로 자주 동원되는 전략인 것도 사실이다. 그럼 비유가 없는 문장은 어떤 식으로 감각이나 감정을 성취할 수 있을까?

역시 첫 시집의 「구조와 성질」을 읽어 보자.

창문을 그리고

그 앞에

잎이 무성한 나무를 그렸다

안에 있는 사람을 지켜주려고

어느 날은 나뭇가지를 옆으로 치우고

---

3   『문장의 소리: 임승유 시인·양재훈 평론가와 함께한 641화』, 2020년 11월 25일, https://m.post.naver.com/viewer/postView.nhn?volumeNo=30066880&memberNo=1921669.

창문을 그렸다

　　한 손에 돌멩이를 쥐고

　짧은 문장들 안에서 시적 화자의 감정이 변화하는 것을 간명하게 드러낸 시라고 할 수 있다. 이때 발생하는 감정의 성격이나 변화는 "나무"나 "돌멩이"를 어떤 보조관념으로 동원하면서 발견되지 않는다. 창문 앞에 "잎이 무성한 나무"를 그리는 것에서 "나뭇가지를 옆으로 치우고/창문을 그"리는 행위 안에서 변화는 감지된다. 그리고 감정의 정점을 찍는 것은 "돌멩이를 쥐"는 마지막 행위이다. 변화는 시적 화자의 행동을 서술한 문장들이 서로 결합하고 또 해체되는 흐름 속에서 발생한다. 문장들이 구조를 만들어내면 화자의 감정이 띠는 성질이 자동적으로 형성된다. 처음부터 존재하는 것이 아니라, 언어화되는 과정 안에서 감정의 역동이 발생한다. 감정은 비유 없이도 문장이 구성해내는 '구조'의 변화를 통해 그 '성질'을 획득하게 된다. 첫 시집 이후의 시들은 비유 대신 사물을 그대로 언어화하는 경향이 도드라졌다.

　　문 열고 나와

　　문밖에 내놓은 외투를 걸쳤다. 무섭고 두껍고 커다란 외투를 걸치고 앉아서

　　내가 감싼 안쪽을 생각했다. 생각하면 할수록 깊어졌다. 멀어졌다. 멀어져 닿을 수도 없는 그곳을 생각하면 뭐하나 싶다가도 지금은 생각하는 것 말고는 할게 없어서

계속 생각했다 계속 생각하다 보니 있을 수도 있고 없을 수도 있다는 생
각에 이르렀다 여기까지 이르고 보면 더 갈 수도 있고 안 갈 수도 있다 마음
만 먹으면 선택할 수도 있다는 것이 너무나 좋아서

외투를 벗었다.

「숨겨둔 기쁨」[4] 전문

시적 화자는 외출을 앞두고 있다. "무섭고 두껍고 커다란 외투"라는 표
현에서 화자가 외출을 내키지 않아 한다는 것을 느낄 수 있다. 하지만 이유
에 대해서는 우리는 알지 못한다. 시적 화자는 자신의 내면에 가라앉은, 정
체를 알 수 없는 감정을 하나하나 직시하면서 거기에서 벗어날 수 있음을
깨닫는다. 그리고는 외투를 벗는다. 외투를 벗는다는 것이 어떤 측면에서는
비유로 읽힐 가능성도 있지만, 이것은 시에서 전개되는 화자의 사실적인
행동이기도 하다. 도입의 화자는 시인이 차근차근 쌓아 올린 문장 안에서
생각의 변화를 겪게 되고 말미에는 "선택"의 가능성을 깨닫는 능동적 행위
자로 변화한다. "외투"를 수식하는 "무섭고"라는 형용사 외에 이 시에는 직
접적인 감정 상태를 서술하는 단어는 등장하지 않는다. 이와 유사한 쓰기
를 아고타 크리스토프의 『존재의 세 가지 거짓말』에서 읽은 적이 있다.

우리는 또한 '호두를 많이 먹는다' 라고 쓰지, '호두를 좋아한다' 라고 쓰지
는 않는다. 왜냐하면, '좋아한다' 는 단어는 뜻이 모호하기 때문이다. 거기에는
정확성과 객관성이 부족하다. '호두를 좋아한다' 와 '엄마를 좋아한다' 는 같은

---

4   임승유, 앞의 책, 32쪽.

의미일 수가 없다.[5]

어머니를 그리워하는 쌍둥이들은 비유나 감정을 직접적으로 나타내는 표현들을 사용하지 않기로 한다. "사물, 인간, 자기 자신에 대한 묘사, 즉 사실에 충실한 요소로 만족"하는 것을 자신들의 작문노트 원리로 정한다. 이들이 감정을 나타내는 말들을 불신하는 것은 왜일까? 그것은 더 정확한 감정을 표현하기 위해서다. '엄마를 좋아한다'가 결코 '호두를 좋아한다'와 같이 사용되게 내버려 둘 수 없기 때문이다. 따라서 감정을 절제하는 언어는 감정과 거리를 두기 위한 것이 아니라 가장 적확하게 감정을 표현하는 것을 목적한다. '사건'의 관점에서 보면 임승유의 시쓰기는 "말하면서 말하지 않으려는 방식"[6]이지만 '감정'의 관점에서는 '말하지 않으면서 말하려는 방식'이라고 할 수 있다. 하지만 이때의 감정은 평면적인 문장으로 설명될 수 없다. 시가 성취하는 '느낌', '감각', '감정'은 그곳에 도달하기 위해 시인이 쌓아 올린 문장들을 구조체로 삼고 있는 공간의 성질을 띠고 있다. 그것은 김태섭 평론가의 해석처럼 "무엇인지는 알 수 없지만 어떤 기본이 되려는" 지점이며 "재현 불가능한 사태를 전하는, 특정한 의미로 극성화되기 이전의 말하기"[7]라고도 할 수 있겠다.

⬦⬦⬦⬦⬦⬦⬦⬦⬦⬦⬦⬦

5   아고타 크리스토프, 용경식 역, 『존재의 세 가지 거짓말』, 까치글방, 2014.

6   박상수, 앞의 책, 130쪽.

7   김태선, 「이행하는 말들과 지속적인 삶」, 임승유, 『나는 겨울로 왔고 너는 여름에 있었다』, 문학과지성사, 2020, 100쪽.

감정과 실존

 감정은 개별적이면서도 보편적이다. 감정을 출발시키는 '느낌', '감각'의 생리적 층위가 개별적인 기억과 경험 안에서 이뤄내는 내적 상태는 개인적인 것이어야 함에도 임승유 시인이 만드는 '감정의 공간'은 기시감이 들 정도로 우리에게 익숙하다. 그것은 감정이 "'무언가에 대해' 혹은 '무언가에 반응하여' 보이는 지형적·목적적 활동이지, 날 것 그대로의 느낌이 아니"며 "정서적으로 체험되는 세계이해"[8]라는 보편성을 띠고 있기 때문이다. 시인 또는 시적 화자의 '개인적 행위'를 서술하는 문장이 이어지는데도 우리는 어느새 익숙한 감정 안으로 들어오게 된다.

> 양말이 가득했다. 부드럽고 따뜻해서 잘 때 신으면 좋은 그런 양말 말이다. 이젠 거의 안 남았는데 나도 왜 그렇게 됐는지 모르겠다. 문 열고 나가면 와 있는 계절처럼
>
> 볼 때마다 네가 양말을 줘서
>
> 얼른 집에 가고 싶었다, 그건 양말의 비밀이다, 발가락 사이에 하얗게 거품이 일도록 씻은 후 양말을 신어보는 것, 양손으로 두 발을 쥐고 코가 닿은 것처럼 양말을 보는 것, 나한테 양말을 그 정도였고
>
> 「그 정도의 양말」[9] 부분

8   이명호, 『감정의 지도 그리기』, 소명출판, 2015, 6쪽.
9   임승유, 앞의 책, 78쪽.

이 시에서 양말은 비유가 아니다. 손에 쥔 양말의 보드랍고 포근한 감촉에 이끌려 서둘러 그 양말을 신어보려는 마음에 "하얗게 거품이 일도록" 발을 씻는 순간의 생생한 느낌은 시적 화자의 것만이 아니라 시를 읽는 모두의 것이다. "양손으로 두 발을 쥐고 코가 닿은 것처럼 양말을 보는" 화자의 모습에서 머물던 독자의 시선은 타인의 사소한 선물에 또는 부드럽고 작은 사물에 마음이 따뜻해졌던 자신만의 느낌 안으로 이동한다. 이렇게 언어가 감정의 공간을 만들어내고 우리가 그 공간에 찰나적으로 머무른다는 것은 어떤 의미를 지니는 것일까?

감정은 바로 개인의 실존적 자아 인식과 맞닿아 있다. 플라톤과 데카르트 식의 코기토적 주체는 사유와 이성을 통해서 존재론적 인식을 이루지만, 메를로 퐁티나 다른 현상학자들이 말하는 존재의 인식은 이와는 다른 방식이다. 현상학적 관점에서 보면 감각 속에 체화된 감정이 인간의 세계 이해의 기초를 이루고, 인간 행동의 동기를 이루며, 인간에게 '자기느낌'을 부여하는 실존적 자아체험을 구성한다. "인간은 이 육화된 감정들 속에서, 그것들을 통해서 다른 존재자들과 함께 살아가는 현존재로서 세계 속에 거주한다. 바로 이 육화된 감정들이 우리의 '산 경험'이자 '실존'을 구성"[10]하는 것이다. "부드럽고 따뜻해서 잘 때 신으면 좋은 그런 양말"을 감각하면서 자신의 실존을 구현하는 시적 화자의 인식은 양말이라는 대상과 '너'라는 타자의 현존에 대한 믿음이 있기 때문에 가능하다. 그렇다면 아래 시의 "나를 두고 왔다"라는 모순적인 첫 문장도 이해할 수 있을 것 같다.

나를 두고 왔다

---

10   이명호, 위의 책, 8쪽.

앉아서 일어날 줄 모르는 나를 두고 오는 수밖에 없었지만 그때 보고 있
던 게 멈추지 않고 흐르는 물이라서

어디 갔는지도 모른다, 어디 갔는지도 모르면서 여름이 오고
(……)
찾아가지만 않는다면

거기 그대로 앉아 있을 것이다

—「공원에 많은 긴 형태의 의자」[11] 부분

위에서 언급한 것처럼 감정이 인간의 실존을 설명할 수 있다면 흐르는
물을 두고 일어날 줄 모르는 '자신'과 일어나서 자리를 떠나야만 하는 '나'
라는 복수의 실존을 상상하는 일이 가능하지 않을까? "흐르는 물"이라는
대상을 앞에 두고 느꼈던 감정 안에서 발생한 '자기느낌'은 공원의 긴 의자
에 아직도 남아 있을 것이다. 현실로 돌아와 있는 '나'에게 그때의 감정은
벌써 다른 사건들 안에서 변형된다. 우리가 지나쳐온 시간의 경로 안에는
얼마나 많은 우리가 남겨져 있을 것인가? 이제는 '나'를 두고 왔다는 저 문
장이 전혀 어색하지 않다. 하지만 '동시'에 복수의 실존은 가능하지 않으니,
그때의 '나'는 그곳에 그대로 두기로 한다. "찾아가지만 않는다면/거기 그
대로 앉아 있을 것이다".

임승유 시인의 시적 화자들은 자신의 행위가 만들어내는 순간의 느낌

---

11   임승유, 앞의 책, 20쪽.

속에 자신의 존재를 실감한다. 개별 시에서 묘사하고 있는 순간들에 스며 있는 화자의 느낌이라는 것은 자신의 삶을 말하는 다른 방식들 중의 하나다. 세 번째 시집의 짧았던 시인의 말 "생활하고 싶었다"는 '느끼고 싶었다'로 쓸 수 있지 않을까? 하지만 그 '느끼다'라는 기호는 단일한 형용사로 설명할 수 없는 '메타적 느낌'이다. 임승유 시인은 '느낌' 또는 '감정'을 묘사하는 익숙한 클리셰 대신 행위나 사건의 정직한 언어들을 쌓아 올려 시 안에 감정의 공간을 만들어낸다. 성공한 독자라면 그 공간 안에서 언어화되지 않는 가장 적확한 감정을 맛보게 될 것이다.

서두에서 인용했던 안도 타다오는 자신에 관한 다큐멘터리에서 건축의 미학에 대해 다음과 같이 말한다.

건물을 최대한 땅속에 넣는 게 좋을 것 같았어요. 건축은 밖에서 형태가 안 보이는 게 좋아요. 외형보다 내부에서의 체험이 더 중요해요. 내부 공간이야말로 마음에 남는다고 봐요. 살아 있음을 느낀다면 건물에 생명이 있는 거죠.[12]

임승유의 시가 보여준 변화가 이런 느낌으로 다가왔다. 말하지 않으면서 말하는 방식. 외부에서는 시가 만든 공간 안에서 어떤 감정이 녹아들어 있는지가 드러나지 않는다. 시의 문장들을 따라 읽으며 생겨난 감정의 공간 안에서 '내부의 체험'을 경험한다면, 당신은 알게 될 것이다. 시가 '정물'이 아니라 살아 있음을.

◇◇◇◇◇◇◇◇◇◇◇◇◇

12   『안도 타타오 Tadao Ando - Samurai Architect』, 미즈노 시게노리 감독, 2019년 개봉.

과거도 미래도 말하지 않는 팬데믹 서사

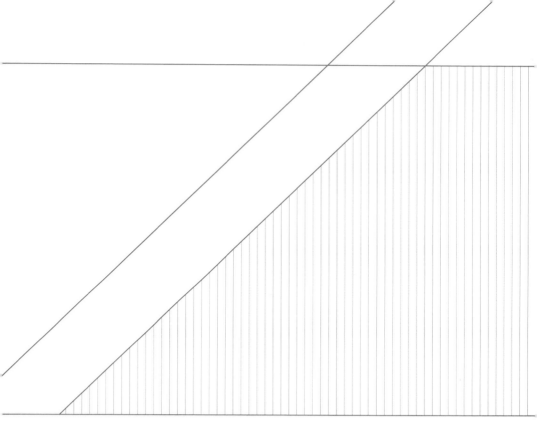

박인성

서강대학교 국문과 및 동대학원 졸업.
2011년 『경향신문』 신춘문예 비평 부문으로 등단.
현재 부산가톨릭대학교 인성교양학부 조교수로 재직 중.
clausewize@naver.com

과거도 미래도 말하지 않는 팬데믹 서사

1. 현실의 관성 : 재난과 파국 사이에서

바이러스에 대한 서사적 재현이란 무엇일까 피상적으로 생각해보면, 에볼라 바이러스를 소재로 한 영화 〈에볼라 바이러스〉(Contagion, 2002)가 먼저 떠오른다. 이 영화에서는 바이러스라는 재난의 원인이 육안에 보이지 않는 만큼, 더 과격한 신체적 변화로만 심각성을 전달한다. 신체의 모든 구멍으로부터 피가 뿜어져 나오고 격렬한 고통에 비틀어지는 신체와 표정으로 죽어가는 사람들. 일반적인 재난 영화에서 재난이 늘 강렬한 스펙터클과 연결되듯 바이러스에 대한 재현 또한 일반적으로는 그러한 재난 서사의 문법에 포함되어 있는 셈이다. 하지만 가공할 팬데믹 상황을 실제로 경험 중인 우리는 바이러스에 대한 과장된 영화적 재현과 정반대로 그 압도적인 조용함에 전율하게 된다. 바이러스는 단순히 육안에 보이지 않을뿐 아니라, 대부분의 비감염자들에게는 그 증상의 차원에서도 비가시적이다. 사안의 심각함은 어디까지나 확진자와 사망자를 추산한 숫자로 환기될 따름이다. 바이러스와 질병이 유령처럼 우리를 배회하는 것만이 아니라, 실감이 배제된

질병과 재난의 파급력 또한 유령처럼 우리 주변을 배회하고 있다.

이처럼 바이러스라는 재난 상황은 일반적인 재난 서사의 스펙터클한 재현과 달리 일상의 영역에 음각-구조화(negative structure)되어 있다. 묘사되는 것은 바이러스의 감염과 그 직접적인 영향력이 아니라, 오히려 모든 영향력으로부터 멀어지고자 하는 사회적 거리두기와 공간적 격리의 현실이다. 이처럼 타인과 원거리화된 삶의 국면을 서사화하기란 쉽지 않다. 자연스럽게 코로나 팬데믹 이후 이러한 현실을 소재화한 소설들에서 기존의 재난 서사와 구별되는 새로움을 발견하기란 쉽지 않은 일이었다. 팬데믹의 삶이란 소설화되기에는 여전히 실시간으로 진행 중이며, 그에 대한 모든 서사적 재현 또한 근시안적일 수밖에 없다. 특히 일상의 인식에서조차 음각화되어 있는 팬데믹 현실과 그에 대한 문학적 재현이란 우회적이거나 암시적인 재현 방식에서 크게 벗어나기 어려운 것도 사실이다.

코로나 팬데믹을 별도의 서사적 이해로 구체화하기 위해 우선 필요한 작업은 그 서사적 구성을 기존 재난 서사와 구별하여 바라볼 수 있는 관점을 확보하는 것이다. 우리가 흔히 알고 있는 재난 서사는 위기에 대한 감지와 그에 대한 공동체적 대응 절차의 B플랜을 활용하는 이야기 플롯이다. 위기 감지에 따른 국가적 사전 대응이 A플랜이라면, 이미 발생한 재난에 대한 극복 서사는 B플랜이기는 하지만 사전 대응에 비견될 만큼 상황을 정리하거나 정상화를 목표로 한다.[1] 재난은 따라서 위기에 대한 공동체적 대응과

<hr />

1   "일반적으로 재난서사는 재난이 총체적인 파국으로 향하는 위기 상태를 어떤 방식으로든 조절하고 다시 잠재적인 단계로 되돌리고자 하는 정상화의 의지를 반영한다. 따라서 재난 서사의 핵심 플롯은 이러한 단계를 거치는 과정 중에 '재난' 상태 및 '혼란'이 내러티브의 중심이 된다." 박인성, 「한·미·일 재난 서사의 마스터플롯 연구」, 대중서사학회 26권 2호, 2020, 46쪽.

구조적 갱신을 수행함으로써, 일련의 종말에 대한 예행연습처럼 활용될 수 있다. 재난은 어디까지나 국가의 관리 시스템에 포괄된 '위기'라는 개념에 포함되어 있으며, 그에 대한 활용과 극복의 논리는 실제로는 도래하지 않는 멸망을 한없이 유예함으로써만 현실을 유지하고 재구성하기 위한 내재적인 예외상태를 포함한다.

반대로 위기관리에 대한 실패, 총체적인 '끝'(end)의 상상력은 오래된 마스터플롯으로서 종말론을 포함하는 파국의 서사가 된다. 대표적으로 기독교적 묵시록과 같은 신화적 판본에서부터 현대적으로 갱신된 아포칼립스 장르에 이르기까지, 파국 서사는 현재 우리의 현실 바깥의 시간을 도입하면서, 영원할 것처럼 유지되는 현재가 완전히 정지하는 결정적인 순간을 향해 있다. 밀레니엄 및 세기말에 대한 감수성과 맞물려 2000년대 이후 한국문학에서도 멸망과 파국을 소재화하는 소설들이 등장하기 시작했지만, 실제로 우리가 느끼는 진정한 문제의식은 아무리 멸망을 이야기해도 파괴되지 않고 유지되는 일상이야말로 진정한 파국이라는 사실에 가깝다. 다양한 방식으로 파국을 이야기하지만 실제로 도래하는 파국의 실체가 아니라, 끝없이 유예되는 감각만이 남는다.

다소 도식적일수도 있겠지만, 재난 서사와 파국 서사 사이에 현재의 코로나 팬데믹 서사가 있다고 가정해보자. 재난은 지속되지만 그렇다고 총체적인 파국이 찾아오는 것은 아니다. 오히려 현재 팬데믹의 아이러니는 멸망에 대한 징후와 공포에도 불구하고 기존의 삶을 견고하게 유지하고자 하는 현실의 관성에 있다. '뉴노말'에 대한 인식과 '코로나 이후의 세계는 이전으로 돌아갈 수 없을 것'이라는 여러 전문가들의 강렬한 선언에도 불구하고, 이러한 관성은 인간 문명이 결코 쉽게 멸망하지는 않는다는 사실만을 되새김질하며 사람들을 기존의 일상에 붙잡아둔다. 코로나 이후의 삶이 이전과 바뀔 것이라는 전망은 새롭고 강력하지만, 팬데믹 이후 근 2년에 가까운 시간이 지난 지금 우리가 경험하고 있는 것은 변화 속에서도 과거의 삶을 거의 온전하게 회복하고자 하는 강력한 열망과 반성 없는 정상화 과정이다.

그렇다면 팬데믹의 서사는 재난에 대한 적극적 대응에 실패한 세계를 그리는 이야기인 동시에, 한없이 유예되는 멸망을 구체화하며 오히려 현재로 끌어당기는 이야기일 필요가 있다. 묵시록적인 상상력을 단순히 반복하는 것이 아니라, 과거와 미래의 방향성 사이에 교착상태에 빠져있는 현재에 대하여 또 다른 현재, 비가시화된 현실의 증상을 실체화하여 보여주는 이야기 말이다. 우리가 팬데믹 상황 속에서 방역을 위해 잃어버리고 있는 것은 단순히 마스크 아래 있는 타인의 얼굴이 아니다. 조르조 아감벤이 소통과 정치성의 공간이라고 말한 그런 의미의 얼굴이란 마스크 아래의 민낯에 있는 것이 아니라, 비가시화되거나 의도적으로 회피하고자 하는 현실의 민낯에 있다. 따라서 팬데믹의 교착상태를 그려내고자 하는 문학적 시도는 평소에도 가려져 있지만 삐걱거리고 있는 인간중심의 근대사회를 클로즈업해야 한다.

SF 장르는 이러한 현실의 재현과 묘사에 있어서 좀 더 친숙한 장르적 문법을 활용함으로써, 재난 이상의 멸망을 축자적으로 그려내고 현재의 사건처럼 끌어당기기에 유리하다. SF의 재현적 도구들은 재현에 대하여 순문학에 가해지는 압력과 다른 방식으로 현실을 시각화하거나 압축하고 도식화한다.[2] "SF의 시공간은 마치 그림을 그리듯이 제시되기 때문에, 기존의

---

2   "SF는 재현에 대한 의심과 양심의 가책으로 인해 손상되지 않았다. 오히려 SF는 재현에 대한 딜레마가 문학에 침투하기 시작한 순간에 장르로서 발돋움하는데, 전통적인 리얼리스트에게서 불안정해지는 것과는 다른 종류의 재현적인 도구를 소유하기 때문이다." 프

문학적 재현보다도 스키마적이며 축자적이다."[3] 코로나 팬데믹의 시공간이 끊임없이 현재를 비가시화한다면, SF만큼 이를 다시 가시화하기에 적합한 장르는 없다. 팬데믹의 현재를 비가시화하는 힘이 과거를 향한 노스텔지어라면, SF는 거꾸로 미래를 통해서 현재를 구체화하는 장르이기 때문이다. 따라서 팬데믹 서사가 SF 장르의 문법과 만나게 될 때, 이러한 소설적 세계가 과거의 관성으로부터 벗어나기 위해 어떠한 미래의 시간을 도입하는지, 다시 그러한 미래가 어떻게 우리의 현재를 구체화하는가에 주목해야 한다.

2. 멸망하지 않은 자들을 믿지 마라

코로나 팬데믹을 소재화하는 장르소설들이 일견 아포칼립스, 혹은 포스트-아포칼립스 장르의 외양을 띠는 것은 어쩌면 너무나도 당연하다. 기실 이 장르는 멸망에 대한 여러 가지 상상력을 시각적으로 보여주지만, 그와 동시에 멸망이라는 개념의 현실화가 늘 우리가 생각한 것보다 급진적이지도 파괴적이지도 않다는 사실까지 함께 보여주기 때문이다. 따라서 중요한 것은 멸망의 방식이나 그 스펙터클이 아니다. 오히려 멸망을 목격한 자들이 주변의 비가역적인 죽음과 그에 따른 변화를 인식하고 받아들이는 과정의 구체성이다. 그렇다면 코로나 팬데믹의 상황에서 왜 굳이 도래하지도 않은 멸망을 구체화해야 하는가. 다소 과격하게 말하자면 뉴노말이나 뉴에

◇◇◇◇◇◇◇◇◇◇◇◇◇

레드릭 제임슨, 박인성 옮김, 「하이퍼공간에서」(On Hyperspace), 『자음과 모음』 2016년 봄호, 165쪽.

3   박인성, 「한국 SF 문학의 시공간 및 초공간 활용 양상 연구」, 『현대소설연구』 77호, 2020, 249쪽.

이지, 4차산업혁명이나 초연결사회와 같은 편의적인 전망과 기대들에 미래라는 시간과 그에 대한 해석적 주도권을 빼앗기지 않기 위해서다. 포스트 코로나에 대한 모든 전망들은 과거로 돌아갈 수 없는 현실을 강조하는 것처럼 보이지만, 코로나 이전부터 주목받아 왔던 기술 중심의 미래 사회에 대한 기대치를 현재화하고 자본화하는데 집중하고 있을 따름이다. '더 나은 미래'를 꿈꾸는 이러한 전망들은 역설적으로 현재의 거리두기 상황을 일종의 기술적 실험을 위한 조건처럼 활용한다.

포스트-아포칼립스를 소재로 한 유명 SF 게임 〈폴아웃〉(Fallout) 시리즈에서 멸망한 미래 사회를 살아가는 사람들 가운데, 종말을 일으킨 핵폭발의 위협으로부터 겨우 벗어난 사람들을 위한 격리 공간 '볼트'(vault)의 목적은 사실 생존이 아니다. 미국 각지에 각기 다른 구성과 형태로 건설된 볼트들은 원래의 국가 공동체가 사라진 이후 다양한 조건과 상황, 인적 구성에 따라 발생하게 될 개인 및 공동체적 반응을 살피기 위한 사회적 실험의 공간이었기 때문이다. 이처럼 SF에서 구체화되는 멸망에 대한 상상력이란 결코 멸망 자체가 가치중립적인 원초적 부족사회, 혹은 순수한 제로 상태로의 복귀가 아니라는 사실을 분명하게 보여준다. 오히려 재난과 멸망이 가져오는 시스템과 권력의 공백 상태, 사회적 공동체의 무효화는 언제나 미래를 전유하거나 발전 가능성을 사유화하고자 하는 새로운 욕망에 손쉽게 오염되기 마련이다.

코로나 팬데믹에 있어서 '사회적 거리두기'라는 용어는 여러모로 아이러니하다. 실제로 방역을 위한 육체적-물리적 거리두기가 요구되는 상황 속에서 기능적으로나마 그러한 거리를 메우고 개인과 개인 사이의 묶어주어야 하는 사회의 기능 자체가 마비되는 것처럼 보이기 때문이다. 바이러스 창궐하기 시작한 시기에 비감염자들이 감염자들을 대상으로 수행한 비인간화나 악마화의 시선들, 그리고 특정 종교 집단의 대응에서 드러나듯 사회적 감수성으로부터 퇴행하여 폐쇄적인 부족주의에 의해 확장된 감염 사례, 더 나아가 글로벌 시대라는 말이 무색해진 타국과 타인종에 대한 혐오, 안티백신을 포함하는 포괄적인 음모론 등, K-방역이라고 불리는 강력한 통제와 재난 대응에도 불구하고 부분적으로 발생하는 사회적 공백 상태는 '거리두기'의 구체적인 증상을 구현하고 있다. 문제는 방역을 위해 어쩔 수 없이 거리를 둬야만 하는 제약에 있다기보다도 그러한 거리를 손쉽게 해석하고 유리하게 점유하고자 하는 파편화되고 폐쇄적인 부족주의에 있다. 과연 우리는 현재 자신들만의 볼트에서의 생존만을 고민하느라 바깥세계에 대한 인식과 소통의 가능성마저 제한하고 있지는 않은가?

멸망 자체를 무효화하고 기존의 현실로의 재정상화를 수행한다는 명목으로 다양한 구호들이 팬데믹을 배경으로 더욱 강조된다. 그런 의미에서 팬데믹 상태는 일종의 해석적 투쟁공간으로 변화할뿐 아니라, 일견 탈정치화된 것처럼 보이는 권력의 작동과 재배치를 비가시화한다. 그렇기에 더더욱 팬데믹 서사란 팬데믹의 교착상태를 점유하고 해석하려는 시도에 대하여 종결되지 않은 멸망을 소환함으로써 미래에 대한 해석적 주도권을 막는다. 소설집 『팬데믹: 여섯 개의 세계』(문학과지성사, 2020)처럼 SF를 통해서 팬데믹 시공간을 그려내는 직접적인 시도는 여타의 비장르문학 소설들보다도 우리가 처해 있는 상황을 손쉽게 가시화한다는 점에서 의미가 있다. 특히 김초엽의 소설 「최후의 라이오니」는 멸망을 받아들이기 위한 의미 있는 한 가지 태도를 묘사한다.

「최후의 라이오니」에서 멸망한 문명에 대한 애도란 단순히 앞서 죽은 자들과 결별하고 미래를 살아가기 위한 의지적인 작별 과정이 아니다. 오히려 여전히 진행 중인 멸망에 천착하고 그 과정을 가시화하는 과정에 가깝다. 이를 위해 소설의 주인공은 행성들에서 발생하는 멸망의 목격하고 전달하는 역할을 수행하는 '로몬'이라는 종족으로 그려진다. "우주에는 두 종류의 멸망이 있다. 가치 있는 멸망과 가치 없는 멸망(중략) 행성 하나의 생태계가 삶과 죽음의 순환 위에 세워져 있듯이 죽음의 순환을 우주 전체로 확대해보면 멸망의 가치가 드러난다. 어떤 죽음은 다른 삶을 지탱하는 것이다. 우리는 멸망한 폐허에서 생의 온기가 남은 자원과 정보를 회수하여 우주의 다른 공간으로 그것들을 보낸다"(19~20쪽) 하지만 이러한 서술은 주인공이 로몬족으로서 정체성과 함께 자신의 업무에 의미를 부여하기 위한 자기 최면에 가깝다. 그에 따르면 로몬족이 하는 우주 내 멸망의 흔적을 정리하고 기록하는 일종의 초월적인 유품정리사인 셈이다. 하지만 그와는 반대로 주인공은 그러한 역할에 적합하지 않을 뿐더러 "잘못된 종에 갇혀 있다는 감각"(22쪽)을 느낀다.

실제로 주인공은 "죽음 앞에서 항상 겁에 질린다"(22쪽) 그는 멸망의 흔적들에서 여전히 죽음을 읽어내고 손쉽게 공포에 전염되는 사람이다. 그런 주인공이 '3420ED'라는 멸망한 거주구에 와서 멸망을 기다리는 기계들에게 붙잡혀 있으면서도 느끼는 감정은 다른 멸망의 장소들보다 이 거주지가 오히려 두렵지 않고 죽음을 받아들일 수도 있을 것 같다는 감각이다. 이러한 감각은 주인공의 불일치하고 어긋난 정체성이 이곳 거주구의 어긋난 예외적 상태와 맞물리는 것이면서, 또한 기계들과 함께 이 거주구에 살았던 라이오니와 자신 사이의 기묘한 일치감 속에서 형성된다. 라이오니 역시 지금은 멸망한 이 행성의 주인인 불멸인들이 만들어낸 복제품이며, 불멸인들의 기준에서 결함이 있었기 때문에 버려진 존재다. 하지만 그와 같은 결함 때문에 라이오니는 멸망 속에서 기계들과 함께 제한적이나마 멸망을 향해가는 행성의 운명을 견딜 수 있었던 사람이기도 하다. 정상성이라는 기준에서 오류와 결함에 해당하는 자들이 멸망과 죽음을 더 민감하게 감각하기에, 그들은 멸망 속에서도 멸망하는 사람들과 함께할 용기를 얻는다. 살아가기 위해서 타인의 죽음을 필요로 하는 것이 아니라, 죽어가는 사람들을 위해서 더욱 온전히 죽음에 다가서는 태도가 여기에 있다.

주인공이 거주지와 운명을 함께하면서 죽어가는 '셀'이라는 로봇에게 열흘에 걸쳐 라이오니에 대한 이야기를 허구로 들려주는 과정은 『천일야화』에서 세헤라자데가 살기 위해 술탄에게 이야기를 들려주는 과정과 흥미로운 비교를 이룬다. 우리는 살아가기 위해서만 이야기를 필요로 하는 것이 아니다. 오히려 죽음을 두려워하는 이들을 다독여주기 위해서도 이야기는 필요하다. 주인공처럼 죽음을 두려워하는 자들만이 타인의 죽음을 다독여줄 수 있기 때문이다. 반대로 죽음을 추방하고 두려움을 제거한 불멸인들의 끝내 멸망 앞에서 침착할 수 없었다. 이 소설에서 불멸인들에 대한 묘사는 죽음과 멸망이라는 개념 자체를 추방해버린 고도화된 근대적 사회를 떠올리게 한다. 죽음을 받아들이지도 않으며 멸망은 한없이 유예되기에 그들 누구에게도 타인의 죽음에 다가서고 멸망을 함께 한다는 인식이 형성되지 않는다.

불멸인들의 문명을 무너뜨린 것은 정작 질병과 죽음 자체가 아니었다. 오히려 죽음이라는 개념과 공포를 추방하고자 구성된 영원이라는 개념이야말로 사회적 시스템을 무너뜨리고 폭력 앞에 노출된 문명을 무너뜨렸다. 이는 죽음을 인식하고 예정된 멸망을 향해 가는 기계문명에 대한 묘사와 효과적인 비교를 이룬다. 멸망은 단숨에 오는 것이 아니라, 단층적이고 시차적으로 온다. 하나의 멸망은 언제나 다음 멸망으로 이어져 있다. 라이오니를 제외한 다른 복제인간들이 멸망을 향해가는 거주구를 벗어나 새로운 삶, 뉴노말을 경험하기를 바랐음에도 라이오니가 끝내 거주구에 남으려 한 이유는 "누군가는 남아서 기계들을 책임져야 해. 최소한 그들을 데려가야 해"(39쪽)라고 생각했기 때문이다. 라이오니는 멸망 속에서 새로운 미래를 꿈꾸는 자들 사이에서 유일하게 다음 멸망을 기다리며 자신의 책임을 완수하려 한다. 그런 태도는 멸망을 유예하거나 다른 미래를 꿈꾸기보다는 멸망하는 자들과 함께 하는 과정에 더 큰 의미를 발견한다.

현재를 의미화하기 위하여 미래를 착취하는 것이 아니라, 오히려 현재에 충실하기를 요구하는 듯한 이러한 태도를 대변하는 것은 '기다림'이다. 이 소설은 지워지기 쉬운 긴 기다림의 시간을 가시화하는 소설이다. 라이오니가 기계들과 함께 멸망을 기다리던 시간, 라이오니가 떠난 뒤 그를 기다린 셀의 기다림, 그리고 기계들에게 붙잡혀 온 주인공이 셀에게 찾아가기까지의 기다림. 이때의 기다림이란 우리가 거리두기와 격리의 시간 속에서 다시 바깥으로 나가는 순간 없었던 것처럼 삭제해버리길 바라는 그런 시간들이다. 하지만 모든 거리두기와 격리야말로 사실 혼자서 수행할 수 있는 것이 아니라 타인에 대한 의존과 연결에 의해서만 가능하다. 이 소설은 멸망 이후가 아니라, 이 기다림의 시간을 발견하기 위한 여정처럼 보인다. 셀이 라이오니를 기다리는 과정은 프로그램으로서의 기능에 불과하다고 말할 수도 있겠지만, 라이오니가 돌아오지 않는다는 사실을 알면서도 셀이 기다리는 것, 그리고 그런 라이오니를 대신하여 주인공이 그 기다림에 응답하는 과정 모두는 자기기만이 아니라 누군가의 부재와 죽음을 책임지기 위한 연루의 태도들이다.

"우리의 생존 자체가 위협받을 때조차도, 우리가 처벌받고 있으며 우주가 (혹은 외계의 누군가가) 우리 일에 여전히 관여하고 있다는 사실은 무언가 위안이 된다. 그럴 때 우리는 무언가 심오한 차원에서 의미 있는 존재가 되기 때문이다."[4] 이러한 서술은 바이러스에 대한 의미화 자체를 거부하라는 뜻은 아니다. 바이러스에 대한 과도한 의미화를 수행한다고 해서 이 모든 재난과 멸망의 과정을 일종의 우주적 의지와 그에 따른 시련으로 정당화될 수는 없다. 「최후의 라이오니」는 멸망으로부터 의미를 추출하고 멸망한 문명에 심오한 의미를 부여하기 위한 소설이 아니다. 오히려 정반대다. 의미화되지 않는 멸망을 다소 무심하게 받아들이는 태도 속에서만 우리는 죽어가는 자들과 함께하는 시공간을 가시화할 수 있게 된다. 그리고 이러한 시공간을 발견하고 가시화하는 자가 시스템의 분류에 따르면 결함과 오류를 가진 어긋난 존재라는 사실이야말로 중요하다. 그들은 언제나 시스템과 사회에 의해 거리를 강요받거나 격리되어왔기 때문이다. 그렇기에 역설적으로 그들은 격리와 거리 속에서도 타인과의 연결을 발견한다. 「최후의 라이오니」는 여전히 현실의 정상화만을 꿈꾸는 코로나 팬데믹 속의 우리에게 다른 선택지가 있다는 사실을 강조하는 것 같다. 멸망 이후를 생각하느니, 차라리 이 멸망 속에서도 함께 할 누군가를 발견하고 기꺼이 연루되는 행위의 중요성을 말이다.

3. 심리스(seamless)를 넘어서

앞서 김초엽의 소설을 살펴보는 가운데 이러한 소설적 발견과 주제적 메시지가 한편으로는 얼마나 효과적일지에 대하여 의문이 드는 것도 사실이다. 사람들은 과연 그런 메시지를 모르기 때문에 팬데믹의 현실에서 관

---

4   슬라보예 지젝, 『팬데믹 패닉』, 강우성 옮김, 북하우스, 2020, 30~31쪽.

성적인 삶을 유지하거나 빈틈없는 과거를 회복하길 바라는 것은 아닐 것이다. 실제로 포스트모던한 시대를 살아가는 오늘날의 냉소적인 주체들은 알고 있는 것을 실제로는 믿지 않는다. 멸망이라는 개념을 알지만, 결코 믿거나 받아들이지 않는다는 의미에서 현대인들은 「최후의 라이오니」에 등장하는 불멸인들보다도 낙관적이다. 많은 사람들이 여전히 코로나 바이러스의 문제에 대하여 충분히 경험했고 많은 것을 알고 있다고 생각하지만, 동시에 그 파급적 효과와 돌이킬 수 없는 변화에 대해서는 믿지 않는다. 오히려 돌이킬 수 없는 변화를 민감하게 받아들이고 더욱 효율적으로 미래를 지배하기 위하여 역동적으로 움직이기 시작한 것은 자본이다. 팬데믹의 장기화 현상 속에서 우리가 발견하게 되는 것은 더 냉혹한 플랫폼 자본주의다.

팬데믹 이후의 비가역적인 변화를 말하기 이전에 앞서 언급한 기다림의 순간들을 통해서 우리가 살아가는 세계와 사회의 구조적 모순은 손쉽게 지워진다. 팬데믹의 거리두기와 격리화된 삶을 전면화함에 따라서, 팬데믹 이전에도 이미 거리화되고 격리화된 사람들은 더욱 비가시화될 수밖에 없다. 그리고 그 공백을 메우는 것은 자본에 의한 더 매력적인 전망과 구호들이다. 이를테면 '4차산업혁명'이라는 단어의 공허함만큼이나 '미래 산업'이라는 말에서 미래는 산업화의 대상이자 개발의 신대륙으로써 빠르게 점거되고 착취되는 중이다. 특히 팬데믹 현상 아래 사람들은 움직임을 멈추었을지라도, 유동하는 자본은 더욱 역동적으로 움직이는 중이다. 사람들은 미래 가치라는 말로 가상화폐에 막대한 자본을 투자하고, 디지털화된 숫자들의 변동과 그래프의 움직임을 통해서 더 즉각적으로 강력한 피드백을 얻는다. 어떤 대면 접촉보다도 강력한 정서적 효능감을 발견하는 셈이다.

그뿐만 아니라 거리두기의 현실과 격리의 시공간은 그 모든 거리와 공백을 기술적 매개물, 혹은 보이지 않는 제3자의 손과 발을 빌려 해결하는 플랫폼 자본주의의 발달을 가속화하고 있다. 특히 유투브나 넷플릭스와 같은 뉴미디어 플랫폼, 아마존과 쿠팡과 같은 배달 유통 산업은 팬데믹을 통해서 노동의 구조적 현실을 비가시화하고 노동자를 소외시키며 성장하고 있다. 컴퓨터 화면을 통해 작업하는 수많은 불안정 노동자들은 플랫폼 아래 들어가지 않으면 사실상 독립적인 작업을 수행할 수 없게 되었으며, 그 와중에 육체노동자들의 처우는 수많은 외주와 하청을 통해서 그 누구와도 연루되지 않는 형태로 가려지고 휘발된다. 표면적으로 국가는 폐쇄되고 해외여행은 제한받지만, 전지구적이고 초국가적인 자본주의는 더 강력하게 제3세계의 노동력을 끌어다 쓰고 있으면서도 그것을 효과적으로 비가시화하는데 성공한다.

앞서 김초엽의 소설이 비가시화된 격리적 상황 속에서도 타인과의 연루를 발견하는 일련의 가시화 행위를 재현하고 있다면, 반대로 팬데믹 시대에 온라인 접속으로 대변되는 비대면의 삶은 멀리 떨어져 있는 존재를 화상화면을 통해 가시화하는 것처럼 보이지만 그러한 조건을 구성하는 많은 구조적 압력에 대해서는 비가시화한다. 이처럼 미래산업이라는 명목으로 더 편의적인 삶, 더 안전하고 더 매끄러운 현실 이해를 구성하는 자본의 논리를 뒷받침하고 있는 것은 디테일한 디지털 그래픽 기술과 심리스적인 시각이다. 이제 우리는 디지털 화면처럼 현실을 바라보며, 단절과 얼룩, 요철와 균열로 가득한 현실을 더 그럴듯한 시각적 보정 효과로 지워낸다.

이종산의 소설 「벌레 폭풍」에서 포포와 무이는 '스크린 윈도우'라는 언택트 시대의 발명품을 통해서 집 바깥의 세상은 물론 각각 격리상태로 떨어져 사는 사람들의 삶을 오픈하여 공유한다. 벌레 폭풍 때문에 바깥출입을 선택할 수 없는 사람들에게 스크린 윈도우는 과거의 삶을 회복하듯 바깥 풍경을 제공할 뿐 아니라, 더 생생한 타인과의 대화는 물론 그들의 일상을 공유하는 것까지 가능하다. 하지만 많은 것들이 공유되는 것처럼 보이는 스크린 윈도우가 아무리 생생하게 현실을 시각화하는 것처럼 보일지라도 이 화면들은 여러 가지 제약들로 이루어져 있다. 더 나은 화질을 선택할 경우 데이터 사용에 따른 요금은 상당한 경제적 부담으로 작동한다. 심지어 평범하게 산책을 즐기고 싶다고 한들 바깥세상을 가득 채운 벌레들 때문에 발생하는 시야의 한계가 존재한다. 기술의 발전은 "벌레 지워주는 필터"(170쪽)까지 제공하지만, 물론 이는 별도의 추가금액으로 판매하는 중이다. 이처럼 마치 과거의 삶을 복원하는 것처럼 보이는 미래 사회의 심리스 시각화 기술은 어디까지나 눈속임에 불과할 뿐, 그 기술적 환상을 걷어내 버리고 나면 현실의 많은 부분이 여전히 팬데믹의 파괴적인 현실로부터 벗어날 수 없다.

노동의 차원에서도 마찬가지다. 포포가 7년 전에 취직했던 인형 회사는 사실상 3D 프린트 기술을 통해서 양산화된 인형을 직원들에게 하청을 주듯 빠르게 생산하길 원하는 곳이었다. 이곳에서 포포는 자신의 노동으로부터 소외될 뿐 아니라, 인형 제작을 통해서 고객들에게 제공하고자 하는 연결과 만족으로부터도 소외된다. 퇴사 이후 포포가 선택한 것은 자신의 개성을 살리는 나무 인형을 만드는 것이었고, 동시에 그 제작 과정을 스크린 윈도우로 공유함으로써 무이와의 만남까지 이어질 수 있었다. 하지만 그와 동시에 심리스적인 가상현실로 기존의 현실을 대체하는 초연결사회(hyper-connected society)는 자신도 모르게 자기 자신을 착취한다. 그 누구도 상시적인 연결로부터 자유로울 수 없으며, 언택트가 보편화된 세상에서는 진정한 언택트를 자신의 의지로 선택할 수 없게 만들기 때문이다.

"때로는 바깥과 자신의 연결을 끊고 완전히 혼자가 되는 게 도움이 될 때가 있다. 막연한 외로움에서 헤어날 수 있게, 내면에 집중하면 혼자라는 사실이 외롭기보다는 편하게 느껴진다."(184쪽) 포포가 언택트의 삶 속에서도 다시 스크린 윈도우를 끊고 고립을 선택하는 순간의 묘사야말로 심리스적인 시선으로는 결코 관찰할 수 없는 전혀 다른 내면의 세계를 발견하는 방식이 된다. 앞서 「최후의 라이오니」에서 오직 멸망을 기다리는 순간만이 멸망에 대한 수많은 미래의 비전으로부터 벗어난 시공간을 구성할 수 있었듯이 말이다. 고도로 발전한 시각 기술로 매끄럽게 재현되는 현실에서 벗어나기 위해서는 거칠고 덜컹거리며 시각적 제한으로 넘쳐나는 실제의 관계성을 발견하기 위한 노력이 요구된다.

이 소설의 결말에서 포포가 무이를 만나러 가기 위해 기꺼이 택시를 탄 뒤, 벌레 폭풍을 뚫고 비행기를 이용하기 위하여 공항까지 도달하는 이야기는 상징적이다. 비행기가 제때에 이륙할 수 없었기에 포포가 벌레 폭풍으로 고립된 공항에서 하룻밤을 보내는 과정은 심리스로 구성된 가상현실로부터 벗어나 새로운 삶을 선택하는 순간의 불안과 공포심으로 가득차 있다. "지금까지 무이와 잘 지낼 수 있었던 것은 스크린 윈도우를 통해서만 서로를 봤기 때문일지도 모른다."(194쪽) 이러한 불안감에도 불구하고 포포가 무이를 향해 가는 이동 과정은 스크린 윈도우 이상의 현실을 받아들이는 것이야말로 실질적인 관계성을 잃어버린 사회 속에서 자라난 사람들에게, 사회를 재발견하고 복구하기 위한 통과의례라는 사실을 짐작하게 만든다. 또한 지금까지 포포가 알고 지냈던 무이와 전혀 다른 존재로서의 또 다른 무이를 만나게 된다고 할지라도, 앞서 나무 인형을 만들면서 시작된 무이와의 모든 만남과 연결이 허구가 되는 것은 아니다. 3D프린트처럼 규격화된 산업 환경에서는 애초에 시작되지 않았을 관계가 주는 실감이야말로 무미건조하게 매끄러운 심리스 리얼리티 이상의 의미가 될 수 있으며, 그 이상의 의미란 언제나 알 수 없는 위기와 불안을 기꺼이 받아들이는 태도로만 구성된다.

4. 복구도 전망도 아닌, 재발견을 위하여

앞서 살펴본 소설들은 공통적으로 팬데믹의 교착상태를 벗어나기 위하여 오히려 팬데믹의 삶 속에서 자기 자신을 발견하고 충실할 수 있는 방법들을 찾았다. 그것은 과거에 대한 노스텔지어적인 관성도 아니고, 미래에 대한 낙관적 전망도 아니다. 오히려 한없이 유예되는 멸망 앞에 있는 현재를 그럴듯한 가상현실처럼 꾸미고, 계속해서 존재하는 재난의 흔적들을 마모시켜서 심리스적이면서도 폐쇄적인 현실을 벗어나는 방법에 대한 이야기들이다. 과거는 복구되지 않으며 미래는 결코 전망처럼 흘러가지 않을 것이라는 기이한 감각만이 현재를 재발명하는 셈이다. 팬데믹의 교착상태는 그렇게 현재 우리 눈앞을 어지럽히는 여러 시각적 비전들로부터 오히려 눈을 감는 맹목성에 의해서만 돌파 가능해 보인다.

앞서 살펴본 소설들 이외에도 어쩌면 더욱 실천적인 방법론을 이야기하는 팬데믹 서사는 최근의 비디오 게임에서 발견할 수 있다. 코미자 히데오(小島秀夫) 감독이 제작하고 연출한 게임 〈데스 스트랜딩〉(DEATH STRANDING, 2019)은 전세계를 집어삼킨 아포칼립스, 즉 '데스 스트랜딩' 현상의 발생 이후 개개인이 격리되어 어떤 희망도 없이 차츰 멸망을 향해가는 세계를 다룬다, 이 게임은 코로나 대유행 직전에 이미 팬데믹을 예견한 것처럼 멸망해가는 세계에 대한 묘사를 선취하고 있다. 더욱이 출산의 실종과 인구 절벽에 이르러 멸망을 기정사실화하고 있는 넓은 세계는 거의 무인 상태로 그려지며, 주인공만이 거대한 오픈월드 세계관을 홀로 떠돌며 그 광대한 공백 상태 자체에 충실하게 만든다. 앞서 언급한 배달노동자가 가려지는 언택트 세계와 달리, 흥미롭게도 이 게임에서는 '샘 브릿지 포터'라는 배달원이 주인공으로써 결코 휘발되지도 비가시화되지도 않는 모든 노동의 시간을 게임으로 제공한다. 주인공 샘 포터는 미국 각지에 완전히 격리되어 연결까지 끊어진 각지의 쉘터를 직접 찾아가 연결하는데, 전체 이야기의 전개는 파편화된 미국을 재연결함으로써 해체된 미국 자체를 재건하려는 이야기다. 그러나 이러한 재연결의 상상력은 단순히 과거 건재했던 국가의 재건과 사회의 귀환으로만 요약되지 않는다. 게임의 서사가 보여주는 것보다 더 다양한 상호작용이 이 게임의 플레이를 다층화시켜주기 때문이다.

실제로 이 게임에서 플레이어는 여유롭게 오픈월드의 세계관을 경험하기보다는 여러 위험에 노출된 채 타인과의 연결을 목표로 끊임없이 이동한다. 마치 언택트 시대의 배달 노동의 실제를 환기하듯 이 게임에서 모든 이동 과정은 끊임없는 신체의 균형 잡기와 다양한 위기 상황에 대한 대응으로 이루어진다. 이때 배달의 효율성을 위하여 플레이어는 단순히 월드맵을 가로지르는 것만이 아니라, 비어있는 세계 곳곳에 자신만이 아니라 다른 플레이어까지도 함께 활용할 수 있는 여러 이동 시설들을 건설함으로써 공동의 재건 작업에 참여해야 한다. 새로운 형태의 공유지를 구축하기 위하여 개인만을 위한 빠른 이동이 아니라 비가시적인 타인의 쓸모를 위해 기꺼이 자신의 노동력을 제공하기도 한다. 그것은 파괴된 세계에서 새롭게 쌓아 올린 건축물들을 공유하는 형태이며, 그 혜택을 자신이 아니라 타인에게 제공하기 위한 형태. 게임이 제공하는 이야기 형태의 '연결의 회복'보다도 사실은 전체 세계에 느슨하게 회복되는 비가시적인 타인과의 연결이야말로 이 게임이 달성하는 새로운 게임 형태의 가치다 모든 관계를 원격화하려는 기술 중심적 패러다임 전환과는 달리, 포스트-코로나 시대의 진정한 과제는 우리를 둘러싼 모든 심리스적 현실로부터 벗어나 폐허가 되어가는 현실과 가려진 타인들의 삶을 재발견하는 과정들이다. 또한 편의적인 단절과 격리, 상상적 공동체나 부족주의로의 퇴행을 극복하는 것이다. 우리에게 필요한 재연결은 과거의 강한 결속을 회복하거나 뉴노말에 대한 미래 전망으로 강화되는 것이 아니다. 오히려 비가역적인 파괴와 폐허를 감당하면서도 심리스가 주는 안락함의 눈속임을 벗어나 잠재적인 위험을 감수하고서라도 타자와의 만남과 접촉을 재발명하는 것이다. 그것은 지금 당장 방역수칙으로부터 벗어나 위험을 감수하면서 과거와 같은 대면 모임을 즐기라는 이야기가 아니다. 심리스적인 가상적 현실의 이미지 속에서 휘발되어버린 사회의 자리를 다시 구성하고 그렇게 재발명될 공유지 안에서 시민으로서의 참여 방식을 재검토하는 포괄적인 과제를 이야기하는 것이다.

새롭지도 훌륭하지도 않게

— 형식주의자의 페미니즘

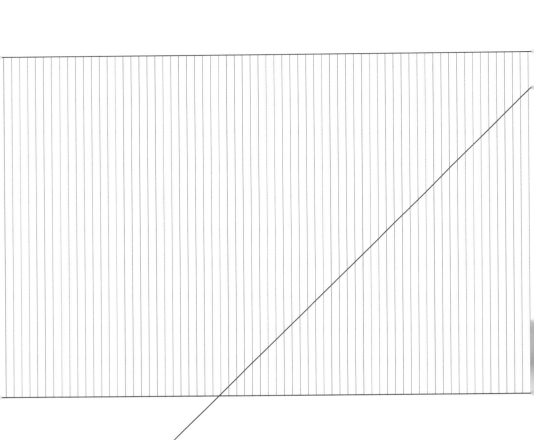

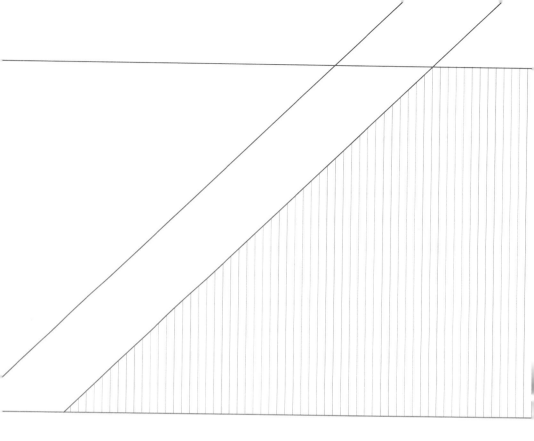

이 소

숙명여자대학교 약학과 졸업.
조선대학교 국어국문학과 대학원 졸업.
일본군 '위안부' 증언소설 연구로 박사 학위를 받음.
2020년 〈경향신문〉 신춘문예로 등단.
greensahara@naver.com

새롭지도 훌륭하지도 않게

—형식주의자의 페미니즘

1. 무엇이 '진짜 페미니즘적인 것'인가

지난 7월 20일 아마존 창업자인 제프 베이조스가 조종사 없이 고도 107 킬로미터까지 우주여행을 다녀오는 데 성공했다. 고작 삼 분 남짓 우주의 가장자리를 찍고 돌아온 것이 무슨 우주여행이냐고 할 수도 있겠지만, 공인된 우주의 경계가 고도 100킬로미터라 하니 굳이 성공이라 말하지 못할 이유도 없다. 베이조스뿐 아니라 최근 세계 최고의 부자들이 앞다투어 우주에 눈독을 들이고 있는 상황에 대해 할 말은 많지만 과감히 생략하자. 그보다 베이조스의 우주여행 이야기로 이 글을 시작한 이유는 바로 이 사례가 '형식은 은폐하는 동시에 누설한다'는 진리를 똑똑히 보여주고 있기 때문이다. 만약 아직 베이조스의 로켓을 보지 못했다면, 일단 '뉴셰퍼드 로켓'을 검색해보시라.

그렇다. 검색을 마친 당신이 지금 막 생각하고 있는 것처럼, 발사 당시 SNS에서도 이 로켓은 '페니스 로켓'이라 불렸다. 아무리 달리 보려 애를 써도 다르게 보이지 않는다. 우주선은 원래 유선형의 길쭉한 형태인 법이라고 생각하려 해도(여태 다른 우주선들이 그렇게 보이진 않았잖아!), 그냥 어쩌다 우연히 닮아버렸겠지 생각하려 해도(블루 오리진의 개발자들이 베이조스에게 컨펌을 받지 않았을 리가 없잖아!), 아무리 이리 보고 저리 봐도 이것은 지구 최고의 부자가 된 남자가 '처녀지'인 우주를 향해 쏘아 올리는 거대한 페니스처럼 보인다. 그리고 여기에 더해 고도의 계산 끝에 선택됐을 그의 '카우보이' 모자, 기후 위기의 지구를 향해 엄청난 양의 탄소를 싸지르고 가면서도 '인류의 진보'를 운운하던 그의 미소, 비행 성공 후 감사의 인사랍시고 던진 '아마존에서 물건 사줘서 고마워. 너희가 낸 돈으로 내가 우주에 다녀왔어'와 같은 그의 말 등은, 그가 한 치의 의심도 없이 자신을 우주의 개척자나 인류의 대표자, 보편의 화신으로 확신하고 있음을 보여준다.

내게는 이 모든 것이 당시 세계 곳곳을 휩쓴 폭염과 폭우 뉴스와 겹쳐져 차마 비극적이라고도 희극적이라고도 할 수 없이 느껴졌는데, 한 가지 더 거슬렸던 것은 그 페니스 로켓에 1961년 우주비행사 시험에 합격했으나 여성이라는 이유로 우주에 가지 못했던 82세의 월리 펑크가 명예 승객으로 탑승했다는 소식이었다. 과거 미항공우주국NASA이 차별했던 여성을 이 우주 놀이에 초대한 것은 카우보이가 한 행동 중 가장 적절하고 사려 깊은 것으로 평가받았고, 국내 언론에서도 '육십 년 만에 이룬 꿈' 따위의 제목으로 소개되었다. 페미니스트를 자처하는 몇몇 이들도 자신의 SNS에 이 기사를 공유하며 '포기하지 않으면 꿈은 이루어진다'라는 식의 코멘트를 달았는데, 나는 그것을 본 순간 불현듯 두 권의 책 제목이 떠올랐다. '도둑맞은 페미니즘'과 '페미니즘을 팝니다'. 그래, 페미니즘은 이렇게 동원된다.

진정한 카우보이는 정복한 땅에 더이상 미련을 두지 않으니, 그는 슬럼화된 세계를 등지고 새로운 처녀지를 향해 나아간다. 그는 자본주의의 중첩된 모순에 손끝 하나 대지 않고도 '진보'라는 허명을 얻을 수 있는 쉬운 방법을 알고 있다. 국가가 방해한 꿈을 내가 이루게 해주겠노라. 그는 의기 양양하게 그녀를 태워간다. 제국주의와 자본주의와 남성중심주의는 사이가 나쁘지 않고, 때론 형식이란 놀랍도록 솔직하다. 로켓이 거대한 페니스 형태인 것은 어쩌면 당연해 보인다. 그러니 우리가 이 로켓의 모양보다 더 신기하게 봐야 할 것은, 이 우스꽝스러울 정도로 솔직한 페니스를 향해서도 정반대의 해석이 이루어진다는 사실이다. 정말이지 영웅과 악당을 선명하게 구별하기란 쉽지 않은 일임을 알지만, 그래도 평생 그의 우주선에 탑승할 가능성이 희박한 사람들이, 그러니까 그와 어떠한 이해관계도 없는 낙천적이고 선량한 사람들이 그의 꿈과 '우리'의 꿈이 같다고 믿으며 내지르는 환호성을 듣는 것은 상당히 괴로운 일이었다.

이처럼 같은 것을 보고도 정반대로 해석하는 일, 그래서 그 해석의 타당성을 놓고 대립이 발생하는 일은 페미니즘을 둘러싼 논쟁에서 아주 흔히 볼 수 있는 일이다. '무엇이 진짜 페미니즘적인 것인가'를 두고 이루어지던 논쟁이 '누가 진짜 페미니스트인지'를 따져 묻는 윤리적·당위적·정서적 영역으로 귀결되는 일도 많다. 그러나 지금의 현실정치에서 '진보'를 자처하는 세력의 행동이 모두 진보적인 것은 아닌 것처럼, 페미니스트를 자임하는 이들이 '이것이 페미니즘'이라고 주장한다 해서 그것이 곧 페미니즘이 되는 것은 아닐 것이다. 나 역시 아무리 스스로 페미니스트임을 믿는다 할지라도 내가 판단하고 실천하는 모든 것이 '페미니즘적인 것'이 된다고는 믿지 않는다. 내게 페미니즘은 비평 그 자체와 크게 다른 말이 아니고, 비평이 그렇듯 페미니즘 역시 실체로서 고정된 것이 아니라 매 순간 무너뜨리고 쌓아 올려야 하는, 쉽게 말해 정신 똑바로 차리고 복잡한 현실을 인식해야 하는 일이니, 내가 기댈 수 있는 것은 여전히 형식이다. 마치 베이조스의 로켓처럼, 형식은 가장 공들여 빚어낸 닫힌 구조인 듯 보이지만 때론 놀랍도록 어이없게 벌어져 있다.

2. 무엇이 '훌륭한 형식'인가

애써 씩씩하게 말했지만 실은 형식의 문제 또한 만만치 않다. 문학을 전공하러 대학원에 진학한 후 가장 이해하기 힘들었던 것은 '형식을 파악하라'는 말이었다. 석사 첫 학기에 프레드릭 제임슨의 『맑스주의와 형식』을 읽으면서(과거의 나에게 위로를 보낸다. 지금 보니 그 책은 당시의 내가 읽을 수 있는 책이 절대 아니었어) 도대체 그가 말하는 문학의 형식이 무엇인지 갈피를 잡기 어려웠다. 그런데 지금은 석사논문을 준비하는 후배에게 이렇게 조언하는 나를 발견한다. "그렇게 내용 층위에서만 보면 안 돼. 형식의 차원에서 접근해야지." 후배가 말간 얼굴로 묻는다. "선배, 그런데 형식이 뭐에요?" 아, 어쩌면 형식은 학위 과정을 다 마쳐야 귀납적으로 알게 되는 것 아닐까. 학부부터 국문학을 전공했고 훌륭한 리포트를 제출했으며 이제 석사과정을 곧 마쳐가는 똑똑한(그리고 솔직한) 대학원생이 그럴진대, 과연 형식에 대한 논쟁이 비평가가 아닌 일반 독자들에게 받아들여지긴 하는 걸까. 혹은 비평가들끼리도 정말 같은 것을 두고 이야기하고 있는 것일까?

그런데 무엇을 형식으로 보는지에 관한 문제는 문학보다 좀더 수월하게 형식을 식별할 수 있는 미술의 영역에서도 자주 발생한다. 얼마 전 학고재 갤러리에서 여성주의 미술의 대가 윤석남의 개인전을 봤다. 조선 시대 초상화와 민화의 기법을 응용하여 그린 여성 독립운동가들의 채색 초상화 전시였다. 전시장을 가득 채운 초상화들은 당시의 사진 기록에 근거하여 그려졌기 때문에 대부분 증명사진처럼 정면을 향한 정적인 모습이었지만, 작가는 인물의 배경으로 당시의 활동 장소나 상징물 등을 배치하여 화면에 역동성과 서사성을 부여하고 있었다. 그 전시를 본 직후 우연히 어떤 미술 비평가의 평을 듣게 되었는데, 그것은 그 작품들의 형식에 대한 엄청난 혹평이었다. 대체로 전시에 대한 찬사는 전시장에서나 보도자료를 통해 쉽게 접할 수 있는 반면에 비평가가 자신의 이름을 걸고 작품을 비판하는 것을 들을 기회는 드물기 때문에 나는 그의 이야기를 집중해서 들었다. 그의 주장은 명료했다. 제대로 다듬어지지 않은 테크닉으로 단지 소재에 기대어 작업했다는 것. 다시 말해 형식적으로는 오래된 것을, 그나마도 능숙하게 사용하지 못했다는 것.

그의 말을 이해하기란 어렵지 않다. 몇십 년 동안 유화와 아크릴 물감을 사용하던 서양화가의 뒤늦은 한국화 작업이 비평가의 눈에 그다지 탐탁해 보이지 않을 이유는 얼마든지 있다. 그리고 나는 붓질의 테크닉에 대해 아는 바가 없으므로 그에 대해 논할 수 없다. 다만 내가 궁금한 것은 이런 것들이다. 기존의 초상화 전통에는 젠더가 존재하지 않았을 텐데, 거기에 젠더라는 요소가 기입되며 여성이 재현 주체이자 대상으로 등장하게 됐을 때 그것을 내용만 바꾸고 형식은 그대로라고 말할 수 있을까. 오히려 전통 초상화라는 형식에 젠더의 형식이 도입되었다고 말하는 편이 맞지 않을까. 내가 그 작품들로부터 발견한 형식은 단지 선을 그리고 채색을 하는 붓질뿐 아니라 독립운동/친일, 제국/식민지, 좌파/우파, 남/여, 전통/현대 등 다양한 이항대립들의 그물망이었고, 이것을 교란하고 싶은 작가의 의도는 명백해 보였다. 그렇다면 다양한 요소들의 배치와 배열을 변경함으로써 다른 방식의 주체성을 만들어내는 시도야말로 형식의 변화라고 말할 수 있지 않을까.

나는 이것이 대단히 새롭다고 주장하는 것은 아니다. 오히려 새로움은 '훌륭한 형식'에 대한 기준이 될 수 없음을 지적하는 것이다. 아서 단토가 다소 경망스럽게 환호했던 것처럼 동시대 미술에서는 모든 것이 가능해졌고, 그것은 이제 르네상스풍의 환영주의 회화를 그려도, 혹은 아무것도 설치하지 않은 채 관객의 의아해하는 목소리가 바로 작품이라고 주장해도 동시대 미술은 성립한다는 의미다. 뒤샹 이후로 길가에 버려진 물건을 주워다 쓸 수 있고, 키치 이후로 모든 것을 클리셰처럼 활용할 수 있으니, 모더니즘 이후 '새로움'은 곧 '오래된 것'이 되어버렸다. 심지어 새로움을 거부하는 것조차 새로움을 위한 것으로 받아들여질 것이니, 전통 초상화 기법의 차용에 대해 '오래된 형식의 반복'이라고 평가절하하는 것은 크게 설득력을 얻지 못할 것이다.

물론 미술비평가의 한숨을 이해하지 못하는 바는 아니다. 나 역시 전통적인 한국화로 여성 독립운동가의 초상화를 그리는 것이 형식의 퇴보라고 말할 수 없는 것만큼이나 형식의 진보라고 말할 수 없다고 생각한다. 아마도 그는 '진보'를 앞세워 작품을 고평하는 목소리에 거부감을 느끼고 어깃장을 놓고 싶었던 모양이다. 그러나 앞서 언급한 대로, 중요한 것은 새로움이 더는 형식을 말할 때 기준이 되지 않는다는 것이고, 그 말은 진보/퇴보 혹은 진보/보수라는 이항대립으로도 형식을 설명할 수 없다는 것이다. 그보다 유심히 봐야 할 것은 그 형식을 사용한 맥락과 효과다. 기존에 여성을 그리던 방식에서 벗어나 전통 초상화의 권위를 여성 운동가에게 부여하는 것은 남성의 근엄한 얼굴로 이루어진 세계에 여성의 얼굴을 그려넣어 전통의 계승과 전유의 문제를 건드리는 것이고, 그런 시도의 결과로 '형식의 역사'는 조금 더 두꺼워질 것이다. 그러나 동시에 잊지 말아야 할 것은, 여성이라는 항목에 살짝 괄호를 치고 보면 가장 전통적인 방식으로 독립운동가에게 권위와 정당성을 부여하는 것이 모종의 이데올로기적인 혐의가 없을 리는 없다는 점이다.

그러니 이제 형식에 대한 탈신비화된 논의가 필요하다. 그렇지 않으면 페미니즘이 종종 '페미니스트가 주장하는 것이 페미니즘'이라는 분리주의적 오류에 빠지는 것처럼, 형식에 대한 논의도 '잘 그렸으면/잘 썼으면 좋은 형식'이라는 식의 평가와 '잘 그렸는지/잘 썼는지는 작품을 볼 줄 아는 사람이 평가할 수 있다'라는 식의 동어반복에서 벗어날 수 없게 된다. 논증이 가능한 영역으로 형식과 페미니즘을 옮겨오기 위해서는 형식에 관한 보다 구체적인 제시가 필요하고, 그 제시된 형식을 통해 어떤 텍스트든지 다룰 수 있어야 한다.

3. 세 개의 세계

그렇다면 무엇을 대상으로 문학의 형식에 관해 이야기해 볼까. 이 분석이 생산적인 논의의 토대를 마련하기 위해 '완성도'나 '새로움'과는 분리된 형식의 제시를 목표로 한다면, 일단 이미 작품성을 인정받고 비평적 작업이 많이 진행된 소설은 제외하는 편이 좋겠다. 또한, 소위 '형식적인 작품'으로 분류될 만한 소설도 그다지 좋은 선택은 아닐 것이다. 좀더 무작위적이고 따끈따끈한 텍스트들이 필요하다. 그럼 이렇게 해보는 게 어떨까. 이 글이 실릴 지면은 『문학동네』 가을호의 지면이고 아무래도 이 글은 『문학동네』 여름호를 봤던 독자가 읽을 가능성이 클 테니 여름호에 실린 소설들을 대상으로 삼아보는 것이다. 마침 작가의 성비도 적당하다. 중견 남성 작가 김훈, 젊은 여성 작가 박서련, 젊은 남성 작가이자 퀴어 작가인 박선우.

이제 이 소설들을 대상으로 내가 분석할 형식은 문학사적 장르 개념이나 정교한 서사학적 개념이 아닌, 푸코가 권력을 분석하며 사용한 배치, 배열, 조직, 연결의 원리와 유사하다. 푸코가 분석한, 사회에 질서를 부여하고 규범과 배제를 구획하는 미시권력의 효과를 일종의 '형식의 그물망'으로 생각한다면, 이 촘촘한 '푸코적 형식'으로 텍스트를 분석하는 것은 충분히 가능하다. 실제로 캐롤라인 레빈은 푸코의 권력 분석을 텍스트 분석에 적용하여 텍스트에 존재하는 형식적 패턴을 네 가지로 구별하는데, 그것은 다음과 같다. "가정집의 담장과 국경선과 같은 제한된 **전체**; 산업노동의 반복적 패턴과 시간이 흘러도 변함없는 제도 패턴과 같은 시간적 **리듬**; 젠더, 인종, 계급, 관료주의를 포함한 강력한 **계층질서**; 다국적 교역, 테러리즘, 운송처럼 사람과 사물을 연결하는 **네트워크**".[1] 원래 "서사는 충돌하는 형식들에 대한 경험을 가장 잘 포착하는 형식"[2]이고, 소설은 탄생 시점부터 서사를 통해 다양한 사회적 관계를 제한된 틀로 재현하는 데 탁월한 재능을 보여왔으므로, 레빈이 제시한 네 가지 형식을 중심으로 소설을 분석하는 것은 꽤 괜찮은 방법이다. 나는 지면 관계상 네 가지 중 정치적으로 가장 문제적인 첫번째와 세번째 형식을 중심으로 텍스트를 분석하되, 계층질서와 때론 일치하고 때론 충돌하는 이항대립의 형식을 주의깊게 살펴보려 한다.

*

김훈의 「대장 내시경 검사」에는 다양한 이항대립과 시공의 경계가 존재

---

1   캐롤라인 래빈, 백준걸·황수경 역, 『형식들』, 앨피, 2021, 69쪽.
2   같은 책, 64쪽.

한다. 젊음/늙음, 건강/병, 남성/여성, 미국/한국, 과거/현재 등등. 이런 대립 쌍들을 조립해보면 가장 많은 가치를 지닌 인물은 '나은희'다. 그녀는 가슴에 '별자리' 같은 주근깨가 흩어져 있던 아름다운 여성이었고 '나'의 첫사랑이었지만, 가난한 연인들의 이야기가 흔히 그렇듯 미래를 약속하지 못하고 미국으로 떠났다. '나'의 기억에서 그녀는 젊음과 건강과 여성성을 모두 가지고 있는 존재다. 그러나 몇십 년 만에 아들의 취업 알선을 부탁하는 그녀의 편지가 도착한 후, 그녀는 과거/현재, 미국/한국의 경계를 넘어와 세속의 사람이 된다. 그리고 김훈의 세계에서 자주 그렇듯, 젊음이 사라지면 여성성은 무너진다. 그녀의 아들을 통해 그녀가 유방암 수술을 받았고 그녀의 별자리도 사라졌음이 드러나는 것은 그런 의미다. 그렇다면 이 소설에서 가치가 부여된 쪽은 '젊음'인가 하면 또 그렇지 않다. 여성은 젊음과 결합해야 진정한 여성이지만, 젊음과 결합한 남성은 "세상 물정 모르는 부잣집 아들(294쪽)"인 은희의 아들인 '찰리 장'처럼 무지한 존재에 불과하다. 이렇게 각각의 대립 쌍들의 연결과 단절을 살펴보면, 결국 소설에서 가장 중요한 가치를 지닌 주체는 무지하지 않은 남성, 즉 나이가 지긋한 남성이 된다.

물론 이 나이든 남성의 지혜란 청춘의 육체를 내준 대신 얻은 냉소적 인식에 가깝다. 그럼에도 생물학적 시간과 남녀의 대비가 교차할 때, 메타적 위치에서 허무한 세계성을 인식하는 자는 더이상 별자리에 닿을 수 없음을 알아버린 나이든 남성이다. 그렇게 소설은 남성/여성, 늙음/젊음의 이항대립을 계층질서로 서열화해버린다. 그리고 서열로 '정리'된 이 세계가 어두운 무의미와 필연의 세계로 사그라지는 것은 당연한 일이다. 어쩌면 찰리 장은 '나'에게 경계 너머로부터 이상한 방식으로 발송된 신호였을지도 모르지만, '나'는 찰리 장의 얼굴에서 "아버지인 장아무개를 닮은 모습"을 식별해내고 불편해하며, 그의 어색한 "말은 받아들이기가 어려웠다."(298쪽) 이제 경계 너머의 빛은 모두 지워지고 '나'는 메마른 필연의 사막을 홀로 걸어간다. 성장은 노화이고 인식은 냉소이니, 이 세계에서 모든 사람들은 생물학적이고 선형적인 시간을 따라 비슷한 방식으로 녹아버릴 것이다. 확고부동하고 유일한 세계, 유방암과 대장 내시경의 세계에서 '나'는 "마취에서 깨어"나 도우미에게 정확히 돈을 지불하고 "혼자서 갈 수 있으니까, 이만 돌아가시오"라고 말할 수 있다. 이런 '나'의 세계는 비록 아무런 가치 없이 무정하지만, 적어도 자신이 "해야 할 일"(298쪽)은 정확히 알고 있는 균질한 세계다.

박서련의 「그 소설」은 여성 소설가가 '낙태 수술을 하는 여성'이 화자로 등장하는 소설을 쓴 후 겪는 상황을 그린다. 낙태죄 헌법불합치 결정을 둘러싼 상황 속에서 신인 작가인 '나'는, 문창과 재학 시절 '낙태 소설' 좀 쓰지 말라는 교수의 말에 '뻔한 여자애들'처럼 취급받기 싫어 쓰지 못했던 이야기를 '내 얘기'라는 제목으로 발표한다. 그후 소설이 한 언론사에서 상을 받고 수상작품집이 나오면서 '나'는 한동안 "그게 정말 내 얘기인지 확인하고 싶어하는 사람들"(310쪽)로부터 연락을 받게 된다. 혹시 '자기 이야기' 아니냐고 묻는 과 동기 언니, 대뜸 '어떤 새끼가 그랬냐'고 묻는 엄마, 이거 '우리 이야기'냐고 질척대는 전 남친까지 다양한 방식으로 사람들은 '내 얘기'의 '진짜' 소유주를 묻는다.

누군가를 실제로 만나는 일 없이 통화나 온라인상의 소통만 이루어지는 이 소설은 소설이 창작되고 읽히는 과정을 통해 발화/침묵, 혼잣말/대화, '실제 저자'/'가상 저자'[3] 등의 대립을 구성한다. 소설이 여성 작가를 둘러싼 시선의 문제나 낙태 관련 이슈를 다루고 있기 때문에 젠더의 대립이 가장 먼저 눈에 띄지만, 이 소설 전체를 구획하는 가장 굵은 분할선은 혼자 있는 '나'와 '나'의 외부를 나누는 경계다. 그 너머에는 문창과 교수와 같은 기성세대, 출판사 편집부가 대변하는 문학계의 논리, '나'의 사생활을 궁금해하는 지인들과 온라인의 불특정 다수 등 '나'가 대응해야 할 다양한 존재들이 있다. 그러나 이 경계는 김훈의 경우와 달리 견고하지 않다. 이 경계는 '나'가 저자이기 때문에 발생하고, 또 '나'가 허구의 형식을 다루는 소설가이기 때문에 모호해진다. 그리고 소설은 이 모호함을 이용하여 쉴새없이 경계를 변경한다. 실제의 이야기/허구의 소설, 내 이야기/내 이야기가 아닌 것이 중첩되는 양상에 따라 '내 얘기'는 자꾸 형질 변형을 경험한다. 엄마와의 대화에서 그것은 '내 소설'이지만 '내 이야기'는 아니고, 전 남친과의 대화에서 그것은 '내 소설'이자 '내 이야기'지만 '우리의 이야기'는 아니며, 독자와의 대화에서 그것은 '내 소설'인 한에서 '내 이야기'지만 단지 '나만의 이야기'가 아니라 '우리의 이야기'가 되는 식이다.

글을 쓰는 사람이라면 누구나 익숙할, 실제 저자와 가상 저자 사이의 보장된 '거리'는 여성이 자신의 이야기를 쓸 공간을 확보해준다. 하지만 그 공간이 남성의 것에 비해 협소하기에 여성은 순식간에 "낙태충 살인자년"(314쪽)으로 추락하기 쉽다. 그러니 '내 얘기'를 한다는 것은 불안하고 두

<hr>

3   김태환은 '저자'를 현실에서 소설을 쓰는 '실제 저자'와 독자가 독서 과정을 통해 구성하는 '가상 저자'로 나눈다. 이때 가상 저자는 내포 저자처럼 작품마다 새롭게 독립적으로 창조되는 것이 아니라 독자가 독서 후 실제 저자와 등치하여 구성해낸 것이다. 가상 저자는 실제 저자에 관한 정보까지 고려하여 구성되고, 또 구성된 가상 저자가 다시 실제 저자에 대한 평가에 영향을 미치게 되므로 둘은 텍스트를 사이에 두고 밀접하게 연결되어 있다. 김태환, 『실제 저자와 가상 저자』, 문학실험실, 2020.

려운 일이다. 그럼에도 말하고 싶고 또 말할 수 있다. 말했다가는 지겹다는 핀잔을 들을 것 같은 뻔한 이야기, 그러나 말하지 않다가는 도둑맞아버릴 것 같은 소중한 이야기. 그 이야기들을 써 내려갈 때, 쓰는 세계와 쓰인 세계 사이의 경계에는 쓰는 자가 각오해야 할 것들이 주렁주렁 매달린다. 글을 쓴다는 것은 그럼에도 그곳을 가로질러 가보는 것이고, 횡단 후에 경계는 어김없이 요동치고 시끄러워진다. 김훈의 세계가 해야 할 일을 정확히 계산할 수 있는 고체역학의 세계라면, 박서련의 세계는 유체역학의 세계처럼 흐르고 변경되고 속고 속인다. 그러니 소설의 결말처럼, '나'는 휴대전화의 뉴스 피드를 계속 끌어당길 수밖에 없다. 아직 "새로운 일은 전혀 일어나지 않았"(315쪽)고, 그만큼 이것은 불안한 세계지만 동시에 맞서는 세계다. 세계는 비록 내가 제어할 수 있는 범위를 훌쩍 넘어서지만 그렇다고 필연의 사막은 아니다. '나'의 외부와 '나'는 팽팽한 선을 유지하고 있다.

박선우의 「우리 시대의 사랑」에서도 '나'의 세계와 외부의 세계는 대립한다. '나'는 연애를 할 때면 늘 그 끝을 상상하며 혼자인 것에 익숙해지려 노력하고, 게이 커뮤니티에서 활동하더라도 완전히 오픈리 게이는 아닌 사람이다. 그런 '나'의 세계는 마음먹고 문을 닫으면 밀폐될 수 있는 작은 집처럼 보이기도 하는데, 실은 문이란 본래 벽보다 연약하기도 하거니와 아무리 '예방주사'를 맞아도 면역이 생기지 않는 속수무책의 연인을 만나게 되면 늘 열어둘 수밖에 없는 것이기도 하다. 그렇게 그를 만나 '나'의 경계는 변경되고 '나'의 집은 연인들의 집이 된다. 사랑하는 두 연인에게 이 세계는 김훈의 세계처럼 하나 남은 빛마저 사라진 삭막한 사막도 아니고, 박서련의 세계처럼 닥쳐오는 밀물을 향해 정면대응 자세를 취하고 있는 전장도 아니다. 이 반고체 상태의 공간은 문을 닫자니 사랑하는 사람과 함께 누릴 수 있는 일이 너무 적은 세계, 그렇다고 열자니 사랑하는 사람을 고통스럽게 할 것만 같은 불안한 세계다. 그러니 이 소설을 구성하는 가장 주된 패턴은 개방/폐쇄이고, 이 사이에서 연인들의 공간은 다소 임시적으로 보인다. 그리고 이 개폐의 감각은 마치 의복의 감각처럼 신체적일 수밖에 없다.

이곳은 박서련의 세계와 달리 주된 갈등이 친밀한 사람들 내부에서 발생하기 때문에 숨기거나 변형해야 할 것들이 늘면 쉽게 불안정해진다. 둘밖에 모르는 이 사랑이 끝나면 나는 어떻게 될까, 나를 사랑하는 동시에 내 정체성을 혐오하는 어머니를 어떻게 대해야 할까, 네가 겪고 있는 고통을 내가 나누어 짊어지려면 무엇을 해야 할까. 이 좁은 세계에서 발생하는 불안은 어쩔 수 없이 자기 연민적인 데가 있고, 슬프지만 감미롭다. 그런데 이들이 새로운 경계로 진입하면, 그러니까 익숙한 도시를 떠나 타지를 방문하면 제어 가능한 듯 보이던 불안은 무차별적 불안으로 증폭된다. 피부에 맞닿아 있는 섬세한 개폐의 감각은 낯선 경계 안으로 들어서자 무력감으로 전환된다. 어쩌면 궂은 날씨에 관광을 온 손님들이 안타까웠을 뿐인지도 모를 택시 기사의 혀 차는 소리에도 두 연인의 체감온도는 쉽게 떨어지고, 순전히 나쁜 우연일 뿐인 강풍과 폭우는 거대한 불행의 전조처럼 느껴진다.

그럼에도 소설은 '나'의 열정을 키우고 보호해주려 한다. 필연의 사막이 존재한다는 것을 알지만 "삶을 제대로 된 방향으로 이끌었던 순간들은 언제나 이런 충동과 경이로 이루어져 있"(328쪽)다는 것도 알고 있다. 그다지 튼튼해 보이지 않는 이 경계를 소설이 꿋꿋이 지켜내는 것은, 이 균형이 무너지면 그것이 '우리 시대'에 대한 더 신랄한 비판이 될 수는 있겠지만 '사랑'을 향한 숙고로 이어질 수는 없다는 걸 잘 알기 때문이다. 연인들이 원하는 것은 단지 "이대로 시간이 멈춰버렸으면 좋겠다"는 것과 "어려울 것 없잖아"(334쪽)라며 입을 맞추는 것. 그러나 시간은 결코 멈추지 않을 것이고 그 시간 속에서 둘을 둘러싼 경계를 지켜내는 일은 만만치 않을 것이다. 만약 '우리 시대'와 '사랑'처럼 이항대립이 아닌 것들도 늘 불화하고 대립하는 상태로 존재하는 것이 퀴어가 직면한 실존적 불안이라면, 이 말이 참으로 속 편한 소리처럼 들리겠지만, 바로 그렇기에 지금 우리 시대의 순정한 사랑 이야기는 퀴어 서사로만 가능한 건 아닌지 생각해본다. 시대와 친화하는 사랑이란 어딘지 모르게 수상해 보이니까.

4. 형식들의 정치학

이상 세 편의 소설에서 우리가 살펴본 형식들은 모듈처럼 독립적으로 이동과 반복이 가능한 이항대립이기도 했고, 동시에 그 대립들을 배치하고 배열하고 중첩하는 조직의 원리이기도 했으며, 그렇게 만들어 낸 패턴과 경계에 또다른 형식이 충돌하여 예상치 못한 결과를 빚어내는 역동성이기도 했다. 그리고 우리가 이 형식들을 통해 목격한 것은, 단순한 이항대립이 계층질서로 정리되어 일원화되는 모습이기도 했고, 글쓰기를 수단으로 삼아 젠더를 비롯한 다양한 대립들을 교란하는 모습이기도 했으며, 퀴어가 직면한 신체적이고도 사회적인 불안을 어떻게든 감당해보려는 모습이기도 했다. 그런데 다시 이 소설들을 나란히 놓고 살펴보면, 경계를 구획하고 배치하는 '정치적 무의식'은 제각각이어도 서사를 구성하는 패턴에는 공통점이 있다. 소설마다 주체화의 양상은 상이하지만. 이항대립의 형식들이 잘 배치된 세계에 어느 날 예상치 못한 대립이 중첩되고 이 중첩으로 인한 변화를 주체가 직면하는 서사라는 점은 크게 다르지 않은 것이다.

나는 최근 한국문학의 주요 관심사 중 하나인 '여성 성장소설'도 이와 유사한 점이 있다고 생각한다. 여성 인물이 타자와의 조우나 사건을 겪어가며 그 전과 다른 세계 인식에 도달하게 되는 서사는, 다양한 이항대립을 설정하여 세계를 구축하고 서사의 진행 과정에서 대립들 사이의 관계 변화를 경험하게 한다. 이때 삶을 인식하는 유력한 형식으로 도처에 상시 존재하는 이항대립은 당연히 소설의 주된 배치와 배열의 논리로 기능한다. 하지만 아무리 견고한 이항대립도 마찬가지로 강력한 다른 이항대립과 충돌하면 대부분 기존의 범주를 지켜내지 못하고 변형을 겪게 된다. 그 변형은 세 편의 소설처럼 충돌이나 대치일 수도 있고 포섭이나 상쇄일 수도 있다. 실제로 우리는 역사의 많은 순간에서 젠더와 계급과 인종이 교차하며 그 상세한 맥락에 따라 연대와 반목 사이에 무수한 경우의 수를 빚어내는 것을 목격한 바 있다.

이와 같은 이항대립의 형식에 대해 프레드릭 제임슨은 그것이 비록 "내용 없는 형식이지만 그럼에도 그것이 조직하는 다양한 유형의 내용에 궁극적으로 의미를 부여"[4]하는 강력한 형식이라고 설명한다. 그에 따르면, 신분제 사회와 종교적 집단에서 귀/천이나 선/악과 같은 이항대립이 역사적·사회적 모순들의 상상적 해결로서 오랫동안 기능해온 것처럼, 지금 우리 시대에도 이항대립의 식별 체계는 구조적이고 객관적인 모순을 은폐하고 있다. 거칠게 요약하자면, 이항대립을 정치화·역사화하면 모순이 되는 것이다. 나는 이 말에 동의한다. 그러나 우리가 아무리 이항대립의 형식에서 벗어나길 간절히 희망한다 할지라도 역사와 사회를 투시할 언어와 능력을 얻을 수 있을지는 의문이다. 또 설사 그런 능력을 얻는다 할지라도 그것이

⬧⬧⬧⬧⬧⬧⬧⬧⬧⬧⬧⬧
4   프레드릭 제임슨, 이경덕·서강목 역, 『정치적 무의식』, 민음사, 2015, 144쪽.

해체의 능력이 아닌 재구성의 능력이 되기는 어려울 것이다. 그런 이유로 나는 심급의 모순을 파악하거나 해체하려는 노력보다 다양한 이항대립의 형식들이 충돌하는 양상을 면밀하게 살피고 그 충돌의 결과로 유용한 재배치가 가능한지 타진해보는 일이 더 효과적이라고 생각한다. 다시 말해, 교차하는 이항대립의 배열과 중첩을 이해하고 그것을 재배치하는 방법을 모색하는 것이 더 실천적인 전략일 수 있다는 말이다.

윤석남의 여성 초상화에 대한 반응이 그러했던 것처럼, 여성 성장소설은 누군가에게는 적시에 찾아온 진보적인 것이고 누군가에게는 더이상 불가능한 형식으로 판명된 것의 반복, 즉 퇴행적인 것이다. 그러나 여태 살펴본 바와 같이 형식은 역사적인 동시에 탈역사적이고 구체적인 동시에 일반적이다. 형식에 내재된 기원이 이데올로기적이라 할지라도, 그 형식이 다른 형식들과 맺는 관계에서 텍스트의 의미망은 새롭게 구축된다. 그러니 근대소설과 함께 탄생한 성장소설의 형식이 어딘가에서는 사라지고 어딘가에서는 부활하는 것은 조금도 이상한 일이 아니다. 한때 상승 중인 시민계급이 주류가 되기 위해 만들어낸 그 보편화의 형식이 지금 다시 선택된 이유는 명확해 보인다. 지금 이 세계에 뚜렷하고도 집단적인 상승의 에너지가 존재한다면 그것은 젊은 여성들의 것이니, 그들이 시민성에 대해 의문을 제기하면서도 시민권을 요구하는 것은 당연한 일이다. 정치적 기회를 만드는 것은 기존의 모든 형식을 부정하거나 전복하는 것이 아니라 형식들 사이의 배치와 충돌을 파악하여 자신에게 가장 효과적인 전략을 찾아내는 것이다.

인간의 역사는 길고, 오래된 형식의 새로운 전유는 늘 발생한다. 여기서 '오래된' 형식을 보는 자는 새로운 전유에는 새로운 정치학이 존재함을 간과하게 되고, '새로운' 전유를 보는 자는 형식이라는 유산에는 오래된 이데올로기가 부착되어 있다는 것을, 그러므로 전유란 생각보다 급진적인 것이 아님을 잊게 된다. 그러나 양쪽 모두에 결함이 있을지라도 나는 후자를 지지할 수밖에 없다. 아니, 지지한다는 말이 품고 있는 '선택 가능성'의 뉘앙스도 지워야겠다. 내가 알고 있는 한, 인간은 공적인 영역과 사적인 영역 모두에서 다양한 형식들을 통해 삶을 꾸려갈 수밖에 없고, "텍스트를 만들어내는 직공으로서의 작가는 무엇보다도 자기 작업의 재료를 스스로 만들지 못"[5]한다. 작가는 역사의 형식 속에서 살아가고 '형식의 역사' 속에서 작업한다. 다만 잊지 않아야 할 것은 "필연성과 불가피성을 혼동해서는 안 된다는 것",[6] 그러니 우리가 운신할 수 있는 영역은 필연적이지만 동시에 자유로운 영역이라는 것이다.

이처럼 우리가 흔히 말하는 오래된 것/새로운 것의 이항대립에도 역사적 모순은 존재한다. 따라서 여성 성장소설을 비롯한 최근의 페미니즘 소설이 새로운 형식인지 아닌지, 훌륭한 형식인지 아닌지에 대한 질문은 적절하지 않으며 내 관심사도 아니다. 내 관심은 형식들이 교차하는 순간 발생하는 정치적 의미와 가능성에 있다. 물론 종종 무엇이 제일 중요한지, 무엇이 가장 근본적인지, 무엇이 더 우선인지 정해버리고 싶은 욕심이 들기도 한다. 그럴 때 떠올리는 것은 이런 말들이다. "언제나 중요한 것은 상호연계성interconnection이지, 한 요인의 다른 요인에 대한 우월성primacy이 아닙니다. 우월성은 결코 아무런 의미도 가지지 않습니다."[7]

◇◇◇◇◇◇◇◇◇◇◇◇◇

5   피에르 마슈레, 윤진 역, 『문학생산의 이론을 위하여』, 그린비, 2014, 69쪽.

6   같은 책, 80쪽.

7   미셸 푸코, 이상길 역, 『헤테로토피아』, 문학과지성사, 2018, 89쪽.

5. 형식주의자의 페미니즘

내 박사논문은 몇 개의 텍스트를 대상으로 젠더 형식을 다른 형식들 사이에, 젠더 정치학을 기존의 정치학 사이에 필터처럼 끼워 넣는 작업이었다. 젠더의 형식은 우리 삶을 지배하는 주요한 형식이기도 하고 다른 형식들 사이에 쉴새없이 끼여드는 광범위한 형식이기도 하지만, 주의를 기울이지 않으면 계급이나 민족처럼 강력하게 전경화된 형식들에 밀려 부차적인 취급을 받거나, 가족이나 이성애 서사처럼 유려한 흐름에 휩쓸려 자연화되기도 쉬운 형식이다. 더구나 나는 남성 성장소설을 읽으며 자랐고, 여성의 나체를 붓질과 색채로 중화하여 바라보는 데 능숙했으며, 많은 고전에 쓰인 '남성'이라는 단어를 적절히 '인간'으로 바꿔 읽는 성능 좋은 번역기를 지니고 있었기 때문에, 젠더를 형식으로 파악한다는 것은 내가 여태 익혀왔고 또 존중해온 역사적 맥락을 의도적으로 괄호치고 인위적으로 파헤쳐 그 사이에 젠더의 필터를 집어넣는 과정이었다. 만약 내가 이와 같은 과정에서 텍스트를 조금이라도 다르게 읽는 것에 성공했다면, 그것은 내가 페미니스트여서가 아니라 텍스트를 형식으로 파악하는 법을 훈련받았기 때문이다. 내게 많은 영향을 준 이론가와 비평가 대다수는 그들이 페미니스트여서가 아니라 형식주의자였기 때문에 내가 페미니즘의 관점으로 글을 읽고 쓸 수 있도록 도와주었다.

인품과 필력이 모두 훌륭한 중년의 남성 작가 한 분이 더이상 일인칭 시점으로 소설 쓰기가 두렵다고 한 말을 들은 적이 있다. 중년이고 남성인 자신이 '페미니즘적 소설'을 쓸 수 있을지 모르겠다는 걱정이었다. 실제로 그는 한동안 작품 활동이 뜸했다. 이해가 가지 않는 바는 아니지만, 작가가 아닌 비평가로서 말하자면, 이미 우리의 세계에 젠더 정치학이 도입되고 우리의 형식에 젠더의 형식이 중첩된 지금, '어떤 소설'이 페미니즘적인지 아닌지를 판별하는 것은 큰 의미가 없다고 생각한다. 나에게 흥미로운 것은 페미니즘의 시선으로 '모든 소설'을 보는 것, 그리고 그 시선을 두껍고 풍부한 읽기로 이어가기 위해 다양한 형식들의 배치와 중첩과 충돌을 살피는 것이다. 그러므로 나는 중년 남성 작가가 일인칭 시점으로 쓰는 소설에 대해 어떠한 거부감도 없다. 다만 다른 모든 소설을 읽을 때처럼 형식들의 정치학이 어떻게 구성되는지, 그로 인해 어떤 의도가 성취되고 또 어떤 의도치 않은 효과가 발생하는지 궁금할 뿐이다. 형식은 텍스트의 내부와 외부를 모두 가로지르는 것이고, 그것이 다양하면 다양할수록 우리는 많은 가능성을 얻게 될 것이다. 그래서 나는 '페미니즘의 형식'에 대해서는 여전히 알지 못하고 다만 '형식주의자의 페미니즘'을 지향할 뿐이다.

괴로움의 기술

— 백은선론

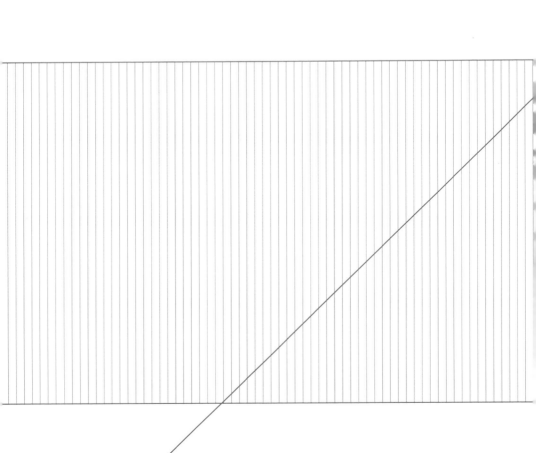

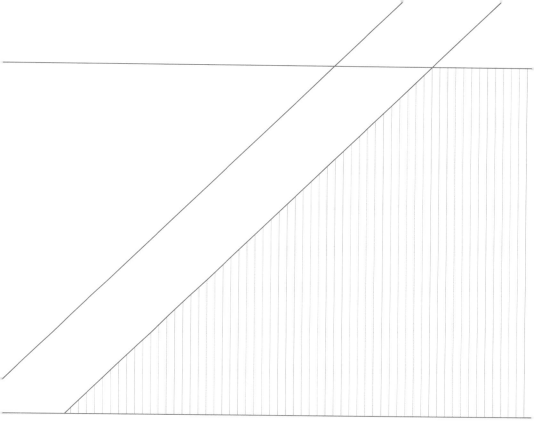

인아영

서울대학교 인류학과·미학과 졸업.
서울대학교 국어국문학과 현대문학전공 박사과정 수료.
2018년 경향신문 신춘문예 평론 부문으로 등단.
itwontdo@gmail.com

괴로움의 기술

—백은선론[1]

여성 시인은 고백하는가?

"자네의 망가진 목소리가 나를 감동시켰네. 자네 고통 때문에 받아들였지, 자네 기교 때문이 아닐세."[2] 파스칼 키냐르의 소설 『세상의 모든 아침』에서 17세기 프랑스의 비올라다감바 연주자이자 작곡가인 생트 콜롱브는 제자 마랭 마레에게 말한다. 첫번째 수업에서 마랭 마레를 제자로 받아들이기를 거부했던 생트 콜롱브는 두번째 수업에 이르러 그를 받아들이지만 유보적인 평가를 내린다. 활 놀림도 좋고 꾸밈음도 매력적이지만 거기에 음악은 없다고, 연주자에게는 기교의 연마보다 내면의 고통이 더 중요하다

◇◇◇◇◇◇◇◇◇◇◇◇◇

1 　이 글에서 다루는 백은선의 시집은 다음과 같다. 백은선, 『가능세계』, 문학과지성사, 2016; 백은선, 『아무도 기억하지 못하는 장면들로 만들어진 필름』, 현대문학, 2019; 백은선, 『도움받는 기분』, 문학과지성사, 2021. 이하 이 시집들에 수록된 작품을 인용할 경우 본문에 작품명만 표시한다.

2 　파스칼 키냐르, 『세상의 모든 아침』, 류재화 옮김, 문학과지성사, 2013, 53쪽.

고 말이다. 마랭 마레는 자존심이 상한 듯 속이 뒤틀리는 기분에 휩싸인다. 기교는 얼마간 인정받은 셈이지만, 자신을 훼손하는 삶의 고통이 음악성의 척도로 받아들여졌기 때문이다. 자신이 경험한 고통이 피나게 연마한 기교를 압도하는 예술적 역량으로 승인될 때, 예술가에게 이는 칭찬보다 모욕으로 받아들여질 수도 있다는 사실을 우리는 어렵지 않게 이해할 수 있다.

고통에 대한 기대는 여성 예술가에게 한결 내밀하고 노골적인 환상으로 작동한다. 한 소설가가 썼듯, 여성의 경우 "불행을 겪어야만 작가라고 말할 수 있는 것 같은 세간의 이미지"가 널리 퍼져 있는 이유는 "여성 작가의 불행이(뿐인가, 알려진 여성 인물의 불행이란 것은) 거의 전부 성폭력을 매개"하고 있으며 세상이 "그런 일을 겪고도 살아남아 용감하고 청순하게 버텨주는 사람을 원한다"는 사실과 무관하지 않다.[3] 이 글에서 언급되는 박서원과 실비아 플라스의 사례처럼 신비화된 여성 시인에게 비추어지는 조명이란 그의 작품 자체보다 매력적 외모나 비극적 생애를 향해 있는 경우가 적지 않고, 이때의 비극적 생애란 본디 순수하고 아름다웠으나 남성의 잔인한 폭력이나 무심한 부정으로 인해 겪는 불행과 동의어가 되곤 한다. 예술성을 가늠하는 무형의 척도로 여겨지는 고통은 젠더화되어 있다. 남성 예술가의 경우와 달리 여성 예술가의 고통이 더 정교하고 완벽한 기교를 연마하는 과정에서 겪는 고난이나 더 높은 예술적 이상에 다다르는 과정에서 겪는 좌절로 서사화되는 경우는 좀처럼 드물다. 꼭 성폭력을 매개하지 않더라도 여성 예술가가 겪는 고통은 사랑, 섹스, 임신, 낙태, 노화, 질병, 죽음 등 육체를 경유하는 이미지로 표상되곤 하고,[4] 그의 작품은 이러한 고통을

<hr>

3   박민정, 「여성시라는 장르 규칙2」, 『잊지 않음』, 작가정신, 2021, 22쪽.

4   『세상의 모든 아침』에서 역시 마랭 마레가 예술가로서 낙담하는 대목 앞뒤로 배치된 장

인내하거나 억압하려는 자기 검열과 부단하게 싸워 얻어낸 진솔하고 용기 있는 고백으로 읽히곤 한다. 문제는 이때 문학이 허구의 장르라는 원칙이 무색하게 창작자와 작품 사이의 거리는 증발하고, 예술가의 '고통'과 대립 항에 놓이곤 하는 '기교'의 영역은 비가시화된다는 점이다.

이 글에서 다룰 백은선의 시도 유독 (시적 화자가 아닌) 시인의 고백으로 읽혀온 편이다. 이를테면 시에 나타나는 강렬한 파토스의 정서적 근거를 시인의 개인사에서 발견하고 시를 '트라우마'와 '외상 후 스트레스 장애 PTSD'라는 개념으로 분석하거나,[5] 시의 여성 화자가 겪는 폭력의 정황을 저자의 내밀한 고백인 '메무아memoir' 장르와 '자기 반영성'으로 해석하거나,[6] 고백의 내용을 손쉽게 단순화하지 않는 세심함을 보이면서도 시인의 특유성을 '고백하는 사람'으로 파악하는 경우[7]가 그렇다. 이는 근본적으로 창작자와 작품이 완벽하게 분리되지 않는다는 사실, 그리고 창작자의 체험이나 의도를 경유하는 표현론적 관점이 작품 이해에 유효한 도움이 된다는 사실에서 기인한다. 시집과 비슷한 시기에 시인의 산문집[8]이 출간되면서 시와 산문이 부딪쳐 발생한 현실적인 영향도 무시하기 어렵다. 다만, 앞서 언급한 글들이 백은선의 시세계에 대해 각각 유의미한 해석에 도달한다는 사실과 별개로, 이 같은 독해에 유독 여성 예술가에게 기대되곤 했던 은

면은 강가에서 나체로 목욕하는 생트 콜롱브의 딸 마들렌의 육감적인 몸에 대한 상세한 묘사이며, 이 소설 전반에 흐르는 비감과 예술가의 고통은 마들렌의 '섹스하고 임신하고 낙태하고 늙고 병들고 죽어가는 여성의 육체'라는 이미지로 대리 표현되고 상징된다.

5   박상수, 「얼마나 끔찍하고 얼마나 좋은지─백은선론」, 『문학과사회 하이픈』 2018년 가을호.

6   박동억, 「고백의 두 방식」, 『현대시』 2021년 7월호.

7   안희연, 「높이가 되는 시」, 『문학동네』 2021년 여름호.

8   백은선, 『나는 내가 싫고 좋고 이상하고』, 문학동네, 2021.

밀한 불행의 고백에 대한 환상이 섞이지는 않았는지, 혹은 여성 시인이 개인적인 삶에서 겪는 고통의 크기로부터 예술성의 깊이를 담보해온 관습에 얼마간 기대고 있는 것은 아닌지, 그러는 동안 여성 시인의 작품의 형식을 그의 고백의 내용으로 치환하여 읽는 독법이 은연중에 강화되고 있는 것은 아닌지 질문해볼 수는 있을 것이다.

반(反)고백과 장시의 양식

백은선의 시가 고백으로 독해되었던 다른 이유 중 하나는 '나'를 주어로 삼는 일인칭 화자가 분노, 슬픔, 절망, 고통과 같은 파토스를 강렬하게 드러내는 경우가 많다는 점과 무관하지 않다. 시적 화자와 섬세하게 구분되는 경우에도 시인이 무언가를 발산하고 표출하는 주체로 읽힐 수 있었던 것은 그만큼 시에 밀도 높은 감정적 에너지가 압축적으로 제시되기 때문일 것이다.

그런데 어떤 시를 강렬한 파토스로 고백하는 여성 시로 읽을 때 우리는 딜레마에 처하게 된다. 한편으로 시에 드러난 '여성으로서' 겪은 고통을 도려내듯 삭제하여 '보편적인' 언어 형식의 문제로 치환하는 것이 정확하지도 온당하지도 못한 독해임은 분명하다. 이를테면 여성이라는 이유로 경험한 폭력과 수치심이 드러나는 정황이 시의 무성적인 방법론을 설명하기 위해 묵과되거나 오히려 해체적인 글쓰기를 저해하는 요소로 판단되는 경우가 그렇다.[9] 하지만 다른 한편으로 '여성으로서' 겪은 고통이 남성 중심의

---

9   조연정, 「'여성 시인'이 시를 쓴다는 것─1980년대 '여성해방문학'의 관점에서 다시 읽는 김혜순의 초기 시」, 『여성 시학, 1980~1990』, 문학과지성사, 2021 참조.

폭력적인 구조에서 기인했으며 이로 인해 강렬한 파토스가 발생했다는 방점은 시적 화자를 '특정한' 폭력을 경험한 피해자 여성으로 소급하거나 비이성적이고 광기에 사로잡힌 이미지의 타자화된 여성성으로 환원할 위험을 가지기도 한다. 무엇보다 고백의 메커니즘이 화자가 속으로 감추어둔 어떤 진실을 바깥으로 숨김없이 꺼낸다는 환상 아래 청자를 그 내용에 연루시킨다는 점은 곤란을 가중한다. 이는 청자로 하여금 화자가 겪었을 끔찍한 경험이나 폭력적인 사건의 전말을 이해하거나 공감하기 위해 그 구체적인 진실의 자취를 상상하고 추적하고 더듬어가게 만드는 방식으로 작동하기 때문이다.[10] 그렇다면 시적 화자가 특정한 경험을 다루는 내용을 간과하지 않으면서도 그것을 전시하는 형식에 착안하여 시를 다른 각도로 독해해볼 수는 없을까.

> 나는 거꾸로 거꾸로 아코디언처럼 납작해졌다가
> 무한대처럼 파도처럼 죽은 코끼리처럼 새벽 고가도로처럼 펼쳐지는 그
> 런 시
> (……)
> 나는 아무런 원인도 없다
> 나는 잘못 조립된 기계의 부품이다
>
> —「비유추의 계」 중에서

---

10 푸코가 말했듯 고백이 흔히 억압된 내면의 진실을 자유롭게 드러내는 형식이라고 여겨지는 것과 달리 고백에 대한 요구, 평가, 판단, 처벌, 위로를 실행하는 심급인 상대방과의 권력 관계를 전제한다. (푸코, 『성의 역사』 1, 이규현 옮김, 나남, 1990/2020 참조.) 그런 점에서 여성시를 고백의 형식으로 치환하는 독법이 여성의 고백을 듣고 이를 진실로 승인하는 심급의 위치로 어떤 조건 속에 있는 청자를 전제하고 있는지 질문할 필요도 있을 것이다.

봉인된 검은 상자들이 내 안에 쌓여. 그 안에 기억들이 켜켜이 썩고 부서지고 지독한 냄새를 풍겨. 어떨 때 나는 단지 상자들로 이루어진 부패덩어리지.

—「도움받는 기분」 중에서

내 온몸이 유리였어 나는 어둠을 오려 만든 구겨진 창이었어 네가 고개를 돌려 나를 들여다볼 때 거기 멈춰 서는 무수한 주름이었어

—「1g의 영혼」 중에서

이렇게 이렇게 되고 말았구나. 맞물린 채 돌고 있는 깊은 수심을 보며. 나는 허물어지고 채워지고 그런 방식으로 영영 헐려버리는 하나의 몸이었습니다.

—「해피엔드」 중에서

위 시구들은 일인칭 화자 '나'가 주어인 문장이라는 것 외에도 공통점이 있다. '나'는 용언이 아니라 체언으로 서술된다. 설명되는 것이 아니라 비유된다. 행위의 주체가 아니라 사물의 메타포다. 무언가를 '하는' 것이 아니라 무언가'이다'. 수행하는 것이 아니라 존재한다. 어떤 언행을 하거나 특정한 상태에 있다고 서술되는 것이 아니라 확고하고 강렬한 이미지를 지닌 하나의 사물로 등치된다. 요컨대 '나'는 사물이다. 어떤 사물인가? '나'는 "납작해졌다가 (……) 펼쳐지는 그런 시"이자 "잘못 조립된 기계의 부품"이다. "단지 상자들로 이루어진 부패덩어리"이다. "온몸이 유리"이고 "구겨진 창"이고 "무수한 주름"이다. "허물어지고 채워지고 그런 방식으로 영영 헐려버리는 하나의 몸"이다.

이 시적 화자들은 자신을 설명하거나 증명하려고 하지 않는다. 곧장 제시될 뿐이다. 태초부터 그랬던 것처럼, 다른 방식일 수 있는 여지가 없다는 듯, 어떤 의심이나 동요 없이, 명사의 형태로, 완고하고 단정적으로 존재한다. 여기에는 인과법칙이나 기승전결이 없다. "나는 아무런 원인도 없다". '나'는 자신이 왜 이런 존재인지, 이런 존재가 된 역사와 맥락은 무엇인지 알려고 하지 않는다. '나'는 그냥 시, 기계의 부품, 부패 덩어리, 유리, 창, 주름, 몸으로 주어져 있으며 이 정체성에 어떤 의문도 혼란도 없다. 논리나 연결에 대한 강박도 없다. 오히려 인과를 튕겨내고 개연성을 삭제한다. 그저 이런 존재로 세계에 던져진 것이다. 그러니 백은선의 시에서 절박하고 갈급한 물음은 '나는 누구인가'가 아니라 '나는 어떻게 존재하는가', 즉 정체성이 아니라 존재 방식에 대한 고민이다.

그렇다면 '나'는 어떻게 존재하는가? 그 상태를 지시하는 어구들은 이렇다. "잘못 조립된" "썩고 부서지고 지독한 냄새를 풍겨" "구겨진" "허물어지고 채워지고 (……) 헐려버리는". 그것이 '나'가 생긴 모양이자 처한 상황이다. 온전하지 않은 형태. 세계의 규격과 질서에 정확히 들어맞지 않는 형태. 어딘가 빗겨나 있거나 부적합한 형태. 매끈하고 깔끔하게 빚어진 것이 아니라 깨지고 부서지고 어그러진 형태. 반듯하고 완결적인 정답이 아니라 비뚤어지고 어긋난 오답의 형태. 지금 '나'는 이런 형태로 있다.

'나'가 자기혐오와 괴로움에 몹시 시달리고 있다는 것은 분명해 보인다. 그것이 '나'로 하여금 스스로가 잘못 조립되었다고 인식하게 만들었을 것이다. 물론 화자가 고통을 느끼는 시적 정황은 시마다 조금씩 다르다. 「비유추의 계」의 '나'가 어둠 속에 누운 채로 쓰이지 않은 문장들을 곱씹거나 시쓰기를 시도하고 있다면, 「도움받는 기분」의 '나'는 학교 다니던 시절에 괴롭힘 당했던 과거를 떠올린다. 「1g의 영혼」의 '나'가 "처참한 광경" 혹은

"영혼의 각도를 틀어놓는" 사건에 관해 무언가를 말하고 싶어한다면, 「해피엔드」의 '나'는 죽음을 가까이 느끼면서 '선생님'이라고 불리는 사람에게 편지 쓰듯 말을 건넨다. 하지만 백은선 시의 화자들은 "고통의 구체적 사정을 드러내거나 고통의 근원지를 찾아가는 데 열심이지는 않다".[11] 왜 이렇게 괴로운지, 뭐가 그렇게 우울한지, 왜 그토록 자신을 싫어하는지 물어보는 일은 그다지 도움이 되지 않는다. 원인을 추적하고 파고드는 일은 백은선의 시에서 별 소용이 없다.

왜냐하면 끝나지 않을 것처럼 긴 호흡으로 이어지는 이 시들은 무질서해 보이는 이미지의 교차, 미묘하게 변주되면서 반복되는 시어의 배치, 흘러가다가도 느닷없이 끊기고 또 갑자기 연결되는 리듬으로 가득하기 때문이다. 이 형식이 화자가 경험했거나 처해 있는 자세한 정황을 헝클고 뭉개고 밀어내고 흩뜨리고 뒤섞기 때문이다. 그런 점에서 백은선의 시는 고백을 함으로써 고백을 불가능하게 만드는 반反고백이라는 모순적인 형식을 취한다. 고통이 서술될수록 구체적인 정황은 헝클어지고 뭉개지고 밀려나고 흩어지고 뒤섞이기 때문에 '나'는 무언가를 털어놓는 것처럼 보이지만 오히려 그 반대의 효과를 얻는다. 시가 진행될수록 선명해지는 것은 고백의 내용이 아니라 시의 형식이다. 시는 이야기를 늘어놓고 보태고 채우기 위해서가 아니라 이야기를 지우고 덜어내고 허물기 위해서 길어진다.

이는 '나'가 느끼는 고통의 구체적인 기원을 용해하는 동시에 '나'가 존재하는 방식을 결정한다. 그러므로 백은선 시의 '나'는 어떤 기원을 가진 내용을 고백하기 위해서 화자로 등장하는 것이 아니라, 어떤 시를 위한 형식에 쓰이기 위해서 화자로 등장한다고 말해야 한다. 자신이 겪은 특정한 내

---

11   조연정, 「소진된 우리」, 『가능세계』 해설, 224쪽.

용의 경험을 쏟아내기 위해서 말하는 것이 아니라 특정한 형식의 시가 쓰이는 동안 자신의 어떤 부분이 불가피하게 끼어드는 것이다. '나'는 고통을 고백하는 주체라기보다 고통에 연루되어 서술되는 대상이다. 고통에 연루되어 서술될수록 '나'가 존재하는 형태도 더욱 부서지고 어그러지고 구겨진다. 백은선의 시에서 '나'가 존재하는 방식과 시가 쓰이는 형식은 명료하게 구분되지 않으며 적극적으로 뒤섞이고 혼합되고 교차하고 상호 침투하기 때문이다.

이는 여성으로서 겪은 고통이나 피해의 경험을 외부 세계에 이해시키거나 설득해야 하는 대상으로 만들지 않는 방식이기도 하다. 인과관계를 소거한 채 접혀 있거나 감추어진 방식으로 전시된 '나'의 고통은 설명되기 위해서가 아니라 그 자체로 존재한다. 이는 '여성적 고백'의 내용을 이루는 경험의 면면으로부터 주의를 돌릴 뿐만 아니라 고통의 구체적인 기원을 추적하거나 그것으로 시를 환원하는 경로를 흩뜨린다.

하지만 이렇게 부서지고 어그러지고 구겨진 형태로 인해 '나'는 평평하고 매끄럽고 부드러운 표면으로 이루어진 형태가 가질 수 없는 무언가를 가지게 된다. 바로 틈이다. '나'는 "아코디언처럼 납작해졌다가 (……) 펼쳐지는 그런 시"이기 때문에 무한대로 파도칠 수 있고, "구겨진 창"이자 "무수한 주름"이기 때문에 접히고 겹쳐진 면적만큼 끝없이 펼쳐질 수 있다. "허물어지고 (……) 흘려버리는 하나의 몸"이기 때문에 다시 채워지거나 쌓일 수 있으며, "잘못 조립된 기계의 부품"이기 때문에 빈틈없이 조립된 기계에는 없는 벌어진 자리를 확보할 수 있다. 틈에는 에너지가 고인다. 이렇게 접히고 구겨진 어두운 공간에 잠복해 있는 이 에너지가 백은선 시의 형식과 '나'의 존재 방식을 동시에 부조浮彫한다.

영원을 향한 형식

그런 형태가 백은선 시의 형식이자 '나'의 존재 방식이라면, 그럼에도 불구하고 화자가 무언가를 끊임없이 말하거나 쓰려고 안간힘을 쓰는 것은 왜일까? 말하면 말할수록 쓰면 쓸수록 이야기는 지워지고 덜어지고 허물어지는데, 그래서 '나'는 더 접히고 감춰지고 발설되지 않는데, 지치지도 않고 무언가를 말하거나 쓰고자 하는 이 강렬한 욕망은 어떻게 이해할 수 있을까? 이를테면 「비유추의 계」에서 '나'는 "문장을 지우려고 미래에서 온 사람"으로, 어떤 문장을 쓰려는 현재의 '나'에게 "그걸 쓰지 마"라고 거듭 말한다. 하지만 그러면서도 "어둠 속에 누워 몇 문장을 끝없이 곱씹어 생각하면서/잊지 않으려고 안간힘 쓰"며 우리 혹은 문장이 "끝없이 펼쳐질 것 같은 예감"을 느낀다. 부단히 말하려 하면서도 기어코 말하지 않고, 문장을 지우려 하면서도 끊임없이 쓰는 것. 상충하는 두 힘 사이의 모순적인 긴장에 무언가가 있음이 틀림없다.

백은선의 첫 시집의 첫 시의 첫 구절이 "나는 모른다네"(「어려운 일들」)라는 사실은 해설이 예리하게 짚었듯 심상해 보이지 않는다.[12] 이 시집에 실린 시들이 "쉽게 의미화되지 않는 이유는 (……) 난해하거나 불친절하거나 무질서해서가 아니라 무지 그 자체를 시적 대상으로 삼고 있고 있"기 때문이라는 타당한 논평[13]도 이와 맞닿아 있다. 『가능세계』에서 백은선 시의 화자는 자신이 모른다는 사실을 강하게 인식하고 있다. 그러면서도 모르는 대상에 대해서 알고자 하는 방향, 혹은 무언가를 점점 더 깨달아가는 방향으

---

12   조연정, 같은 글, 214쪽.

13   장은정, 「끝과 실패」, 『문학과사회』 2016년 여름호, 386쪽.

로 움직이는 것이 아니라, 정확히 자신이 모른다는 지점에서 머문다. 대신 모르기 때문에 말할 수 없다고 반복적으로 말하면서 무지를 시적 대상으로 두어 시의 깊이를 만든다. "무엇을 말할 수 있을까, 물을 때. 나는 점점 더 의기소침해진다. 갑자기 아무것도 연주할 수 없게 된 사람처럼. (……) 말할 수 없다."(「고백놀이」) "원인을 알 수 없는 것이 세상의 일"(「고백놀이」)이고, "오늘 밤 내가 할 이야기는 나도 알지 못"(「아홉 가지 색과 온도에 대한 마음」)하므로, "아무것도 이해하지 말자"(「기면발작」)는 제안 혹은 다짐에서 멈추어서는 것이다. 요컨대 이 시집의 화자는 "이해할 수 없는 도무지"(「저고」)라는 깊고 먹먹한 물속에 잠긴 채로 무언가를 외치고 있는 것 같다. 그다음 시집인 『아무도 기억하지 못하는 장면들로 만들어진 필름』에서도 "무엇이든 아니라고 먼저 말해볼 것이다 부정하고 부정한 다음 지켜볼 것이다"(「비좁은 원」)라고 말하는 화자는 모르겠다고, 아무것도 하고 싶지 않다고, 부정에 부정을 거듭하면서 세계로부터 멀리 떨어진 거리를 유지한다.

그런데 『도움받는 기분』에 이르러 백은선의 시는 그 깊고 먹먹한 물속에서부터 약간은 발걸음을 옮긴 것 같다. 무언가를 안다고 확신하고 있는 것은 여전히 아니다. 무언가를 확실히 말할 수 있다고 자신하는 것도 아니다. 하지만 모르겠다고 단언하는 대신 어떤 이야기를 말하겠다고, 말할 수 없다면 '어떻게' 말할 수 없는지를 말하겠다고, 거침없이 그 과정을 보여주기로 한 것 같다. 그러니까 이제 백은선 시의 화자는 "길고 긴 이야기를 베틀 아래 숨겨두고 하나씩 부숴 새로운 이야기를 짜고 싶어"(「우리가 거의 죽은 날」)라고 말하는 사람이다.

    말해볼까 다섯 개의 결말을 가진 하나의 얘기

    (……)

들어볼래 끝도 없이 끝나기만 하는 끝없는 얘기

우리는 탄산을 나눠 마시고 키스를 했지
모래 위에 누워
따갑고 달고 어쩐지 울음이 터질 것 같은

부드러운 낮의 공기, 여름 냄새
(……)
물결에 부서지는 빛
이상하게도 가슴이 미어지는 것처럼 아파

이렇게 말해도 될까

영혼이라는 게 있다면 그건 너만 가진 것 같다

*

말해볼까 시작도 끝도 없이 흩어지는 물거품 같은 얘기
(……)
침묵하듯
잠깐 세계 정지할 때
네 가느다란 손목은 모래 위에
우리의 괴물로 변해
무수해지고 나는 그것을

그것을 여름이라고

(······)

너야 그래

이 개 같은 년

(······)

말해볼까 네가 웃던 소리가 온몸에 가득 차 나를 부풀리는데

상공에서 내려다본 동그라미 파랗게 번지는 어둠

(······)

나는 호숫가에 쭈그리고 앉아

아무도 없어

아무도 없어

목청이 터지게 노래 불렀지

돌이나 던지고

노래 불렀어

어쨌든 너는

갑자기 모든 게 끝났다는 듯 차가워질 수 있는 사람

나는 남아서 이야기를 지어내는 사람

—「퀸의 여름」 중에서

　이 시집에 실린 「퀸의 여름」은 세 부분으로 이루어져 있다. "말해볼까"라는 첫머리로 운을 떼는 세 부분은 하나로 이어지는 사랑 이야기로 읽힌다. (1) 여름의 호숫가에서 '나'는 '너'를 만난다. 전부 벗고 호수에 뛰어들어 같이 수영하는 시간을 보낸 뒤 '너'를 향한 마음은 점점 커진다. 탄산을 나눠 마시고 키스를 하고 모래 위에 같이 눕고 매일 밤 전화해 어린 시절에 대해 대화하고 부드러운 공기 속에 여름을 함께 보냈으니, 그러지 않기도 어려웠을 것이다. 그런데 사랑에 빠진 사람에게 물결에 부서지는 빛이 가슴이 미어지듯 아프게 다가오는 것은 왜일까. 이상한 징조 앞에서 '나'는 꿈에서 깨기 싫은 듯 조심스럽게 말한다. "영혼이라는 게 있다면 그건 너만 가진 것 같다". (2) 여전히 여름일까. 어딘가 고요하다. 함께 수영했던 물은 몸에 닿는 서늘함으로 느껴지고 호숫가에 던진 작은 돌은 동심원을 남긴 채 사라지는 걸 보니 두 사람의 관계에도 어떤 변화가 있는 모양이다. '너'의 눈은 텅 비어 있고 '너'의 가느다란 손목은 모래 위에서 수천수만 개의 손으로 괴물로 변해 있다. 그리고 낭만적인 여름 분위기를 한순간에 조각내며 많은 것을 종결짓는 두 마디. "너야 그래//이 개 같은 년". (3) 아무도 없는 호숫가에 '나'는 혼자 쭈그리고 앉아 있다. 이전에는 노래를 부르고 싶어도 부르지 않았지만 이제 돌을 던지며 목청 터지게 노래를 부르는 까닭은 더이상 곁에 아무도 없기 때문에. 아무려나 상관없기 때문에. 아마도 더는 만날 수 없을 '너'와 '나'의 차이가 이렇게 간명하게 정리될 수 있다는 사실보다 잔인한 일은 없을 것 같다. "어쨌든 너는//갑자기 모든 게 끝났다는 듯 차가워질 수 있는 사람/나는 남아서 이야기를 지어내는 사람".

남아서 이야기를 지어내는 사람. '너'와 달리 '나'는 그런 사람이다. 만남과 이별의 서사로 정리될 만한 이 슬프고 아름다운 이야기를 크게 감싸는 동시에 중간중간 끼어드는 '나'의 목소리가 있는 것은 그래서다. 서사를 구성하는 데 크게 보태지 않되 어떤 리듬을 만들어내며 삽입되는 이 목소리는 이야기를 하나로 고정되고 완결된 서사가 아니라 시가 진행되는 동안 생성되고 역동하는 서사로 만든다.

"말해볼까"라는 첫 시구는 시 안에서 무언가를 전달하는 '나'와 무언가를 경험하는 '나'의 층위를 구분한다. 말해보려는 사람으로서의 '나'는 자신이 전달하려는 이야기가 "다섯 개의 결말을 가진 하나의 얘기"라고 덧붙인다. "말해볼까"라고 운을 떼자마자 이 이야기가 하나의 서사로 수렴되지 않을 것이라고 예고하듯, 다섯 개의 결말이라는 여러 겹의 가능성을 지녔음을 오해 없이 확실히 해두겠다는 듯. '나'는 이것이 "끝도 없이 끝나기만 하는 끝없는 얘기"이자 "시작도 끝도 없이 흩어지는 물거품 같은 얘기"라고 변주한다. 이 글에서 마치 하나의 완결된 서사처럼 요약했지만, 그리고 '나'와 '너'는 아마도 시간의 흐름에 따라 관계를 시작하고 마감했겠지만, '나'가 다시 말하고 쓰는 과정에서 이는 시작과 끝이 분명하고 순차적으로 배열된 이야기가 아닌 다른 형식의 이야기로 다시 태어난다.

어떻게 그럴 수 있는가? 이 이야기는 두 힘, 즉 "기억이라는 구멍 나고 부서진 조각들을 애써/그러모으며/다시 복원하려고 안간힘 쓰"는 힘과 "상자 속에 넣고 흔들어 꺼낸 제비뽑기 따위의/어떤 형식"이라는 힘 사이의 긴장으로 계속 진동하고 있기 때문이다. '너'를 가능한 한 가장 온전하게 기억하려는 '의지'와 그럴 수 없게 만드는 불안정한 '우연' 사이의 긴장이라고도 할 수 있을까. '너'와 함께 보낸 가장 아름다웠던 여름의 시간을 고정된 형태로 붙잡아두고 싶은 마음과 아무리 애를 써도 그럴 수 없다는 불가능 사이의 긴장이기도 할 것이다. '너'에 대한 불완전한 기억들을 어떻게 든 그러모으려는 노력은 이를 가볍게 무효화하는 "지랄"이라는 단어에 힘 없이 부딪힌다. 아무리 애써도 "내가 기록할 수 있는 모든 이야기는 단지/ 상자 속에 넣고 흔들어 꺼낸 제비뽑기 따위의/어떤 형식" 속에 있을 수밖 에 없기 때문이다. '너'와의 기억에 가장 부합하는 정확한 단어로 쓰려는 시 도는 번번이 무산된다. 붙잡으려 해도 달아나고 고정시키려 해도 흩어진다. 제비뽑기처럼 우연에 지배되는 형식. 연결되지 않고 흔들리고 교란되고 굴 절되는 형식. 그래서 "시작도 끝도 없이" 물거품처럼 흩어지는 형식. 가장 온전하고 정확한 하나의 기억을 쓰려는 '나'의 의지를 번번이 배반하기 때 문에 이 형식은 "비천"이라는 단어 옆에 나란히 적힌다. 언제나 실패할 수 밖에 없는 비천한 형식.

그러나 유일한 이야기로 완성되지 않는다는 바로 그 이유로 이 시는 의 도하거나 예기치 않았던 어떤 효과에 도달한다. 쓰려는 의지와 쓸 수 없다 는 불가능 사이의 긴장이 시를 고정되지 않고 살아 움직이게 하며 종국에 는 끊임없이 미끄러지며 영원처럼 이어지게 하는 것이다. 백은선의 많은 시들이 그렇듯 「퀸의 여름」은 장시다. 하나의 서사로 요약될 만한 이야기를 거느리고 있으면서도 이를 말하는 '나'의 목소리가 중간중간 개입됨에 따 라 여러 이미지로 부서지고 흩어지면서 길어진다. 그것은 "거리에서 우는 여자"나 "정신 나간 여자"처럼 '나'의 상태를 짐작게 하는 이미지이기도 하 고 "말로 할 수 없는 부끄러움과/놀라울 정도의 환희가/뒤섞인 이상한 아 주 이상한/새의 형식 같은 것"처럼 이 시의 모양일 때도 있다. 이렇게 부서 지고 흩어지며 굴러가고 불어나는 이미지들이 '너'와 '나'가 보낸 아름다운 여름의 시간을 종결되지 않고 뒤섞인 형태로 영원에 가까워지게 만든다. 우리가 이 시에서 읽는 것은 '너'에 대해 쓰려는 시도가 실패하기를 반복하면서 영원을 향해 끊임없이 미끄러지고 길어지는 형식이다.

고통을 다루는 테크니션

영원을 향해 끊임없이 미끄러지고 길어지는 형식은 백은선의 시를 '시에 관한 시'인 메타시로 부르고 싶게 만든다. 그러나 그것은 오규원의 「안락의자와 시」나 장정일의 「길안에서의 택시잡기」와 같은 대표적인 사례처럼 여러 곤경에 부딪치고 이를 극복하며 한 편의 시가 쓰이는 과정이 역동적으로 그려졌기 때문만이 아니라, 그리고 시의 불가능성과 언어의 한계에 대한 성찰과 사유가 드러나기 때문만이 아니라, 쓰려는 시의 형식에 도달하기 위한 구체적인 방법을 탐구하고 제시하기 때문이다. 그의 시는 시인이나 시적 화자의 바닥을 훤히 비추는 투명한 고백과는 거리가 멀다는 것을, 오히려 거의 노골적일 만큼 시를 쓰는 방식에 관한 방법론에 해당한다는 것을 숨기지 않는다.

백은선의 시에 유독 '방법' '방식'이라는 단어가 자주 보이는 것은 우연이 아니다. 「콜 미 바이 유어 네임」에서 "우리가 서로를 확인하는 방식" "우리가 서로의 마음을 숨기는 방식" "우리가 사랑을 이야기하는 방식"은 각각 서로를 바라보는 눈빛이 무수하게 포개지는 모양, 이파리를 따려 나무에 기어오르고 추락하는 동작, 꺾인 가지들이 나무가 되어 숲으로 무한하게 자라나는 이미지로 비유되는데, 이 움직임들은 "문장을 숨기기 가장 좋은 방법"이 '많은 말 속에 숨기는 것'이 아닌 '제자리에 그냥 두는 것'이라는 시쓰기에 관한 방법론과 자연스럽게 연동된다. 새로운 음악을 만들고 싶다는 절박한 심정으로 기존의 소리를 겹치고 훼손시키고 합치고 거꾸로 진행시키는 다양한 방법을 실험하는 음악가가 등장하는 「바벨」, "숲은 빛으로 부푼다"라는 똑같은 구절을 다른 문장들 사이에 번갈아 등장시키거나, 그 구절을 빼거나 다른 문장을 넣어보라고 지시하거나, 어미를 바꾸어 반복적으로 제시하거나, 자신이 왜 그 구절을 반복해 적었는지 의도를 말하겠다는 식으로 언어의 배치를 변주, 반복, 탐구하는 「반복과 나열」, 7행 4열의 표 안에 하나씩 적힌 문장들을 "읽고 싶은 순서대로 읽으세요"라고 지시함으로써 서사를 픽션화하는 순서를 독자의 몫으로 배당하여 시의 구성 방법을 실험하는 「픽션 다이어리」 역시 시쓰기에 관한 방법론으로 무리 없이 읽힌다.

그렇지 않니

끈적거리는 손을 쥐었다 폈다 주머니 속에 넣어 숨기고
말할 수 없어서 그냥, 그냥……

고통을 그럴싸하게 전시할 방법에 몰두하며

새벽 고속도로를 달릴 때 최대 볼륨으로 음악을 들으며 세상에 이렇게 아름다운 것이 있나 점멸하는 빛과 끝없이 뻗은 텅 빈 도로 떠오르는 도로 허공 찢기는 허공 이것을 시로 쓸 수 있나 생각했고 속력은 참 아름답다 눈물이 날 것 같다 그렇지 않니

씨발 다 죽어버려,라고
쌀 씻으며

죽은 몸들이 거리에 칸칸 방에

사무실에

자동차에

지하철에

흩어져 조개처럼 얌전히 썩어가는 장면을

쌀을 씻으며 손을 저어 알갱이들을 만지며

(……)

그렇지 않니, 라는 말은 이제부터 끝날 때까지

다시 쓰지 않을 거라고 다짐했고

다짐 같은 게 얼마나 쉽게 손상되는지 너도 알지

사랑을 해봐서 알지

　　　　　　　　　　　　　　　—「비천의 형식」 중에서

　「비천의 형식」은 그중 시의 방법론에 대한 사유가 가장 넓게 펼쳐진 시다. 이 시는 무언가를 쓰려고 하는 사람의 골똘한 생각이 여기저기를 열심히 돌아다닌 흔적처럼 보인다. '나'는 무언가를 쓰고 있다기보다는 쓰지 못하는 상태에서 시에 관해서 생각하고 있다. 죽은 사람들의 책을 읽고 언니들의 시집을 읽고 어린 시절에 쓴 시들을 읽고 유서를 쓴 베토벤의 삶을 떠올리면서 시에 관한 생각이 진행된다. 그러나 막상 자신은 무언가를 쓰려고 해도 "잘 못 써서 이해할 수 없겠지"라는 생각에 미안하다는 말을 도배하게 되고, "아름다운 것만 주고 싶었는데 내 손은 온통 검정이라 움켜쥐는 순간 새도, 물도, 접시도, 식물도, 단숨에 검어지고" 만다는 근심에 아무것도 쓰지 못하고 우물쭈물한다. 더 이상 쓸 수 없을 것 같다는 한계에 이른 채로 "(이틀이 지나고)/(사흘이 지나고)/(나흘이 지나고)"라는 식으로 시간의 흐름이 시 속에 그대로 기입되기도 한다.

　무엇에 관해 쓸 수 있을까. '나'를 이루고 있는 성분이 슬픔, 분노, 고통과 같이 진하고 어두운 감정이라는 것은 분명해 보인다. 그러나 '나'가 그러한 감정의 단순한 표출과 발산만으로는 시가 될 수 없음을 알고 있다는 것은 더욱 분명해 보인다. '나'는 자신을 괴롭히는 고통이 무엇인지 그 대상을 파고드는 것이 아니라 그러한 "고통을 그럴싸하게 전시할 방법에 몰두"하는 사람이다. 아름다운 것들에 관해서도 마찬가지여서 음악을 들으며 새벽 고속도로를 달리는 도중 점멸하는 빛, 끝없이 뻗은 텅 빈 도로, 찢기는 허공이 눈물나게 아름답다고 생각하면서도 그 아름다움에 젖어 있는 것이 아니라 "이것을 시로 쓸 수 있나 생각"하는 사람이기도 하다. '나'에게 비천을 느끼게 하는 것은 바닥을 치게 하는 슬픔, 분노, 고통의 감정 자체라기보다는 그것을 시로 쓰지 못할지도 모른다는 의심과 불안이다.

　이러한 내용은 시의 형식과 거의 완벽하게 공명하면서 시작詩作 과정을 시적 방법론의 형상화로 도약시킨다. 끊임없이 미끄러지며 넓어지는 시의 면적 속에서 내내 일관성을 침해하는 잦은 전환은 '나'가 느끼는 고통이 시 쓰기에 매끄럽고 투명하게 쓰일 수 있으리라는 환상을 깨면서 삶과 시 사이의 균열을 가시화한다. "그렇지 않니"라는 구절의 반복은 기나긴 시에 리듬을 부여하는 동시에 누군가에게 동의를 구하며 '나'의 의심과 불안을 표면화한다. '나'의 고통과 아름다움이 시가 될 수 있을지 따져보다가도 느닷없이 모든 가능성을 뭉개듯 "씨발 다 죽어버려"라며 흐름을 차단하는 것은 불화하는 힘을 충돌시키며 오히려 시에 에너지를 부여한다. 언어에 대한 회의 속에서 시를 쓰려는 시도가 거듭 가로막히고 정지당하면서도 시에 관한 생각은 멈추지 않고 끊임없이 굴러가면서 시에 활력을 불어넣고 시를 역동적으로 살아 있게 만든다. 끝내 시쓰기를 미완성으로 남겨둠으로써 오히려 새로운 가능성을 품는 여지를 남겨둔다. 이로써 이 시에 적힌 언어들은 단순히 시쓰기에 실패하는 사람의 목소리의 반영이 아니라 고통을 시의 형식으로 만드는 기술의 결과가 된다. 고통을 전시한다는 메타적인 시선이 고통을 견디게 하고 또 쓸 수 있게 하는 시적 형식의 힘이기도 하기 때문이다. 괴로움이 기술이 되는 순간이야말로 가장 창조적이고 시적인 순간이다.

너의 불완전함만이
우리를 구원할 거야

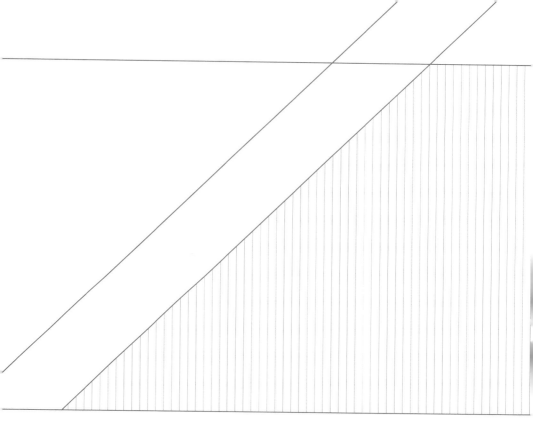

임지훈

한양대학교 국문과 및 동대학원 졸업.
(『1980년대 최승자, 이성복, 기형도 시 연구』로 박사 학위를 받음)
2020년 〈문화일보〉, 〈서울신문〉 신춘문예로 등단.
현재 한양대학교 창의융합교육원 강사.
qkqnqkrtm@naver.com

너의 불완전함만이 우리를 구원할 거야

0.

　다소의 변명부터 늘어놓자면, '나'는 모든 분야의 평론가가 아니다. 게임을 할 때에는 일개 유저에 불과하며, 영화를 볼 때에는 일개 시청자에 불과하고, 음악을 들을 때에는 일개 청자에 불과하다. 예컨대 내가 평론가로서 있을 수 있는 것, 평론가로서 어떤 발언권을 획득할 수 있는 것은 오직 '문학'과 관련된 글을 쓸 때뿐이다. 때문에 여기에서는 문학을 중심으로 이야기를 펼치게 되었지만, 실제 이 글의 바탕이 되는 체험과 인상, 분석은 문학뿐만이 아니라 대중문화 전반에 걸쳐 있다. 먼저 밝히자면, 그런 의미에서 이 글은 문학이라는 특정한 예술형식에 대한 분석과 그에 따른 효과들에 대한 분석을 결여하고 있다는 점에서 문학 평론이라는 기준을 충족시키고 있지 못하다. 더불어 이 글은 이론적 해석과 주관적 인상이 혼재되어 있다는 점에서 최소한의 객관성을 충족시키고 있지 못하다는 문제가 있다. 그럼에도 불구하고 이런 글을 쓰게 된 것은, 최근의 정치적 올바름이나 페미니즘과 관련된 이슈들에 대한 반론을 다소 성글고 급하게나마 공개하고 싶었기 때문이다. 따라서 이 글은 완결된 한 편의 글이라기보다는, 앞으로 계속될 평론과 연구에 대한 거친 프로포즈 정도로 이해해 주었으면 하는 바람이다. 즉, 이 글은 하나의 주장일 뿐이다. 다만, 계속해서 이어 나가고 픈 주장이다.

1.

개인적으로 게임을 비롯한 대중문화들에 관심이 많은 편인데, 그와 관련된 커뮤니티들을 탐독하고 있자면 다음과 같은 주장들을 자주 만나게 된다. 요즘 게임들은 '페미니즘'이나 '정치적 올바름'의 색채가 강해 재미가 없다는 주장이다. 이와 같은 주장을 간략하게 정리하자면 다음과 같다. 페미니즘이나 정치적 올바름의 세례(?)를 받은 게임들은 과도한 정치적 올바름을 추구하는 탓에 캐릭터의 디자인이나 플롯의 구성에 있어 너무 평면적이다. 구체적으로 말해 특정한 경향에 대한 제작자의 과도한 몰입이 스스로 만든 세계관의 개연성이나 핍진성을 해치고, 결과적으로는 작품의 재미를 해친다는 것이다. 이는 단지 게임에서만 제기되는 문제가 아니라 서사를 가질 수 있는 모든 장르에서 동일하게 제기된다.

한편으로 나는 이와 같은 주장에 동의한다. 게임을 비롯해 많은 종류의 작품에서 그와 같은 사례가 종종 목격되기 때문이다. 나는 보통 휴식을 취할 때면 게임을 하거나 영화를 보는데, 이때 선택의 기준은 몰입감이다. 때문에 얼마만큼 단독적인 작품으로서 독립적인 세계관을 구축하고 있으며 완성도를 가지고 있는가, 내적인 개연성이나 핍진성은 얼마만큼 확보되어 있는가는 작품을 선택할 때 작용하는 중요한 기준이다. 그렇기에 나는 작품에 등장하는 인물이 세계의 개연성이나 핍진성을 무시한 채 작품 외적 사상에 기반을 둔 급전(急轉)을 취하는 것에 매우 민감하다. 어떨 때는 나의 휴식을 방해받는 기분마저 드는데, 나에게는 다른 세계로의 몰입이 곧 휴식이기 때문이다. 물론 평론가적인 입장에서(비록 뉴비지만), 이와 같은 급전에 대해 나는 종종 이런 생각을 하곤 한다. 이것은 정말 작품의 개연성을 해치는 급전에 불과한가. 주인공의 급진적 행위는 세계에서 발생한 하나의 '사건'으로 보아야 하는 것이 아닐까. 예컨대 주인공의 급전이 초래하는 세계의 개연성과 핍진성의 훼손은 그 자체로 하나의 '행위'가 아닐까 하고 질문을 던져 보는 것이다. 그러한 질문을 던졌을 때 납득이 가는 경우도 있지만, '그럼에도 불구하고' 단지 작품의 개연성을 해칠 뿐인 과도한 급전으로밖에는 해석되지 않는 경우도 있다.

이럴 때에는 다시금 스스로에게 모종의 질문을 던져 본다. 예컨대, 이 작품의 내적 진리는 오직 그와 관계될 수 있는, 사건에 연루된 자만이 인식할 수 있는 것이기에, 해당 작품의 급전을 이해할 수 없는 것은 내가 그 내적 진리와 연관될 수 있는 사건에 대해 충실하지 못하기 때문이 아닐까. 아주 간략화 시켜서 말한다면 위와 같은 추상적인 질문은 다음과 같이 번역될 수 있겠다. "난 사실 페미니스트가 아닐지도 몰라."[1]

물론 평론가가 페미니스트일 필요는 없다. 사실 이건 좀 잘못된 진술인데, 왜냐하면 여기에서 정의하고 있는 '페미니스트'란 단지 페미니즘적 사상에 동의하며 그와 관련된 실천을 수행하는 사람을 지칭할 뿐, 정작 페미니즘이란 무엇인가에 대한 정의는 완전하게 결여하고 있기 때문이다. 그러

◇◇◇◇◇◇◇◇◇◇◇◇

1   물론 여기에서 고려하지 않는 것이 하나 있는데, 그것은 '나'의 독해능력이다. 나는 '나'의 독해능력을 믿지 않음에도 이 글에서는 그러한 부분에 대한 고려를 의도적으로 배제하였다.

니 "나는 페미니스트야"라는 진술은 정작 내가 어떤 진리에 충실하고 있으며, 어떤 방식으로 충실성을 수행하고 있는가를 '진실되고 적확(的確)하게' 진술하지 못한다. 내가 어떤 진리에 복무하고 있는가를 진실되고 적확하게 진술할 수 있는 방법은 오직 실천뿐이다. 때문에 페미니스트는 페미니즘적 실천을 통해 주장될 수 있을 뿐이지, 어떤 진술을 통해 주장될 수 있는 것이 아니다. 그리하여 이 진술을 조금 더 확장해 보자면, '나는 페미니즘적 사상을 가진 평론가이다'라는 진술은 오직 그러한 실천으로서의 글쓰기를 통해서만 확인될 수 있지, 진술 그 자체만으로는 확인될 수 없다. 따라서 '나는 페미니즘적 사상을 가진 평론가이다'라는 진술은 불필요하다는 말이 되겠고, 보다 확장해서 말하자면 평론가는 굳이 어떠한 무엇일 필요는 없다는 것이 되겠다. 오직 페미니즘적 글쓰기를 통한 실천만이 있을 뿐이고, 평론가는 단지 평론가일 뿐이라는 동어반복적인 진술이 덧붙여지는 것은 이 때문이다. 더불어 나는 '평론가'란 단지 평론가일 뿐이라고 생각하는 평론가이기에, 어떤 작품이 페미니즘적 가치를 기반으로 하고 있다고 해서 그 작품을 옹호할 생각은 없다. 어떤 작품이 어떤 가치를 기반으로 하고 있는가와 관계없이 그 작품이 최소한의 작품성을 지녀야 한다고 믿으며, 나름의 절차를 통해 그 작품성을 논하는 과정을 거칠 뿐이다. 그 작품의 사상에 따른 가치는 이러한 해석 절차의 부산물일 뿐, 해석 이전에 선험적(先驗的)으로 존재하는 것이 아니다.

하지만 이것이 평론가로서 작품의 가치를 평가하고 논함에 있어 어떠한 기준도 가질 필요가 없다는 것은 아니다. 나는 개인적으로 평론가란 객관적일 필요보다는 정치적 방향성을 지닌 존재가 되어야 한다고 생각하며, 그렇기에 평론가는 평론가로서 나름의 경향성을 지녀야한다고 생각한다. 주관적인 해석 절차의 결과로 산출된 부산물로서의 가치에 대해서, 그 가치를 옹호하느냐 혹은 평가절하 하느냐는 평론가 고유의 몫이며 해석의 자유이다. 때문에 나는 특정한 작품에 대해 평론가들이 서로 다른 관점을 취하고 평가를 내리는 것이 무척이나 바람직하다고 생각한다. 평론가들은 동일한 작품에 대해서도 서로 다른 관점을 취할 수밖에 없고, 서로 다른 가치평가를 내릴 수밖에 없으며 그러해야만 한다. 모두가 이건 좋은 작품이라고 말할 때에도 이건 이런 점에선 좀 별로라고 논증하는 사람도 있어야 하며, 반대로 모두가 그 작품의 가치를 평가 절하할 때에도 그 작품의 나름의 가치를 발견하고 재해석해 내는 사람이 있어야 한다.[2]

다시 원래의 이야기로 돌아오자면, 그렇다면 무엇이 문제인 것일까. 작품이 문제인 것일까, 아니면 평론가인 내가 잘못된 것일까. 사실 이 작품은 어떤 윤리적, 정치적, 혹은 여성적 관점에서 매우 높은 가치를 지니고 있으나, 내가 그러한 내적 진리에 충실하지 못한 까닭에 이와 같은 문제를 경험하고 있는 것일까? 이것이 내가 요즘 들어 가지고 있는 고민이다. 처음에

---

2   다만 나 또한 다른 평론가가 높게 평가한 작품들에 대해 동일한 진술을 하는 경우가 더러 있다. 이러한 결과는 해석의 절차에서 교집합이 존재하기 때문에, 다르게 생각해 보자면 우리가 공부하고 해석하고 적용하는 현대 이론의 교집합이 존재하기 때문이다. 하지만 다른 한편으로, 나는 이러한 우리의 평가에 있어 확증 편향(確證偏向)의 지점은 없는지 계속해서 의심이 된다. 정말로 A라는 작가는 좋은 작가인가? 정말로 A라는 작품은 좋은 작품인가? 이러한 논증의 작업은 단지 심증만으로 되는 것은 아니기에 이론의 개진과 함께일 때에만 이뤄질 것이고, 해석 절차가 첨예해질수록 이러한 판단은 확신을 얻을 수 있을 것이다. 나는 이러한 사례의 좋은 예시로 두 권의 책을 꼽고 싶다. 하나는 『문학을 부수는 문학들』이고, 다른 하나는 『문학은 위험하다』이다. 나는 이와 같이 '정전(正傳)'에 도전하는 사례들이 보다 늘어났으면 하는 바람이며, 그러한 과정을 통해서 정전에 대한 현대적 해석이 계속 거듭되었으면 하는 바람이다. 혹자는 이러한 해석이 과도한 것이며 여기에는 시대적 문제를 과도하게 하나의 작품, 한 명의 작가에게 귀속시킨다는 주장 또한 제기될 수 있을 것이다. 하지만 그럼에도 불구하고, 나는 이러한 과정을 통해서'만'이 작품은 현대화될 수 있고, 살아있을 수 있다고 생각한다. 예컨대, 두 권의 해석은 정전에 대한 결론이 아니라 과정이며, 나는 이러한 과정의 지속이 문학의 생존에 필수적이라고 믿는다.

나는 작품을 꼼꼼하게 읽고, 관련될 수 있는 것들을 더 꼼꼼하게 확인함으로써 이와 같은 문제를 해결할 수 있다고 생각했었다. 예컨대 내가 '페미니즘'이란 무엇인가에 대해 확실하게 알게 된다면, 혹은 '정치적 올바름'에 대해 확실한 '지식'을 얻게 된다면, 나는 그 지식의 잣대 위에서 대상에 대한 판단을 내릴 수 있으리라 생각했다. 조금 이른 결론을 내보자면, 세상에 그런 지식 따위는 없었으며, 그에 기반을 둔 판단 따위도 존재하지 않았다.[3]

이건 위에서 내가 내린 평론가의 정의와도 부합하는 것인데, 적어도 내가 알기로는, 어떤 평론가도 확고하고 불변하는 지식의 층위에서 작품에 대한 판단을 내리지는 않는다. 아니, 못 한다. 나는 내가 좀 더 공부를 하게 된다면, 다시 말해 내가 그러한 '지식'에 좀 더 가까이 다가가게 된다면 적어도 이러한 혼란은 최소화시킬 수 있을 것이라 믿었다. 하지만 그러한 절대적 지식은 존재하지 않는다. 공부를 반복하고 습득한 지식을 체계화할수록 내가 절감하게 되는 것은 나의 앎의 한계이다. 내가 알 수 있는 것, 내가 체득할 수 있는 것, 내가 공감할 수 있는 것에는 한계가 있을 뿐이라는 사실을 뼈저리게 체험하는 과정이었을 뿐이다. 선택에 대한 확고한 근거로서의

---

3   이것은 일견 동일한 하나의 실체로 사유되곤 하는 '페미니즘'이라는 사상 내에서도 마찬가지다. 페미니즘은 결코 하나의 일관된 실체가 아니다. 그런 의미에서 절대적인 하나의 정답으로서의 '페미니즘' 따위도 존재하지 않는다. 우리가 목격하게 되는 것은 개념으로서의 '페미니즘'과 현실적 운동으로서의 '페미니즘' 사이의 괴리뿐이다. 그럼에도 불구하고 이러한 괴리는 옹호되어야 한다. 이것은 단지 '페미니즘'이라는 운동 하나에 국한된 이야기가 아니다. 모든 개념과 현실적 운동 사이에 존재하는 '괴리'는 옹호되어야 하며, 그러한 괴리에 대한 사유와 '그럼에도 불구하고' 지속되는 운동만이 우리를 구원할 것이다. 즉, 우리는 해야만 한다. 비록 '그것'이 불완전할지라도, 그 불완전함과 함께하기로 마음먹고서. 진정한 적은 그러한 불완전함을, 내적인 적대를, 이상과 현실의 괴리를 자체의 실패로 간주하고 이러한 운동 자체를 무화시키고자 시도하는 사람들이다. 우리는 이제 조화나 균형이라는 말과 싸워야만 한다. 조화, 혹은 균형은 단지 악무한에 불과하다. 우리는 서로 싸워야만 한다. 계속해서 싸우는 한에서만, 우리는 살아 있을 수 있다.

지식이라는 토대는 결코 나에게 주어지지 않을 것이며, 나에게 가능한 것이라고는 말을 고르는 일련의 선택의 과정들 속에서 겪게 될 혼란과 불안일 뿐이다.[4]

그럼에도 불구하고 나는 일련의 과정들을 거친 판단을 통해 다음과 같은 주장을 해보고자 한다. 예컨대, 위에서 제시한 '급전'의 사례들은 단지 '재미'가 없는 작품일 따름이며, 그것은 정치적 올바름이나 페미니즘의 '세례'로 인한 것이 아니라 단지 작가의 역량이 부족할 따름이라는 것이다. 다만 여기에서는 그 안 좋은 사례들은 따로 열거하지 않을 것인데, 왜냐하면 그 작품들에서도 누군가는 나름의 내적 진리의 분출을 발견할지도 모르는 일이기 때문이다. 예컨대, 내가 작품의 몰입을 해치는 과잉의 지점으로 꼽은 것이 누군가에게는 그 작품의 내적인 진리가 확인되는 순간일 수도 있다. 즉, 여기에서 수행되는 나의 독해와 해석은 결코 진리에 기반한 것이 아니다. 특정한 작품에 대한 나의 이해는 특정한 관점에서 비롯된 것일 뿐이다. 그럼에도 불구하고 나는 하나의 진리를 옹호하고자 하며, 그것이 이 글의 핵심이 될 것이다.

---

4 그렇기에 나는 우리가 흔히 사용하는 공감, 이해, 소통과 같은 표현에 심한 거부감을 느낀다. 우리는 흔히 우리가 동일한 지식의 지평에 서는 순간 공감, 이해, 소통이 가능하리라는 착각을 하곤 하는데, 그러한 지평은 과연 실체적으로 존재할 수 있는 것일까? 보다 문제적인 것은, 그렇다면 공감, 이해, 소통이 불가능한 것은 내가, 혹은 대상이 그러한 지평에 서지 못했기 때문인가? 그렇다면 공감, 이해, 소통이란 타자의 몰이해에 대한 비난을 위한 구실에 지나지 않는다. 단어의 정의를 통해 사유해 볼 때 공감, 이해, 소통은 타인이 나와 동일한 지식의 지평에 서지 않았을 때에도 이루어질 수 있어야 하는 것이 아닌가? 우리는 공감, 이해, 소통이라는 말에 대해 좀 더 고민해 보아야 한다. 그것의 불가능성과 함께 말이다. 예컨대, 절대적인 지식의 한계라는 지점과 함께 말이다.

2.

　누군가에게는 작품의 몰입을 해치는 과잉의 지점이 다른 누군가에게는 작품의 내적인 진리를 확인할 수 있는 순간이 된다는 것. 이 점은 작품의 재미가 관점에 따라 다르게 작동한다는 것과 유사한 지점을 가리킬 것이다. 먼저 꼽아야 할 것은 작품의 재미란 생각보다 단순한 가치 척도가 아니라는 점이다. 우리가 재미를 느끼는 방식은 실로 다양하다. 재미는 수많은 방식을 통해 추구될 수 있는데, 단순하게 열거해 보자면 입담과 같은 위트를 통해 발견될 수도 있으며, 새로운 지식의 전달을 통해 발견될 수도 있고, 억압에 대한 저항의 지점을 통해 발견될 수도 있다. 이는 재미란 것이 서사의 완급 조절을 통해서만 발견될 수 있는 것이 아님을 의미한다. 재미란 다양한 방식을 통해 추구될 수 있고, 마찬가지로 다양한 방식을 통해 체험될 수 있는 지점임을 가리킨다. 단순하게 말하자면 사람이 "재밌다!"고 느끼는 지점은 수없이 다양하다는 점이고, 마찬가지로 창작자가 재미를 추구할 수 있는 방식 또한 수없이 다양하다는 것이겠다. 이는 작품의 지향이 단순히 하나일 수 없다는 이야기이기도 하며, 우리가 작품을 즐기는 방식 또한 한 가지로 축소될 수 없음을 의미한다.

　때문에 나는 재미라는 것이 단순화시킬 수 없는 것이라고 주장하고 싶으며 때로 재미란 언어화될 수 없는 지점에 가닿아 있기도 하다고 말하고 싶다. 여기에 덧붙여서, 그럼에도 평론가는 이러한 재미의 메커니즘(Mechanism)과 그것의 가치에 대해 나름의 해석과 평가를 내리는 사람이라는 주석 또한 달아 놓고 싶다. 즉 평론가란 특정한 사상에 대한 옹호를 주목적으로 삼는 것이 아니라, 작품의 다양한 재미 요소를 발견하고 그 가운데 자신의 가치 체계 내에서의 척도와 순위에 따라 작품의 재미를 평가하고,

그에 따라 다양한 작품들 가운데에서 해당 작품의 가치를 내세우는 사람이라는 것이다. 나는 이러한 정의를 꽤 소중히 여기는 편인데, 왜냐하면 문학 평론가에게 무엇보다 중요한 것은 작품이 가진 문학적 재미라고 믿기 때문이다. 다만 여기에도 한 가지 단서를 달고 싶은데, 앞서 주장했듯이 재미를 추구하는 방식은 실로 수없이 다양하므로, 그러한 사상의 분출에서 재미를 느끼는 것 또한 가능하다는 것이다. 때문에 나는 특정한 가치의 발현(發現)이나 재현(再現)으로서의 특정한 문학 작품을 옹호하는 사람을 깎아내릴 생각은 없다. 단지, 그것이 정말 합당한 재미를 가지고 있음을 적확한 언어를 통해 표현해야 한다고 생각할 뿐이다.

만약 그와 같은 평론가와 지금 이 글을 쓰고 있는 '나'의 차이를 묻는다면, 나는 다음과 같이 정의하고 싶다. 나에게는 재미가 1순위인데, 그 재미가 분출되는 지점이 다소 비윤리적이라 할지라도 상관없다는 것이다. 다만 나는 평론가로서 다음과 같이 말할 뿐이다. "이 작품은 재미있다. 그러나 이 작품은 비윤리적이다." 그리고 만약 그 재미가 그 비윤리적 태도에도 불구하고 압도할 만큼의 희열을 선사한다면 다음과 같이 말할 것이다. "이 작품은 비윤리적이다. 그럼에도 불구하고 이 작품은 재미있다." 이걸 조금 색다르게 말해 보자면 나는 다음과 같이 바꿔 보고 싶다. "윤리, 좋지. 다만, 재밌는 한에서." 왜냐하면 나는 내가 휴식을 취하기 위한 수단으로서 택한 작품에서 윤리가 재미를 압도하는 광경을 목도하고 싶지 않으며, 그러한 압도가 나의 휴식을 방해하는 것을 끔찍하게 싫어하기 때문이다. 나는 작가의 창조물을 통해 재미를, 휴식을 취하고 싶은 것이지, 그에게서 어떤 가르침을 받기를 원하는 것이 아니기 때문이다.

그런데 이와 같은 답변은 한 가지 의문을 자아낸다. 즉, 내가 재미가 없다고 느끼는 지점과 나의 휴식 시간을 침입해 온 저 압도적인 윤리는 어떠한 관계에 놓여 있는가. 예컨대 그 윤리를 재현하는 방식이 재미가 없는 것인가, 아니면 그러한 윤리가 나를 불쾌하게 만들기 때문인가. 즉, "윤리, 좋지. 다만, 재밌는 한에서"라는 나의 진술은 정말로 문학적 재미라는 불분명한 실체를 제1가치로 추구함을 의미하는 것인가? 아니면 어떠한 윤리나 현상에 대해 다음과 같이 진술하고 있는 것인가? "(등장인물의 행위에 대해) 그래? 그것도 좋지. 다만 나의 심기를 거스르지 않는 한에서."

안타깝게도 우리에게는 이러한 지점을 구분할 수 있는 명확한 선이 존재하지 않는다. 역설적으로 저러한 지점들에 대한 분리선이 명확할수록, 우리는 아마도 다음과 같은 실수를 저지르게 될 것이다. 만약 문학적 재미라는 것에 무게 중심을 놓는다면 우리는 대상이 되는 작품에 대해 "이 작품은 문학의 재미라는 내적 가치를 충분하게 구현하지 못한 것"이라는 평가를 내리게 될 것이며, 반대로 윤리적 가치에 중점을 놓는 순간 "문학의 윤리라는 내적 가치를 충분하게 구현하지 못한 것"이라는 평가를 내리게 될 것이다. 두 진술은 모두 일종의 실수인 셈인데, 왜냐하면 문학에 있어 고유한 실체로서의 어떤 진리란 존재하지 않기 때문이다. "문학은 무엇이다"라는 진술이 구체적이게 될수록, 우리는 그러한 진술로는 포획될 수 없는 잔여(殘餘)를 발견하게 될 것이며 우리의 손 틈 사이를 가뿐하게 빠져나가는 작품이라는 사례를 목격하게 될 것이다. 그때마다 우리는 우리의 구체적 진술이 좀 더 많은 것을 포괄할 수 있도록 변경해야 할까? 그러한 포괄에 의해 길어진 정의는 정말 정의로서 기능할 수 있는 것일까?

내가 여기에서 하고 싶은 말은 문학이란 아무것도 아니라는 허무주의적 생각이 아니다. 예컨대, 어떤 정의도 모두 실패하고 말 테니 그러한 시도는 무의미하다는 말이 아니라 오히려 '그럼에도 불구하고' 우리는 문학이란 무엇인가에 대해 거듭해서 정의를 내리고, 또 그 정의를 깨부숴야 한다는 것이다. 우리의 진술은 결코 문학을 실체로서 포획하지 못할 것이지만, 그럼에도 불구하고 반복해서 주장하고 실패하는 무수한 과정을 거쳐야만 한다. 최소한의 정의가 있을 때, 우리가 목격하게 되는 것은 단순한 실패가 아니기 때문이다. 우리가 실패할 때, 거기에는 적어도 하나 정도의 최소한의 차이가 있게 될 것이다. 지금 우리가 발견해야 하는 것은 바로 그 차이이며, 그 차이를 위해 우리는 계속해서 정의를 반복해야 한다. 다만 그러한 정의를 불변의 정상 모델로서 간주하려는 시도를 거부하는 한에서, 우리가 내린 정의가 우리의 눈앞에 나타나는 구체적 작품을 통해 얼마든지 깨질 수 있다는 인식과 함께하는 한에서. 예컨대, '저것은 문학이 아니다'라는 진술만은 하지 않는 한에서 말이다.

우리가 실패의 순간 발견하게 되는 차이, 정의와 그것의 현실적 운동 사이에서 발견하게 되는 그 차이는 '문학'의 불완전성을 지시한다. 어떠한 실제 작품도 문학의 정의를 온전하게 실현할 수는 없다는 점에서 이는 작품의 실패를 지시하는 것이며, 다른 한편으로는 인간이 내린 어떤 정의도 결코 완전할 수는 없다는 사실 또한 지시한다. 때문에 이 불완전성은 이중의 운동을 지시하게 되는데, 한편으로 그것은 작품의 내부적 차원에서 일어나는 운동이며, 다른 한편으로 그것은 우리가 가진 개념의 내적 운동이다. 이때 변화하지 않는 것은 개념으로서의 문학이라는 자리와 현실적 층위에서의 작품이라는 자리일 뿐이며, 이는 곧 운동의 형식만이 불변할 뿐, 그 안을 채우고 있는 실체적 진술들은 거듭 변화할 수밖에 없음을 지시한다. 이러한 진술들의 운동이 멈추는 순간, 문학은 정지한다. 개념에 완전하게 부합하는 문학 작품의 등장이란 곧 더 이상의 문학 작품이 불필요함을 의미하게 될 것이니 말이다. 그러니 이 말은 다음과 같이 번역될 수 있다. "불완전함은 모든 운동의 조건이다." 다만 현실에서 그러한 운동이 멈추는 것은 사실상 불가능할 것이므로 우리가 체험하는 개념과 작품의 완전한 일치는 단지 한순간의 환영에 불과할 따름이라고 생각하는 것이 보다 합당할 것이다. 그것이 한순간이 아니라 영속적(永續的)이게 되는 순간이 있다면, 나는 그것이 바로 문학의 종언을 알리는 소리가 아닐까 생각한다. 다른 방식으로 말해 보자면 이러한 불완전성이 없다면, 그것은 단순한 사실의 나열일 뿐, 문학일 수 없다. 따라서 문학이 단순한 사실의 나열이 아니라 문학이기 위해서 이 불완전성은 포기할 수 없는 유일한 진리이다. 오직 불완전성만이 작품을 지탱할 수 있는 최소한의 토대이며, 그러한 한에서 문학은 단순한 사실을 넘어서는 무언가가 될 수 있다.[5]

그러니 역설적이게도 작품의 내적 '불완전성'은 문학이라는 예술 형식의 영속성을 보장하는 유일한 단서이다. 혹자는 이러한 진술을 과도한 것으로 생각할 수도 있겠으나, 나는 이것이 유일한 문학의 진리라고 생각한다. 우리는 불완전하고, 불완전한 덕분에 아직도 글을 쓰고 글을 읽는 이 행위를 지속할 수 있다. 오직 이 모든 것이 불완전한 한에서, 우리의 문학은 계속될 수 있다.

---

5 이는 문학의 정의 가운데 하나인 '언어화할 수 없는 것의 언어화'라는 정의와 완벽하게 부합한다. 예컨대 문학이 가지는 불완전성은 세계와 언어의 불일치로부터 비롯될 수밖에 없는 형식 그 자체의 특성이며, 따라서 문학을 옹호한다는 것은 곧 세계와 언어의 불일치를 숙명으로 하는 인간의 존재 형식 그 자체에 대한 옹호이기도 하여야 한다. 또한 이러한 옹호는 세계와 언어의 불일치가 인간 존재의 필연인 한, 문학은 지속될 것이라는 주장이기도 하다.

3.

　모든 문학 작품은 불완전할 수밖에 없으며, 그러한 불완전성이 문학의 작동 원리라는 것은 곧 작품의 모든 내적 요소들이 합리적이거나 개연성을 가질 필요는 없음 또한 의미한다. 이러한 불완전성은 독자로 하여금 상상을 부추기며, 더 많은 유연한 해석을 가능하게 만드는 토대라는 점에서 작품에 반드시 필요한 요건이라고도 할 수 있다. 만약 서사상의 모든 것이 합리적으로 설명되며 어떠한 궁금증도 자아내지 않는다면 그것은 과연 성공한 서사라고 할 수 있을까? 역설적이게도 이러한 서사상의 빈틈은 독자로 하여금 더 깊은 독해를 추동(推動)한다는 점에서 독자의 흥미를 유발함에 있어 매우 필수적인 요소라고 할 수 있을 것이다.[6]

　그러나 이 말은 결코 작품의 개연성이나 핍진성의 부재를 합리화하고자 하는 것이 아니다. 모든 인물의 행동 및 서사상의 사건은 그 세계에 합당한 수준에서 벌어져야만 한다. 즉, 모든 작가는 자신의 문장에 대해 작품 내에서 책임을 져야만 한다. 때문에 문제는 서사상의 빈틈이 존재하느냐가 아니다. 핵심은 이러한 빈틈을 어떻게 다루느냐는 것이고, 작가가 내세운 그 방법에 따라 작품의 성패 또한 갈리게 됨을 의미한다.

　가령 임솔아의 「단영」[7]을 살펴보자. 산속의 깊은 절인 '하은사'를 배경

◇◇◇◇◇◇◇◇◇◇◇◇◇

6　혹자는 역사 기록을 하나의 서사로 간주함으로써 이러한 주장을 반박하고자 할 수도 있겠다. 그러나 역사의 기록에도 여전히 그러한 지점은 남는다. 예컨대 우리가 감탄을 터뜨리는 순간(어떻게 이럴 수 있지?)은 곧 역사 기록의 불완전성을 가리키는 지점이기도 하다. 따라서 감탄이 가능한 모든 서사는 문학의 한 종류로 해석될 수 있으며, 그러한 감탄의 지점에 대해 분석하고자 하는 시도를 문학적 해석의 하나로 생각해 볼 필요가 있다.

7　강화길, 손보미, 임솔아, 지혜, 천희란, 최영건, 최진영, 허희정, 『사라지는 건 여자들뿐이거든요』, 은행나무, 2020.

으로 하는 이 소설은 스님인 효정과 묵언수행 중인 아란을 중심으로 이야기가 전개된다. 주지인 효정은 절을 맡아 운영할 후계를 찾기 위해 대안학교를 운영하는데, 아란은 그 대안학교의 학생이다. 효정은 아란이 이후 자신의 역할을 승계해 주길 바라는데, 아란이 어떤 생각을 갖고 있는지, 왜 아란은 소설의 뒷부분에서 절을 떠나고 마는지에 대해서 소설은 구체적으로 제시하지 않는다. 단지 이 소설에 등장하는 다른 인물들과의 대화를 통해 그 속내를 독자 스스로가 유추하게끔 지시할 따름이다. 이처럼 아란의 속내가 은근하게 감춰지면서도 그가 소설의 말미에 이르러 절을 떠난다는 결정적인 행동을 할 때, 독자는 그의 행동에 대해 일련의 의문을 가지게 된다. 왜 그는 '하은사'를 떠나는 것인가, 왜 그는 정작 자신에게 잘해 준 '효정'에게는 인사조차 건네지 않은 채 그 절을 떠나는 것인가.

이처럼 아란의 행동에 일련의 질문을 던지게 되는 것은 왜인가. 표면적으로 볼 때 그것은 아란의 행동이 소설에 드러난 요소들을 통해 합리적으로 해석되기 어렵다는 점에 있다. 즉, 아란의 행동은 소설 내적 요소들을 통해 완전하게 설명되지 않으며, 일련의 서사적 빈틈 위에 성립되고 있기 때문이다. 그런데 보다 근본적으로 따져 보자. 이 소설의 독자가 아란의 행동에 대해 그러한 질문을 던지게 되는 것은 단순히 그의 행동이 서사적 빈틈 위에 성립하고 있기 때문일까? 독자는 모든 서사적 빈틈에 대해 반응하는 존재일까? 독자가 그러한 행동에 질문을 던지는 것은 언제일까? 그것은 단순하게 말해, 아란의 행동이 그만큼의 어떤 매력을 행사하고 있기 때문이다. 이것은 회화에서 작동하는 매혹과 유사한 지점으로, 마치 모나리자의 미소와도 같다고 할 수 있다. 그녀는 웃고 있는 것인가, 그녀는 무엇을 보고 있는 것인가, 왜 그러한 표정을 짓고 있는 것인가 등등의 질문을 던지게 되는 것은 전적으로 회화가 지닌 매혹에 관람자가 유혹될 때이다. 마찬가지로 임솔아의 단편 「단영」에서 아란의 행동에 대해 질문을 던지게 되는 것은 독자가 아란의 행동에 매혹되었을 때이다.

그렇다면 이러한 매혹은 어떻게 작동하는 것일까. 적어도 서사에서 그것은, 그러한 인물의 행동을 둘러싼 나머지 장치들로부터 시작되는 듯하다. 우리의 시선이 시작되는 소설의 첫 장면에서부터, 언어가 독해되는 방향을 따라서 말이다. 예컨대 아란을 둘러싼 모든 것들, 하은사라는 공간적 배경에서부터 이 절의 성립 배경과 그것을 융성하게 만든 효은의 (흡사 자본가의 모습과 유사하게 보이는) 노력들, 절에 함께 머물렀으나 어느 날 남몰래 떠난 능원과 그러한 여자들이 많았다는 진술들, 소설의 제목이기도 한 단영이라는 인물에 이르기까지, 임솔아의 소설은 흡사 말미에 벌어지는 아란의 떠남에 우리의 시선을 이끌기 위해 첫 장면에서부터 철저하게 계산적으로 직조(直照)된 것처럼 보인다. 마치, 그러한 '떠남'에 우리가 의구심을 가질 수밖에 없도록, 우리가 그것에 매혹되도록 만들기 위해 이 모든 시공간을 아름답게 서술한 셈이다. 회화로 치자면 이러한 서술들은 각각이 메인 오브제(Objet)로 우리의 시선을 인도하기 위해 구조적으로 배치된 서브 오브제들에 해당할 것인데, 이를 위해서는 각각의 오브제, 장면들이 개별적인 개성과 매력을 지니면서도 동시에 매혹의 지점을 향해 우리의 시선을 이끌 수 있도록 기능해야만 한다. 우리가 아란의 '떠남'에 질문을 던지는 것은 이러한 오브제-장면의 인도에 성공적으로 인도되었을 때이며, 뒤집어 말해 우리가 던지는 질문은 우리가 그러한 구조에 성공적으로 매혹되었음을 증명하는 바이기도 하다.

그렇다면 이러한 개별적 매력 속에서 우리를 인도하도록, 우리의 시선을 한 점으로 이끌어가도록 만드는 일관된 구조는 무엇일까. 그것은 소설의 서술에서 늘 얼룩처럼 자리 잡고 있는 존재의 쓸쓸함, 실존의 감각이 아닐까 싶다. 이 소설에서 등장하는 모든 공간적 배경과 인물의 모습에는 약간의 쓸쓸함과 무정함이 배어 있다. 이러한 일관된 분위기는 '하은사'라는 공간적 배경에서 드러나는 부흥의 분위기, '하은사'라는 대안적 공동체의 공간이 갖는 의미와는 대조되는 요소이다.

> 능원이 떠나자 아란은 말을 하지 않기로 했다. 자신이 느끼고 있는 상실감을 극명하게 드러내려면 이 방법밖에 없다고 느꼈다. 누군가 보다 못해 아란에게 능원에 대한 정보를 알려주게 되기를 기다려 보기로 했다. 사람들은 아란이 묵언수행을 시작했다고 믿었다. 아란은 자신이 효정처럼 언제나 미소를 짓고 있다는 걸 나중에야 알았다. 누가 어떤 말을 하든 아란은 부드럽게 웃어 보였다. 누구도 능원에 대한 회고는 하지 않았다. 능원은 원래부터 없었던 사람 같았다.(104쪽.)

위 장면은 하은사라는 대안적 공동체 공간의 역설을 자명하게 보여준다. 아란은 능원에 대한 상실감으로 인해 묵언을 선택하지만 이는 '하은사'라는 공간의 특성으로 말미암아 수행의 일종으로, 아란의 진로에 대한 선택으로 왜곡된다. 공간과 인물 사이에 나타나는 미묘한 불일치. 이를 바탕으로 이전까지 '하은사'와 효은의 입지전적인 인생담, 단영의 귀여운 모습 등이 부각되던 소설은 이 장면을 기점으로 그 맥락이 바뀌게 되며, 음각되어 있던 쓸쓸함의 정서가 보다 표면을 통해 표출되기에 이른다. 즉, 완전한 치유의 공간처럼 보였던 공간은 이윽고 어딘가 알 수 없는 결핍을 내포하고 있는 불완전한 공간으로 뒤바뀌게 된다. 이 유사 가족적 관계와 그것을 위해 효은이 안배하는 공간이 결코 완전한 공간일 수는 없다는 사실과 함께 말이다. 아란의 '떠남'은 이러한 복선 위에서 작동하는 것이기에 비록 그 동기가 완전하게 추론 불가능할지라도 나름의 합리성을 얻는다. 이는 작품의 말미에 등장하는 효은의 행동, 자신이 애써 만든 꽃밭을 스스로 짓밟는 모습과 겹치면서 그 매력을 배가시킨다. 두 행동은 모두 명확하게 그 동기가 설명되지는 않으나, 작품 내에 등장하는 공간과 인물들의 미묘한 불일치로부터 모종의 행동이 돌발하게 될 개연성을 확보해 놓았기에 두 장면은 서로 겹치면서 각각의 장면이 갖는 매력을 서로 간에 배가시키는 작용을 하게 된다. 즉, 서사 내에서 하나의 행위가 매혹의 지점으로 작동하는 것은 이처럼 완전한 합리적 설명이 불가능하면서도, 나름의 내적 개연성과 핍진성을 소지하고 있는 한에서이며, 소설 내의 장면들이 그러한 지점을 향해 독자의 시선을 성공적으로 인도하는 한에서만 가능한 것이다. 그러한 의미에서 소설이 하나의 장면을 매혹의 지점으로 만들어내는 것은 소설이 지닐 수밖에 없는 불완전성을 다루는 방식을 통해서 가능한 것이지, 단순히 어떤 요소를 의도적으로 배제하거나 봉합함으로써 얻어지는 것이 아니다. 즉, 작품이 매혹을 발산하지 못하는 것은 인물이나 공간, 혹은 작가가 가진 사상의 문제가 아니라 불완전성을 사유하고 이를 다루는 역량의 문제이다.

4.

이와 같이 길고 장황한 이야기를 하는 까닭은 무엇인가. 나는 작가에게 책임을 묻고 싶기 때문이다. 적어도 하나의 세계를 창조하는 자로서, 작가는 자신의 서술에 대해 책임을 져야 한다. 그리고 그 책임을 지는 방법은 자신이 서술한 문장들에 대해 나름의 개연성과 핍진성, 그것에 독자가 충분한 매력을 느낄 수 있게 만드는 방식을 통해서, 그리하여 독자를 매혹시키는 방식을 통해서이다. 모든 사건과 인물의 행동에 대해, 그 동기를 완벽하게 서술하고 합리화시킬 필요는 없으나, 그와 같은 요소의 필요성에 대해서는 독자에게 납득시킬 수 있어야 한다.

앞선 문학의 정의에서 살펴보았듯 모든 서사는 완벽할 수 없다. 모든 서사는 각기 다른 서사적 빈틈을 가질 수밖에 없지만, 작가는 그러한 빈틈에 대해 나름의 책임을 져야만 한다. 그 책임은 단순히 빈틈을 메우는 것만이 아니며, 그러한 빈틈을 어떻게 자신만의 방식으로 다룰 것인가에 달려 있다. 예컨대 임솔아의 「단영」에서 보았듯이, 그러한 빈틈은 결코 완전하게 메워질 필요가 없으며 비록 그 행위의 동기를 완전하게 추론할 수는 없다 할지라도 그러한 행위의 내적 개연성과 핍진성을 나름의 방식으로 부과하는 것을 통해 다뤄질 수 있다. 이 경우 서사적 빈틈의 지점은 단순한 빈틈이 아니라 독자를 매혹하는 지점으로 작동하게 되며, 보다 깊은 독해를 추동하는 요소로 작동하게 된다는 점에서 서사가 가질 수 있는 매혹의 지점이기도 하다. 예컨대 우리가 효은과 아란이 보여주는 행동들에 대해 나름의 동기들을 유추해 보고자 하는 욕망을 느끼게 되는 것처럼 말이다.[8]

다시금 처음의 이야기로 돌아오자면, 따라서 서사의 '재미'를 해치는 것은 서사적 빈틈이라기보다는 오히려 그 빈틈을 작품 외적 사상에 기반한

<hr/>

8   예컨대 우리가 '떡밥'이라는 요소에 열광하는 까닭은 무엇인가. 그러한 장치가 우리를 불확실성의 지점/매혹의 지점으로 인도하기 때문이 아닌가. 마찬가지로, 너무 많은 떡밥에 우리가 지치는 이유는 무엇인가? 그러한 장치가 우리에게 불확실성의 지점/매혹의 지점을 강요하기 때문이 아닌가. 예컨대 '복선'은 단순히 작가의 서사적 오류에 대한 보험이 아니다. 복선은 양날의 검이기에, 외려 독자를 피로하게 만들 뿐이다. 매혹의 지점을 가리키는 복선과 결론을 통해 사후적으로만 유추될 수 있는 복선을 적절하게 혼재하는 것이 중요한 까닭은 이러한 독자의 관점에서 생각해 볼 필요가 있다. 독자는 단순히 숨은 그림 찾기를 하는 사람이 아니기 때문이다.

과격한 급전을 통해 메우려는 작가의 태도이다. 즉, 작품이 재미가 없는 것은 그것이 페미니즘이나 정치적 올바름의 색채를 띠고 있기 때문이 아니라 작가가 서사적 빈틈을 다루는 능력이 부족하기 때문이다. 따라서 서사의 실패는 결코 서사적 빈틈 때문이 아니다. 그러한 빈틈을 과격하게 메우려는 시도/혹은 그러한 빈틈에 대한 무책임한 태도가 서사의 실패를 부추긴다.

독자가 작가/인물의 사상에 대해 반감을 느끼게 되는 것은 이러한 지점에서이다. 인물의 행위나 서사상의 사건이 소설 내적 요소들을 통해 설명되는 것이 아니라 작품 외적 요소를 통해 설명될 수밖에 없을 때, 그러한 작품 외적 요소를 받아들일 것을 강요당할 때, 독자는 작가가 설정한 이와 같은 구도를 하나의 폭력으로 받아들일 수밖에 없다. 독자가 바라는 것은 단순하다. 작품 내에 등장하는 어떤 서사적 빈틈이 작품 내적 요소를 통해 해석될 수 있어야 한다는 것이다. 물론 이것을 독자의 무능이나 게으름으로 치부할 수도 있겠지만, 과연 그렇게만 치부해도 될 문제일까? '어디까지 독자에게 친절해야 하는가'라는 반론 또한 가능하겠으나, 그럼에도 불구하고 나는 작품이 작품 내적 요소를 통해 어느 정도의 해석이 가능해야만 한다고 생각하며, 작품 외적 요소를 참조점으로 삼는 것이 결코 디폴트가 되어서는 안 된다고 생각한다. 작품 내적 요소를 통해 최소한의 설명도 불가능한 인물/행위의 돌출은 단지 작가의 무능을 표지하는 것일 뿐 독자의 무능을 지시하는 것이 아니다.

특정한 작품을 지목하고 싶지는 않다. 다만 최근에 나타난 일련의 경향들, 소설과 시를 막론하고 나타나는 '무해한' 인물과 '무해한' 세계는 이런 지점에서 다소 위험을 내포하고 있다고 생각한다. 인물의 행위나 사건의 전개가 작품 내의 개연성이나 핍진성으로부터 발원(發源)하는 것이 아니라 '정치적 올바름'이라는 경향에만 기대어 갈 때, 그리하여 인물의 행위나 사건의 전개가 오직 '정치적 올바름'의 요소를 통해서 해석될 수밖에 없는 경우가 종종 있다. 이와 더불어 작품에 구현된 세계와 인물상이 '정치적 올바름'에 매몰된 나머지 모든 것이 단지 무해할 뿐이어서 그것이 세계의 폐쇄성을 증언하게 되는 지경에 이른다면, 그것은 좋은 작품인가? 물론 나는 이러한 구성에 대해서는 온전히 작가의 자율에 맡겨야 한다고 생각하지만, 그것이 작가의 무능은 아닌지 물을 필요는 있다고 생각한다. 다시금 말하는 바이지만, 내가 원하는 것은 어디까지나 재밌는 소설, 재밌는 시이지, 도덕적으로 완벽한 작품이 아니기 때문이다. 만약 작가가 어떤 특정한 요소를 잘라내고 싶다면, 그리하여 무해한 세계를 자신의 작품 속에 축성(築成)하고 싶다면 그래도 좋다. 다만, 그것은 어디까지나 최소한의 매혹을 갖춰야만 한다. 그리하여 독자를 그 매혹에, 서사적 빈틈을 가리고 있는 그 매혹의 지점을 탐닉할 수 있도록 끌어들여야만 한다. 단지 윤리적이고 도덕적이기만 한 작품을 나는 원하지 않는다.

더불어 생각해 봐야 할 것은 '정치적 올바름'이라는 요소에 대해서이다. '정치적 올바름'은 과연 확고한 실체인가? 모든 인간이 공유하는 보편적 상식인가? '정치적 올바름' 또한 하나의 운동이라는 점에서 개념과 운동 사이의 간극을 내포할 수밖에 없다는 한계를 지니고 있을 것이고, 이는 모든 독자가 '정치적 올바름'에 대해 동일한 정도의 지식을 가질 수는 없으며, 동일한 태도를 지닐 수도 없음 또한 의미한다. 즉, '정치적 올바름'은 결코 진리가 아니며, 하나의 실체도 아니다. '정치적 올바름'을 불변하는 하나의 실체로서 사유하는 순간 우리는 앞서 거론한 개념과 운동의 불일치에 대한 판단의 실수와 동일한 덫에 걸릴 수밖에 없다. 또한 '정치적 올바름'을 하나의 영속적이며 불변하는 실체로 사유하는 순간, 우리는 그것을 현실에 아직 구현되지 않은 (그리고 영원히 구현될 수 없는) 저 너머의 실체로서 사유할 수밖에 없게 되는데, 이러한 사유 방식은 그 자체로 문제이다. '정치적 올바름'은 어디까지나 현실에서의 운동으로서 가치를 지녀야 하는데, 그것을 현실 너머의 실체로 정립하는 순간 이와 같은 운동은 현실에서의 정치적 운동이라는 층위를 벗어나 그릇된 종교의 구조로, 사이비에 대한 믿음의 구조로 변모하고 말 것이기 때문이다.

조금 다른, 그리고 과격한 이야기를 해보고 싶다. 몇 해 전, 문학적 표현의 자유를 부르짖던 사람들에 대한 이야기이다. 특정한 표현 방식, 특정한 구도의 성적(性的) 요소가 누군가에게는 불쾌할 수 있으며 또한 2차 가해가 될 수도 있음을 말할 때, 이들의 주장은 한결같았다. 그와 같은 주장은 문학의 표현의 자유를 억압하는 것이며 우리에게는 그와 같은 성적 요소들을 표현할 자유가 있다고 말이다. 나는 이러한 주장에 동감하는 편인데, 다만 그것은 어디까지나 그러한 표현이 충분히 필요하다고 여겨질 수 있을 때에 한해서라고 말하고 싶다. 과연 그러한 성적 표현이 문학적으로 충분히 필요하기 때문인가. 불필요할 수도 있을 표현임에도, 그들은 단지 그러한 성적 표현에 탐닉하고 있을 뿐인 것은 아닌가. 물론 이에 대한 판단은 어디까지나 작가의 고유한 몫이기에, 이에 대한 나의 대답은 다음과 같다. "필요하다면 얼마든지!" 다만, 그것이 작품의 내적 완결성을 위해 필요한 한에서. 그리고 그러한 표현의 활용을 통해 누군가로부터 비난받을 수 있음을 충분히 인지하고 있는 한에서.

앞서 충분히 했던 이야기를 다시금 반복하는 것은, 정치적 올바름에 대한 과잉된 제스처들이 이와 같은 구조의 외설적 이면인 것은 아닌가 하는 생각이 들기 때문이다. '정치적 올바름'에 대한 과도한 천착은 무엇을 위해 필요한 것인가. 작품의 내적 완결성을 해침에도 불구하고 특정한 작품들은 왜 그러한 요소에 집착하는가. 이처럼 '정치적 올바름'에 대한 과도한 집착의 구조는 한편으로 표현의 자유에 대한 과도한 집착의 구조와 상동하고 있지 않은가.

그렇다면 이와 같은 정치적 올바름에 대한 과잉의 제스처들은 일종의 필연이 아닌가? 즉, 작품의 내적 결여를 과잉된 성적 메타포를 통해 봉합하고 해명하려는 시도들처럼, 정치적 올바름에 대한 과잉된 제스처 역시 작품의 내적 결여를 거칠게 봉합하고 해명하려는 시도인 것은 아닐까. 즉, 작가의 역량 부족을 이와 같은 사상의 문제로 잘못 판단하고 있는 것은 아니냐는 것이다. 물론 이와 같은 주장은 과잉된 것이면서 동시에 비겁한 것이기도 한데, 왜냐하면 나는 여기에서 구체적인 작품에 대한 분석을 하고 있지 않기 때문이다. 그럼에도 이러한 주장을 하는 것은 정치적 올바름에 대한 과잉의 제스처를 하나의 독립된, 단지 과잉일 뿐인 움직임으로 사유하는 것에 대해 이것이 성적 메타포를 비롯한 표현의 자유에 대한 도착과 연관된 문제임을 결코 잊어서는 안 된다는 것, 그리고 이 모든 움직임들을 작품의 내적 결여의 지점에 대한 봉합의 방식이라는 동일한 틀 내에서 사유해 볼 필요가 있음을 지적하고 싶기 때문이다.

혹자는 이러한 정치적 올바름에 대한 과잉된 제스처를 전체주의에 비견하기도 한다. 물론 정치적 올바름에 대한 과잉된 제스처에는 분명 전체주의적 태도가 스며들어 있기도 하다. 어떤 특정한 가치(당)에 대한 무한한 복무와 스스로를 그것의 대리자로 여기는 마조히즘적 태도 등등……. 그러나 이와 같은 주장은 놓치고 있는 바가 있다. 그것은 전체주의가 자본주의의 필연적인 귀결이었듯, 정치적 올바름에 대한 과잉된 제스처 역시 과도한 표현의 자유에 대한 필연적인 귀결이라는 사실이다. 과잉에 대한 원인을 하나의 분명한 사회적 작인에 부여함으로써 체제의 항상적(恒常的) 균형을 추구하는 자본주의의 전체주의에 대한 귀결처럼, 정치적 올바름에 대한 과잉된 제스처 역시 과잉된 표현의 자유에 있어 그 과잉을 하나의 사회적 작인에 부여하고 표현의 균형을 강제하는 구조인 것은 아닌가. 그렇다면 정치적 올바름의 문제는 표현의 자유의 문제의 이면인 셈이고, 그렇기에 표현의 자유가 "올바름? 좋지, 다만 나의 자유를 침해하지 않는 선에서!"라는 비윤리적인 주장을 할 때 마찬가지로 정치적 올바름 또한 "자유? 좋지, 다만 나의 심기를 거스르지 않는 선에서!"라는 비윤리적인 주장 또한 가능해지는 것이 아닌가? 두 주장의 동일한 구조적 난맥과 그것이 하나의 과잉으로서 출현하게 된 계기를 묻지 않은 채 이 모든 상황을 단독적 문제로 부과하는 것은 분명 잘못된 판단일 따름이다.[9]

따라서 정치적 올바름에 대한 과잉된 제스처가 (성적 메타포로 대표되는) 과잉된 표현의 자유에 대한 외설적 이면이라는 주장은 다음과 같은 주장에까지 나아가야 한다. 즉, 현재의 정치적 올바름에 대한 일련의 부정과 비판들은 과잉된 표현의 자유가 가진 문제를 메우기 위한 단지 구멍마개에 불과하다는 것이다. 정치적 올바름에 대한 과잉된 제스처는 결코 표현의 자유에 대한 문제와 외적으로 대립되지 않는다. 외려 정치적 올바름에 대한 제스처들은 과잉된 표현의 자유의 한 판본(版本)으로, 그것의 역전된 판본이자 표현의 자유에 대한 내적 진리로 사유되어야 한다. 따라서 무엇을 위한 정치적 올바름이냐는 질문은 무엇을 위한 표현의 자유인가라는 질문과

---

9   다만 여기에는 하나의 단서를 덧붙이고 싶다. 무제한적인 표현의 자유를 옹호할 때, 이와 같은 구조는 과연 어디까지의 자유를 말하는 것인가. 또한 그러한 자유의 근거는 무엇인가. 누군가 표현의 자유를 근거로 '나'의 향유를 침해할 때, 우리는 그러한 표현에 대해 환대해야 하는가? 우리는 전적으로 그러한 폭력에 저항할 권리를 주장해야 하지 않는가? 기본적으로 정치적 올바름은 이러한 폭력에 대한 저항의 제스처라는 층위에서 사유되고 주장되어야 하지 않을까? 불필요한 복잡함을 감수하고 말해 보자면, 정치적 올바름은 무조건적 환대의 불가능성과 함께 사유되어야 하지 않을까?

함께 사유되어야만 한다. 정치적 올바름과 표현의 자유에 대한 문제는 결코 외적인 대립이 아니며, 우리는 정치적 올바름을 둘러싼 현재의 담론으로부터 표현의 자유의 문제를 함께 사유해야만 한다.

5.

따라서 다시금 문제는, 표현의 자유와 정치적 올바름의 강제라는 거짓된 외적 대립에 있지 않다. 둘 가운데 어느 하나를 선택하라는 것 자체가 잘못된 선택이다. 둘은 단지 서로의 외설적 이면에 불과할 뿐이고, 어느 것을 고르든 문제는 해결되지 않는다.

그렇다면 문제는 무엇인가. 문학이라는 형식에 있어서, 그러한 선택이 강조되게끔 만드는 문학의 내적 결여 그 자체가 아닐까? 다시금 본래의 이야기로 돌아오자면, 모든 서사에 필연적으로 존재할 수밖에 없는 불완전성에 대하여, 표현의 자유와 정치적 올바름에 대한 도착(倒錯)이 이러한 불완전성을 감추거나 봉합하려는 시도의 일종이라고 가정할 수 있다면 결국 문제는 그러한 불완전성을 다루는 방식 그 자체가 아닌가. 그렇다면 표현의 자유와 정치적 올바름의 대립은, 곧 쓰는 자 혹은 읽는 자의 작품의 불완전성을 다루는 방식에 대한 실패의 방식으로 이해되어야 한다.

가령 강화길의 「음복」[10]을 예로 들어 보자. 시댁의 제삿날 벌어지는 일화를 중심으로 벌어지는 이 가족극은 다음과 같은 주인공의 대사로 시작한다. "너는 아무것도 모를 거야." 작품은 시종일관 평범하고 일상적인 다툼

◇◇◇◇◇◇◇◇◇◇◇◇◇
10   강화길, 『화이트 호스』, 문학동네, 2020.

과 스트레스를 표면적으로 노출하는데, 이 과정을 일종의 심리적 서스펜스로 탈바꿈하는 것은 바로 이와 같은 주인공의 대사이다. '너'는 누구인가, 그리고 네가 '모르는' 사실이란 과연 무엇인가. 무엇이 이 평범한 일상 속에 감추어져 있으며, 그것은 왜 감추어져야 했는가. 강화길의 소설은 이처럼 알 수 없는 미지의 요소를 전면에 등장시킴으로써, 그것이 무엇인가에 대한 질문을 바탕으로 평범한 일상을 따라가게 만든다. 이 미지의 요소로 인해 인물, 사건, 공간적 배경들로부터 발원하는 일상적 스트레스들은 나름의 자리를 부여받게 된다. 과연 그 미지의 요소는 무엇인가라는 질문을 통해서 말이다.

소설은 이와 같은 미지의 요소에 대한 주인공의 태도를 통해 전개되며, 소설의 말미에서는 이와 같은 물음들이 '어느 정도' 해소된다. 예컨대 위에서 제기한 문제들은 서사의 전개 과정에서 점차 해소되며, 따라서 처음의 질문인 "너는 아무것도 모를 거야"는 "걔는 아무것도 몰랐으면 좋겠어"라는 질문으로 탈바꿈하게 된다. 이렇게 질문이 변화하는 과정이 곧 소설의 얼개이기도 한데, 이와 같은 과정은 주인공이 끝내 그 비밀들을 모두 알게 되었음을, 사실은 처음부터 알고 있었으며 그러한 사실에 대한 은폐가 어떤 구조의 성립을 위해서는 필수적인 요소였음을 밝히고 있다. 그러나 그럼에도 불구하고 우리는 이 소설을 통해 최초의 질문인 "너는 아무것도 모를 거야"에 대해서 완전한 해답을 얻은 것일까? 오히려 "너는 아무것도 모를 거야"로부터 "걔는 아무것도 몰랐으면 좋겠어"로 이어지는 이 과정들은, 우리가 여전히 알지 못하는(혹은 외면해야만 하는) 미지의 요소들이 우리의 삶 전반에 걸쳐 은폐되어 있음을 지시하고 있는 것은 아닌가. 예컨대, 우리가 얻은 것은 해답이 아니라 다시금 질문이며 그러한 질문에 대한 해답은 여전히 이 소설의 구성적 결여(缺如)로, 그리고 현실의 결여로, 완전히 채워질 수 없는 빈틈으로 자리 잡고 있다. 이러한 의미에서 강화길의 소설은 서사적 빈틈을 메우는 방식이 아니라 독자로 하여금 가족적인 미담이 가리고 있는 비일관성을 바라보게끔 유도하는 방식으로, 이를 위해 서스펜스적인 구조를 채택하고 있다고 말할 수 있을 것이다.

이처럼 강화길의 「음복」은 최초에 제기된 주인공의 질문에 대해 완전한 해답을 제시함으로써 서사적 빈틈을 완전하게 메우는 방식을 선택하고 있지 않다. 오히려 소설에서 제기된 최초의 문장은 주인공이 동일한 은폐의 구조를 선택하였음을, 그리하여 이 구조의 지속을 위한 선택을 할 수밖에 없었음을 가리킨다는 점에서 비극적이다. 이처럼 서사적 빈틈을 하나의 장치로 적극적으로 활용하면서 이를 소설의 긴장을 유지시키는 장치로 활용하는 강화길의 방식은 그 내적 구조를 설명함에 있어 소설에 등장하지 않는 외적 요소들을 필요로 하지 않는다. 소설 외적 요소들, 작품 내에서 적극적으로 제시되지 않는 어떤 사상이나 경향이 이 작품에 대해 작용하는 것은 주인공의 행위와 인물의 성격을 보다 풍부하게 해석할 수 있게 해주는 부차적 요소로서만 기능할 뿐이다. 즉, 이 소설은 작품 내에 제시되지 않은 외부적 지식의 기반 위에서 성립하는 것이 아니라, 작품의 내적 구조를 통해 완결성을 획득하고 있기에 우리는 작가가 서사 내의 빈틈을 활용하는 방식에 보다 손쉽게 몰입할 수 있으며, 주인공의 행동과 작품에 등장하는 사건들에 대해 나름의 이해를 획득할 수 있다. 어떤 관점이 적극적으로 기용되는 것은 소설에 등장하는 인물과 사건, 공간에 대한 풍부한 해석을 시도할 때이지, 작품의 서사를 향유하는 데 있어서는 그다지 필요하지 않다.

나는 이러한 작품의 사례를 하나의 사상이나 경향이 문학으로부터 표출됨에 있어 나타날 수 있는 모범적인 사례라고 말하고 싶다. 문학의 윤리란 어디까지나 작품의 내적 요소를 통해 발원하는 것이지, 작품 외적 요소로 정립되어 있으면서 작품이 그에 기대어 가는 형태여서는 안 된다. 문학이 윤리가 태어나는 자리일 수는 있어도, 외적으로 정립된 윤리의 단순한 재현물에 그쳐서는 안 된다는 것이다. 이와 같은 주장은 다음과 같이 정리될 수 있겠다. 문학과 윤리의 관계는 문학의 형식 자체가 소유할 수밖에 없는 불완전성을 다루는 방식을 통해 정립되는 것이지, 그 고유한 불완전성을 메우는 방식으로 활용되어서는 안 된다. 이러한 태도는 문학이 가질 수 있는 매혹의 지점을 스스로 매몰시키는 어리석은 선택에 지나지 않는다.

6.

위에서 했던 이야기들을 종합적으로 정리해 보자면 다음과 같다. Ⅰ. 모든 작품은 완벽할 수 없다. Ⅱ. 불완전성은 문학의 성립과 지속을 위한 조건이다. Ⅲ. 소설의 예에서 알 수 있듯 작품의 불완전성은 작품이 지니는 매력과 불가분의 관계에 있다. Ⅳ. 따라서 중요한 것은 작품에 필연적으로 존재할 수밖에 없는 불완전성을 어떻게 사유하고 다룰 것이냐에 달려 있다. Ⅴ. 과도한 표현의 자유와 정치적 올바름의 제스처는 서로의 외설적 이면이며, 이는 작품에 존재하는 불완전성을 과격하게 메우려는 시도로 파악되어야 한다. 그렇다면 이와 같은 정리 속에서, '좋은' 작품은 무엇인가. 그것은 작품에 존재할 수밖에 없는 불완전성의 지점을 성공적으로 다루는 작품, 작품이 가지는 고유한 매혹의 지점으로 탈바꿈시키는 작품이다.

이와 같은 정리는 다음과 같은 지점으로까지 이어질 수 있을 것이다. 즉, 작품에서 특정한 사유에 대한 과도한 옹호가 돌출된다면, 그것은 창작자가 작품의 필연적인 불완전성을 다루는 것에 실패하고 있다는 표지로 보아야 한다. 마찬가지로, 특정 작품의 해석과 사유에 있어서 특정한 사유에 대한 과도한 옹호가 돌출된다면, 이는 해석자가 그 작품에 내재한 불완전성을 다루는 데에 실패하고 있다는 표지로 독해되어야 한다.

물론 문학 작품은 오직 문학 작품으로서, 우리가 거주하고 있는 현실 내에서 완전하게 독립된 채 존재할 수 없다. 하지만 이 말은 결코 문학이 다른 어떤 것의 재현물이 되어야 한다는 말이 아니다. 이 둘의 차이는 곧 문학 작품이 소유할 수밖에 없는 내적인 불완전성을 어떻게 다루느냐에 달려 있다. 다시금 강조하고 싶은 것은, 그러니 문제는 표현의 자유와 정치적 올바름 사이에 있지 않다는 것이다. 우리는 이것을 거짓된 대립으로 단호하게 거부해야만 한다. 둘 중 어떤 것을 택하더라도 결과는 같을 것이며, 그 과정에서 문학 작품이 가질 수 있는 고유한 매혹으로서의 불완전성이라는 근본적 문제를 사유하지 않는 결과를 불러올 뿐이다. 요컨대, 문제는 사상이 아니다. 문제는 작품의 고유한 불완전성 그 자체에 달려 있다. 그러니 우리는 이렇게 말해야 한다. 문제는 표현의 자유와 정치적 올바름의 억압 사이에 있지 않다. 문제는 불완전성을 사유하는 방식이다. 우리는 불완전성 그 자체에 대해 사유해야 한다. 오직 불완전함만이 우리를 구원할 것이기에.

이제, 너희는 씨 뿌리는 사람의 비유를 들어보아라

— 레즈비언 퀴어를 세속화하는 '장치'에 관하여

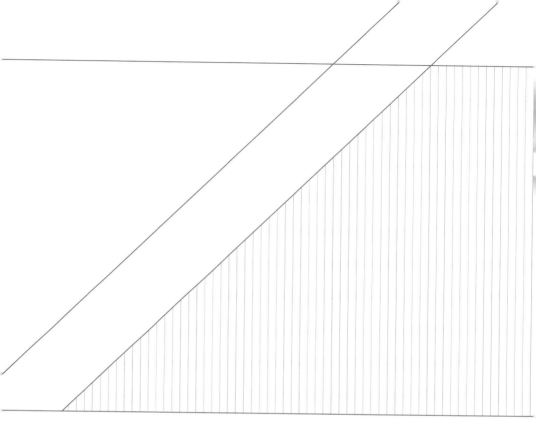

전승민

서강대학교 영어영문학과 졸업.
현재 동대학원 영문과 석사 재학 중.
2021년 〈서울신문〉 신춘문예 및 제19회 대산대학문학상 문학평론으로 등단.
주요 관심사는 퀴어페미니즘과 20세기 영미 모더니즘이다.
nrz5haeyo@naver.com

이제, 너희는 씨 뿌리는 사람의 비유를 들어보아라[1]
—레즈비언 퀴어를 세속화하는 '장치'에 관하여

1. 한국문학장의 퀴어적 전회

비평은 칼이다. 그런데 그것은 대상을 공격하는 칼이 아니라 지켜내는 칼이다. 다만 그 칼은 마주하는 상대, 혹은 그것을 쥐고 있는 자를 모두 벨 수 있다. 아무리 지켜내는 칼일지라 하더라도 칼이라는 도구의 목적은 대상은 베어내는 행위기 때문이다. 좋은 칼일수록 날이 예리하고 찰나의 순간에 대상을 잘라버린다. 그러므로 최근 퀴어-페미니즘 소설과 그에 대한 비평이 "단절적 인식에 기반을 둔 세대론적 선 긋기, 그리고 미래를 향한 목적론적 서사"[2]로부터 새로운 동력을 얻고 있다는 분석은 일견 정확하다.

---

1   마태복음 13장 18절.
2   강동호, 「비평의 시간—김봉곤 사건 '이후'의 비평」, 『문학과사회』 2020년 가을호, 423 쪽. 이하 인용시 본문에 쪽수만 밝힌다.

새로운 시대에 대한 공표는 필연적으로 이전 세대에 대한 단절 의식을 동반한다. "낡고 늙은 위선(자)들에게 불을 질러라!"(『3기니』, 1938)라는 울프의 외침과 "모든 예술은 쓸모없다"(『도리언 그레이의 초상』, 1890)라는 와일드의 짧고 간명한 문장이 문학과 삶의 새로운 차원을 열기 위한 강력하고 급진적인 선언이었음을 상기해보라. 하지만 그들의 그러한 단절적 선언을 두고 그 누구도 이전 세대와의 연속성을 거부한다는 점을 들어 비판하지 않는다. 적어도 우리에게 현재까지 전해지는 생산적인 담론 안에서 그러한 비판은 의미 있는 것으로 남아 있지 않다. 오히려 모더니즘은 그 세대적 단절을 천명하는 목소리에서 태어났다.

2010년대는 가히 한국문학의 퀴어적 전회the queer turn라 불릴 수 있을 만큼 본격적인 '퀴어-페미니즘 문학'과 그를 향한 비평적 독해들의 향연이 시작된 시기다. 텍스트의 양적 증가와 그로 인해 새롭게 구성되는 의제 그리고 윤리적 기준선의 변화[3]는 마치 한 세기가 저물고 새로이 시작되는 구조적 변화와도 같았다. 급변하는 그 반가운 물결 속에서 김봉곤 사건이 가져온 파장은 출판사와 독자, 그리고 작가와 비평가 모두에게 깊은 성찰을 요구했고 그에 따라 여러 지면에서 응답들이 제출되었다. 그중 강동호의 「비평의 시간—김봉곤 사건 '이후'의 비평」은 김봉곤 사건을 문학장의 구조적 원인에 의해 초래된 것으로 진단하며 특히 퀴어와 페미니즘으로 특정되는 '장르화'된 쓰기를 문제의 핵으로 짚는다. 그는 장르화라는 양태로 드러난 '비평의 무능'에 관하여 최근의 비평이 수행한 역할과 그 수행이 가능했던 구조를 심문한다. 김봉곤 사건은 동시대 작품에 대한 비평들이 생산되는 모종의 구조에 의해 잠재적으로 예비되어 있던 결과이며, 따라서 비평은

<hr>

3   강지희, 「동시대성을 재감각하기」, 『자음과모음』 2020년 겨울호, 275쪽.

그 '이후'의 시간 속에서 바로 그 구조를 만들어온 '장치dispositif'들을 비판적으로 검토해야 한다는 것이다(416쪽).

그 '장치'는 "당대 텍스트의 문학성을 정확하고 빠르게 포착하는 것을 둘러싼 경쟁/생존 시스템의 장으로 점차 안착된"(432쪽) 것으로, 이전 세대와의 단절 의식을 기치로 내세운다. 그는 그것이, 아감벤식으로 말하자면, "'분리'의 언어들과 이분법적 언표들"(434쪽)을 통해 "특정한 스타일의 글쓰기(비판 없는 섬세한 독해)"(433쪽)를 양산한다고 분석한다. 그러나 최근 비평의 퀴어-페미니즘 흐름이 기존 문학사를 대타항으로 설정하고 세대론적 분리주의에 기반한 인정 투쟁을 벌이고 있다는 그의 분석이야말로 오히려 2010년대의 퀴어적 전회를 한국문학사로부터 '분리'하려는 것처럼 보인다. 게다가 김봉곤-김세희 사건을 두고 비평이 스스로를 분석·비판할 때 정작 누락한 지점은 장르나 제도, 형식, 구조에 대한 비판 뒤에 가려진 개인들의 삶과 권리에 대한 존중이 아니던가.[4]

이렇게 한국문학장의 퀴어적 전회 '이후'의 시간을 통과하면서 무엇을 고민해야 할지를 고민하는 우리에게 답하는 세 편의 소설이 있다.[5] 아감벤의 '분리' 그리고 그에 대응하는 '세속화' 과정이 소설에서 어떻게 작용하는지 살펴보고 김봉곤과 김세희 사건 '이후' 우리가 비평적으로 짚어내지

◇◇◇◇◇◇◇◇◇◇◇◇◇

4   "공론장으로 나온 피해 당사자들의 질문에 대한 책임감 있는 응답은 문단에서 일어나는 모든 치부에 적용 가능한 제도권 비평의 자기비판만으로 갈음될 수 없다. (……) 비평적 논의가 정도의 차이를 계량하는 일을 넘어 아우팅의 불안을 유발하는 원인들에 대한 분석으로도 확장되어야 한다."(오은교, 「벽장의 문학과 사생활의 자유 —소수자 시민 가시화의 욕망을 둘러싼 한 쟁점」, 『문학동네』 2021년 가을호, 128~129쪽)

5   이하에서 다룰 세 소설은 이민진의 「RE:」(『장식과 무게』, 문학과지성사, 2021), 한정현의 「쿄쿄와 쿄지」(『문학과사회』 2021년 봄호), 그리고 김멜라의 「나뭇잎이 마르고」(『문학동네』 2020년 겨울호)이다. 이하 인용시 본문에 쪽수만 밝힌다.

못했던 틈을 짚어보자.

2. '비유'라는 장치 앞에서 퀴어는: 이민진, 「RE:」

첫번째 답신은 아감벤의 '비유'를 세계관으로 차용하는 이민진의 「RE:」다. 유완, 해니, 그리고 영우 세 여자의 이야기인 소설은 어떤 답장으로 시작해 그에 대한 또다른 답장으로 끝난다. 첫번째 편지는 영우가 유완에게 묻는 질문, 해니가 그들의 사랑과 관계를 두고 사용한 비유('눈냄새')를 사 년이 지난 지금은 이해하였느냐는 물음이다. 유완의 답장으로 끝나는 소설의 끝은 그 물음에 대한 응답이다.

「RE:」의 퀴어들은 인정 투쟁 문제를 초월한다. 오히려 그 인정 투쟁에 천착하는 것은 퀴어 당사자가 아닌 외부의 인물이다. 물론 소설 또한 '퀴어 소설'이 오토픽션으로 명명되고 그것의 동력이 텍스트 안팎의 직접적인 반영과 동기화로부터 나오며 그것이 텍스트 속 퀴어가 발휘하는 정치성을 현실 층위로 확장시키려는 힘이라는 데에 동의한다. 하지만 소설은 좀더 미묘한 사각지대에서 발생하는 퀴어의 정치성을 가리킨다. 해니와 영우—커밍아웃하지 않은 레즈비언 커플 관계는 분명 소설의 움벨트umwelt에 분명하게 실재한다. 문제는 다만, 퀴어의 삶이 두 사람의 커밍아웃이라는 의례 없이 유완에게로 곧장 날아들었다는 점, 그래서 유완이 그 공식적인 정체성과 관계를 자신에게 명명해주기를 욕망했다는 점이다. 조바심이 난 유완은 커밍아웃을 강요하기에 이른다. 두 사람이 굳이 관계를 공표하지 않는 그 마음을 끝내 이해하지 못한 채 그들과 멀어진 유완은 사 년 뒤 2019년을 맞이한다. 그는 그들의 실제 사랑을 소설로 옮기는 작업을 하고 난 후에도 오히려 더더욱, 해니와 영우를 이해하지 못한다.

> 소설 속 연인의 원형은 해니와 영우씨였고, 강사와 수강생들이 아름답다
> 고 칭찬한 한강 장면에는 내가 두 사람에게서 본 애정과 배려가 녹아들어 있
> 었다. (……) 그게 진실이 아니었다면 나와 내 소설을 읽은 사람들이 느낀 건
> 무엇이었을까.(29~30쪽)

인용한 대목은 퀴어의 오토픽션 텍스트에 관한 작가(유완)의 자의식이
메타적으로 반영된 부분으로 볼 수 있다. '진실'이기에 괜찮을 뿐만 아니라
바로 그 아름다운 것을 옮겨야 마땅하다고 말이다. 하지만, 어떤 퀴어는 소
설 안에서 자신의 삶과 사랑에 그 어떤 방해나 저항감을 동반하지 않고 자
유로이 살아감에도 명시적인 커밍아웃을 거부한다. 외부적 조건이 아무리
퀴어가 커밍아웃을 '할 만한' 상태로 진단된다 할지라도 가장 중요한 것은
당사자의 자발적인 의지. 커밍아웃하지 않는 퀴어를 그 윤리적 당위를
도외시하는 이로 간주하지 않고, 그들의 욕망과 목소리를 음소거하지 말고,
그 표방의 방식이 우리의 기대와 예상을 당연히 벗어날 수밖에 없음을 인
지하자는 말, 그리고 그것을 주의깊게 읽어내야 한다는 말이다.[6]

◇◇◇◇◇◇◇◇◇◇◇◇

6   전승민은 「레즈비언 구출하기: 침묵, 방백, 그리고 대화」(『창작과비평』 2021년 봄호)에서 소
     설 속 레즈비언 주체들의 정체성과 사랑에 대한 발화가 침묵, 방백, 그리고 대화 — 공개
     적인 커밍아웃과 사랑의 공표로 이어지는 여정을 읽어낸다. 그가 말한 '커밍아웃의 윤리
     학'은 "규범적 정상성에 맞서 차이를 공표하는 행위를 통해 (……) '같은 여성'을 전면 거
     부"(555쪽)하는 정치적인 발화기에 현실이 지향해야 할 어떤 국면임은 틀림없지만 중요한
     것은 그 정치적 동력이 무엇보다 주체의 자유의지에서 기원한다는 점이다. 누군가가 커
     밍아웃하기를 원할 때 그 욕망이 최대한으로 실현될 수 있는 인식론적, 사회·문화·정치적
     기반이 우리 현실에 마련되어 있어야 한다.

「RE:」는 바로 이 지점에서 아감벤의 '비유'를 들여온다. 이때 비유는 영우와 해니의 정체성을 견인하는 동시에 유완으로부터 보호하고 일정 선을 유지시키는 '장치'다.

> 말이 길어지는 건 아무래도 제가 써야 할 문장을 피하기 위해서일 텐데, 어쩌면 이미 말한 것도 같습니다. 에두른 말에 숨은 의미가 제게만 선명한가요. (⋯⋯) 지난밤 읽은 아감벤의 책에는 이런 내용이 있었습니다. (⋯⋯) 인간의 말은 '비유를 들지 않고는 아무것도 말씀하지 않는 예수처럼 말하는' 것과 같다고요. 그렇다면 우리도 지금 비유를 통해 대화를 나누는 건데 그럼에도 소통이 가능하다니 신기하지 않습니까.(12~13쪽)

한편, 자신이 목도한 사랑이 진실로 사랑이었으며 자신은 틀리지 않았다는 얼마간의 억울한 마음을 소설적 진실로 형상화하여 입증하려던 유완과 달리, 해니의 소설론은 소설적 거짓의 가치에 전적으로 기대고 있다("소설은 일일이 사과할 필요가 없어서 좋아요", 28쪽). 현실과 소설의 최대한의 동기화가 아니라 오히려 '거짓'을 추구하는 해니의 소설은 오토픽션이 추구하던 정치성을 거부하는 것처럼 보인다. 그러나 퀴어가 자신의 정체성과 삶을 외부 세계에 공표하거나 하지 않거나에 관한 선택을 말할 때 납득 가능한 개연적인 설명이 반드시 필요한 것은 아니다(무언가를 말한다는 것은 동시에 어떤 것들을 말하지 않는 것이기도 하다). 진실은 비유라는 장치를 통과하면 투명하게 다만 그 보이지 않는 부피감으로만 부조된다.

아감벤은 예수가 비유로 이야기하는 두 가지 이유를 말한다. 첫째는 사람들이 "보아도 보지 못하고 들어도 듣지 못하고 깨닫지도 못하기 때문"이고 둘째는 "보아도 알아보지 못하고 들어도 깨닫지 못하게" 하기 위함이다.[7] 완벽하게 모순되는 이 두 가지 이유는 놀랍게도 퀴어의 생의 감각 안에서 양립 가능하다. 현실의 위협으로부터 스스로를 보호하면서도 자신을 그 현실의 시공간 속에 기입하는 장치가 바로 비유parable이기 때문이다. 비유는 전하고자 하는 내용을 다른 층위로 기화시키는 것이 아니라 오히려 "좀더 가까운 곳에 머물도록 하기 위해"[8] 사용된다. 그래서 퀴어는 비유의 자리에서 자기 자신을 잃지 않으면서도 안전할 수 있는 장소를 획득한다.

2015년에서 2019년을 통과하는 유완은 깨닫는다. 이해는 언제나 대칭적이거나 등가교환적인 양태로 이루어지지 않고 그럴 수도 없음을 말이다. 그리고 그 시간의 끝에서 드디어 해니의 '눈냄새' 같은 것이 무엇인지 알게 된다("누군가는 알지만, 누군가는 끝내 알 수 없는 것. 그가 말하는 느낌은 눈냄새 같은 것이었다", 33쪽). 사 년 만에 날아온 뒤늦은 답신에 의해 새로운 이해에 도달한 누군가가 그 이해를 알리는 또다른 답신을 보내며 끝나는 이 소설은, 그 누군가가 퀴어이든 아니든 '비유'의 자리에 남아 있기를 바라는 마음을 존중해야 한다고 전해온다. 우리가 김봉곤–김세희 사건 '이후'에 놓친 것을 찾기 위해서는 퀴어의 목소리가 부조된 돋을새김을 읽어내는 독해들을 비판(강동호, 416쪽)할 것이 아니라 미처 보지 못한 이 '비유'의 자리를 좀더 섬세하게 더듬어야 한다.

어떤 존재에 관하여 그것이 보여지는 이미지와 실존이 일치하는 존재를 스페키에스species적이라고 말한다.[9] 유완의 시야에 그려지는 두 여성은 스페키에스적인 존재들이다. 그래서 두 레즈비언은 소설의 움벨트 안에서

◇◇◇◇◇◇◇◇◇◇◇◇◇

7   조르조 아감벤, 『불과 글』, 윤병언 옮김, 책세상, 2016, 41~42쪽.

8   같은 책, 58쪽.

9   조르조 아감벤, 『세속화 예찬』, 김상운 옮김, 난장, 2010, 81~88쪽. "이미지 속에서 존재와 욕망, 실존과 코나투스는 완전히 일치한다."(86쪽)

역설적으로 너무나 명시적인 동시에 비실체적이다. "임의의 존재, 다시 말해 자신의 성질들 중 그 어떤 것으로도 자신을 규정하지 못하게 하면서 그 성질들을 일반적이고 무차별적으로 고수하는 그런 존재"[10]다. 커밍아웃의 의례가 없더라도 그저 임의적이고 자연적으로 자기 자신이 외부 시선에 포착되는 이미지 그대로가 곧 자신의 실존이 되는, 비유 그 자체의 자리에서 그의 실존을 펼치는 퀴어는 어쩌면 가장 퀴어한 양태다.

3. 실패한 비유와 교차성의 자리, '분리'의 언어: 한정현, 「쿄코와 쿄지」

「RE:」에서 유완은 해니와 영우를 향해 그 어떤 혐오 발언이나 차별적 태도를 보이진 않으나 그들과 자신을 이해받아야 할 자와 이해할 수 있는 자의 위치로 고정시킴으로써 그들의 자발적인 커밍아웃의 길목을 막아선다. 이것이 바로 아감벤이 말한 분리다. 강동호가 사용하는 '분리'의 용례(434쪽)인 '민중과 개인' '리얼리즘과 모더니즘' '문학과 정치' 등의 대타항은 단지 이분법적 대립 구도를 형성할 수 있는 단어의 묶음에 불과하며 차라리 환속화secolarizzazione에 가깝다.[11] 이 묶음들은 '분리'의 기능을 하지 않는다. 분리는 아감벤이 말하는 장치의 작용 중 하나로, 분리되는 어떤 것은 이전의 공동체에서 의례나 제의와 같은 장치를 통해 배제되고 새로운 공동체

<hr />

10   같은 쪽.

11   환속화는 '억압의 형식'으로서 권력이 이쪽에서 저쪽으로 이동할 뿐 사라지거나 변형되지 않는다. 같은 책, 113쪽.

로(아감벤의 경우 인간의 영역에서 신적 영역으로) 옮겨간다. 게다가 그가 비판하는 최근 비평의 분리주의적 언어들은 분명 이전 공동체로부터의 단절을 선언하면서도 그전의 역사성을 포함하여 새로운 차원으로 도약하려 하기에 단순히 '세대론적 이분법'으로 치환될 수도 없다. 그가 말한 "지금 여기의 현실 속에서도 발휘되고 있는 과거의 힘과 기제에 대한 유물론적이고 정치적인 비평"(426쪽)의 작업이 이미 동시에 행해지고 있다는 것을 역시 결코 놓치지 말아야 한다.

그렇다면 그 '분리'의 언어들은 소설적으로 어떻게 형상화될 수 있나? 장치는 존재를 '인간화'하여 주체로 생산한다. 「RE:」에서 유완이 커밍아웃을 거부하는 레즈비언들을 '인간'의 영역에 배제적으로 포함시킨다면 「쿄코와 쿄지」는 퀴어를 '인간'의 영역으로부터 포함적으로 배제한다. 5·18광주민주항쟁, 인터섹스, 아들보다 열등한 존재로 여겨지던 딸들의 이야기, 레즈비언과 오키나와까지—「쿄코와 쿄지」는 최근 발표된 소설들 중에서 소재주의적이라는 혐의 앞에 가장 가까이 놓인, 마치 소수자성으로 짜여진 퀼트 같은 작품이다. 여자들의 이름이 "아들들의 공동체를 통과하여 최종적으로는 스스로의 공동체로 들어가고자"(87쪽) 경자에서 쿄코子가 되고, 결국은 쿄지自가 되는 이 소설은 페미니즘 문학이라 불릴 수도 있을 것 같다. 그러나 퀴어-페미니즘 문학이라고 불리는 것은 과연 가능할까? 하나씩 보자. 우선, 여성들이 '사람답게' 살고 싶다고 말하는 '아들 됨'에 대한 욕망은 실패한 비유다.

혜숙은 그러면서 다시 한번 자기는 꼭 아들 대접이 받고 싶다 했네요. 그러나 남자 되는 건 싫다. 이렇게요.(85쪽)

아들이 되고 싶다는 말은 모종의 남성성을 욕망하는 것이 아니라(그렇다면 FTM이 갖는, 이성애 질서를 넘어서는 퀴어한 욕망과 유사할 것일 테지만) 남-녀 대타항의 이항 구도 안에서 하나의 시스젠더에서 또다른 시스젠더로 이동하려는 것이다. 문제는 이것이 인터섹스 퀴어인 영성의 '여성 됨'의 욕망을 '남성'이 여성의 척박한 삶, 보편 인간 이하의 대접을 받는 그 생을 대리 경험하는 것으로 위치시킨다는 점이다. 인터섹스의 환원 불가한 퀴어한 욕망이 이성애 정상 구도와 젠더 이분법을 부수는 것이 아니라 오히려 퀴어를 그 안으로 포섭시키면서 이분법을 공고히 하고 시스젠더 이성애 대문자 '여성'의 차별을 여과하려는 소설의 의도만 뚜렷해질 뿐, 미시적인 맥락 안에서 발생하는 복잡하고 입체적인 퀴어함은 전혀 상상되지 못한다.

분명 영성 스스로 커밍아웃하지만 그는 시스젠더 남성으로만 형상화되고[12] 심지어 5월 광주에서 군인이 됨으로써 폭력의 주체로 설정된다. 게다가 그 주체화가 그의 자발적 의지나 욕망에 의거한 것이 전혀 아니라는 점에서 영성은 폭력 앞에서 가장 무력한 약자로 타자화되고 (어찌된 영문인지 모르겠으나) 그가 영소의 아버지임이 밝혀지면서 적어도 한 번은 이성애 재생산 구도 안으로 결국 포획되었음이 드러난다.[13] 이는 퀴어의 정체성과 욕망이 당사자의 시선 안에서 그려지지 못할 때 그것이 얼마나 쉽게 왜곡되

12　영성이 경자의 옷을 꺼내 입어보곤 한다는 대목이 등장하지만 이는 '남성'의 드래그(drag)에 대한 욕망으로 평면화될 가능성이 높고 인터섹스의 욕망을 소설적으로 형상화한다기보다 오히려 독자들에게 그가 남성과 여성의 성기를 모두 가지고 태어났다는 사실을 일방적으로 주지시킴으로서 퀴어함을 납득시키려 할 뿐이다.

13　앨리슨 벡델의 그래픽 노블 『펀 홈Fun Home』(2007)에도 벽장 게이로 살던 아버지와 이성애자 여성인 어머니, 그리고 그 사이에서 난 레즈비언 딸인 서술자가 등장한다. 이 작품이 「쿄코와 쿄지」와 다른 점은 남성 퀴어가 어떻게 '아버지'가 되었는지를, 그리고 그 과정에서 인물이 느끼는 어렵고 복잡한 감정의 층위를 풍부하게 그려낸다는 점이다. 하지만 영성의 복잡한 퀴어함은 경자와 영소의 목소리에 의해 깔끔하게 생략된다.

고 그리하여 대상화된 장치로 배치될 수 있는지를 여실히 보여준다(일인칭 당사자 서술의 오토픽션 전략은 그 지점을 가장 효과적이고 문학·미학적으로 타개하려는 장치). 소설은 분명히 퀴어를 적극적으로 포함하는 듯 보이지만 결과적으로 퀴어는 강력하게 배제되고 인간의 영역에서 비-인간의 영역(그런 점에서 '신성'한 영역이기도 한)으로 분리된다.

한편, 최근 비평에서 퀴어-페미니즘의 부상이 '속도주의'와 비판 없는 비평을 생산하는 장치인 각종 지면들에 의한 효과이기도 하다는 분석(강동호, 437쪽)은 '세대론적 인정 투쟁'으로 오인될 수 있는 비평(가)에만 유효한 것이 아니라 그 장치들이 문학장에 설치된 이래 등장한 모든 비평(가)에 작동함을 주지해야 한다. 「쿄코와 쿄지」는 문학과지성사가 주관하는 문지문학상의 후보인 '이 계절의 소설'로 선정되어 『소설 보다: 여름 2021』(문학과지성사, 2021)에 수록되어 판매되고 있다. 다음은 심사평의 일부이다.

> 나는 이 소설집(『소녀 연예인 이보나』—인용자)을 모레티의 어법에 따라 '서발턴들의 세계 텍스트'라고 부른 적이 있는데, (……) 이번에는 5·18이다. 「쿄코와 쿄지」를 통해 한정현의 세계 텍스트 내에 1980년 5월의 그 사건이 한 자리를 요구한다. 그러자 5·18이 퀴어와 오키나와와 마주치고 교차한다. 그럴 때 한정현은 마치 급진적인 아키비스트, 혹은 서발턴들의 조각난 서사를 이리저리 아카이빙하는 큐레이터를 닮았다. 나는 그 작업에 거는 기대가 크다.[14]

"문학주의의 통치성하에서 비평가의 역량은 얼마나 더, 잘, 많이, 빠르

---

14 김형중, http://moonji.com/monthlynovel/28322/

게 새로운 텍스트를 읽어낼 수 있냐는 시험하에서 판가름나고, 문학주의는 그 시스템에 의해 생산되는 담론들에 가시성의 빛을 비추는 진실의 체제를 가리키는 것이 아닐까"(432쪽) 하는 강동호의 우려는 반만 적확하다. 왜냐하면 그 분석은 '생존/경쟁'의 시스템 아래에 포획된 '젊은' 비평(가)에만 해당되는 것이 아니기 때문이다. 문학상의 후보작으로 선정되고 출판·판매되는 '장치'는 「쿄코와 쿄지」가 퀴어를 향해 발휘하고 있는 포함적 배제―분리의 언어를 강화하기에 충분하다.

이 소설이 교차성을 제시하는 방식은 주체들의 차이를 가로질러 그 어딘가에서 그들을 만나게 하는 것이다. 이는 결국 차이들 그 자체를 수용하는 것이 아니라 그중에서 같음이 있음을 강조하며 유사성을 포착해나가는 방식이다. 이질적인 존재들과 세계 속에서 타자적인 것의 타자성을 있는 그대로 남겨두는 것이 교차적 공존인데, 소설은 '교차'하는 지점을 공통점을 획득하는 지점으로 삼으며 차집합을 지우고 교집합의 원소들을 찾아나간다. 그리고 그로부터 파생되는 시스젠더 이성애 중심의 보편성으로부터 '페미니즘'의 인식론을 펼치면서 퀴어를 여성들의 현실에서 포함적으로 배제하고 분리시킨다. 가령, 소설은 영성의 존재론에 관해 말할 때 그의 복잡한 욕망과 삶을 표백시키고 오히려 이성애 여성이 인터섹스 퀴어를 사랑한 그 '사랑'에 천착하는데("엄마가 그를 좋아했던 건 뭐였을까", 106쪽), 이 질문은 이성애 섹슈얼리티를 강화하며 영성의 퀴어적 맥락을 납작하게 만든다. 이때 5·18과 광주가 가진 사회문화적 맥락 역시 작가만의 소설적 해석을 거치지 못하고 아주 얇은 양감의 '소재'로만 남게 된다.

4. 세속화 장치로서의 비유: 김멜라, 「나뭇잎이 마르고」

분리에 의해 신적 영역으로 옮겨져 사용 불가능해진 권력은 공동이 사용 가능한 인간적 영역으로 돌아가야 할 당위에 처하는데, 이 작업이 바로 세속화profanazione다.[15] 분리하려는 힘의 규범으로부터의 해방이다. 퀴어가 이성애 중심의 페미니즘으로부터 분리되어 비-인간/비-현실의 영역으로 이전될 때 그에 저항하는 역-장치의 작용 역시 존재한다. 그렇다면 분리된 퀴어에 대항하는 세속화된 퀴어란 어떤 모습일까? 세속화된 상태는 대상(신적인 것)에 대한 "'소홀함negligenza'─사물과 그 사용 앞에서, 분리의 형식과 그 의미 앞에서 자유"[16]로운 상태다. '소홀함'은 가치의 부정이나 축출이 아니라 대수롭지 않게 여기는 것이므로 퀴어의 정체성이 분리의 규범으로부터 놓여나는 자유로운 상태, 다시 말해 정체성의 인정 투쟁에 골몰하지 않고 퀴어함이 자연화된 세계에서 살아가는 이들의 모습일 테다.

강동호는 당사자성과 퀴어함을 포획하기 위한 문학적 장치로서 일인칭 글쓰기를 '인물의 장르화'로 명명하는 것에 대하여 회의적으로 분석하지만 (413~414, 422쪽)[17] 그 회의와 별개로 '인물의 장르화'는 퀴어 서사를 자칫 정체성 정치만을 향해 가는 서사로 축소 독해할 위험을 야기하기도 한다. 물론, 퀴어의 정체성 정치는 기존의 '여성' 정체성에 붙잡혀 있던 남성과 여성

◇◇◇◇◇◇◇◇◇◇◇◇◇

15 분리가 장치에 의해 일어난다면 세속화는 역(逆)-장치에 의해 일어난다. 조르조 아감벤, 양창렬, 『장치란 무엇인가? 장치학을 위한 서론』, 난장, 2010, 38~40쪽.

16 같은 책, 110쪽.

17 '인물의 장르화'는 김건형이 「소설의 젠더와 그 비평 도구들이 지금」(『문학과사회 하이픈』 2019년 가을호, 36쪽)에서 퀴어-페미니즘 서사의 추동과 응집력이 전적으로 일인칭 인물의 자기 인식과 내면에 달려 있음을 읽어내기 위해 고안한 명칭이다.

의 이분법적 대타 구도와 이성애 중심성을 돌파해낼 수 있는 원동력을 생산한다. 하지만 '퀴어 소설'에 '인물의 장르화'라는 비평적 맥락을 부여하기에는 저간의 독해들이 지나치게 시스젠더 남성 게이 서사에 무게중심을 두고 있기도 하다. 그래서 더 많은 레즈비언, 트랜스젠더, 인터섹스, 무성애자, 젠더퀴어 등 다양한 퀴어들에 대한 다양한 독해가 필요한 것 역시 사실이다.

이쯤에서 우리에게 세번째로 도착한 소설의 답신을 열어보자. 김멜라의 「나뭇잎이 마르고」는 레즈비언 퀴어들이 스스로 비유 그 자체가 되며 그간 분리의 비유로 여겨져온 장치에 대하여 어떻게 문학·미학적인 역-장치로 대항하는지 보여준다. 이때 소설의 서두에서 제시되는 한 겹의 알레고리는 대결 의지를 점화시킨다. 잎만 무성하고 열매 없는 무화과나무를 보고 분노한(도대체 왜?) 한 남자가 나무에게 '영원히 열매를 맺지 못하리라'는 저주를 내리고 일행이 모두 보는 가운데 나무를 바싹 말려 죽이는 '기적'을 행한다(280쪽). 레즈비언 장애 퀴어인 체, 그리고 양헬의 "실패함으로써 성공하는 레즈비언 로맨스"[18]인 소설은 마치 이성애 재생산을 예찬하는 해석으로 읽히기 쉬운 이 '무화과나무의 비유'[19]에 대항하여 새로운 씨앗—퀴어 시드queer seed를 뿌리는 비유를 제시한다.

'부당한 이유로 세상으로부터 미움을 받는 존재'—퀴어나 장애인, 여성, 난민 등의 소수자들이 "산의 비밀이 되어 누군가에게 발견되는 이야기"(290쪽)로 발아하는 세상을 만들기 위해 혁명을 도모하는 퀴어-게릴라들은 '농심'이라는 동아리를 만들고 (학교로부터 정식 승인을 받지 못해도) 산에 올라 양귀비 씨앗을 뿌린다. 앞서 말했듯 예수가 비유를 사용한 이유는 사람들에

◇◇◇◇◇◇◇◇◇◇◇◇◇

18   전승민, 「파종하는 퀴어-파르티잔들」, '말과활 플러스' 웹진, 2021. 3. 5.
19   마태복음 21장 18~22절.

게 알리기 위함과 동시에 숨기기 위함이었다. 놀랍게도 퀴어의 몸에서도 이 아이러니한 존재조건이 성립한다. 앙헬은 체에게 두 가지의 축축함이 있다고 말한다. 하나는 두 다리의 길이가 다른 체가 걷거나 뛸 때 온몸으로 흘리는 땀의 축축함—자긍심, 그리고 다른 하나는 바로 그 신체조건 때문에 계단에서 추락해 흘리는 노란 오줌의 축축함—수치심이다(286쪽). 이곳의 레즈비언들은 굳이 자신을 유표화하거나 존재에 대해 구구절절 설명을 보태지도, 그렇다고 숨지도 않는다. 이 소설 역시 분명 인물들의 자의식과 삶 그 자체를 서사화하지만 '인물의 장르화'라는 명명을 넘어서고 삶의 그 구체적인 감각이 에피소드화되어 소설의 비유가 된다.[20] 그러니까 비유는 곧 '발견되기 위한 비밀'인 셈이다.

> 체는 누군가를 향한 마음을 숨기지 못했고 숨길 생각도 없어 보였다. (……) 여자와 여자는 결혼할 수 없다는 걸 모르는 듯 체는 말했다. 알지만 그런 법규 따윈 상관없다는 듯 앙헬에게 제안했다. (……) 체는 여자와 나누는 사랑을 원했고 그 욕망을 부끄러워하지 않았다.(294쪽)

소설의 끝에서 체는 직접 양귀비 씨앗을 삼킴으로써 스스로 그 비유의 현현이 된다. "잎을 펼치고 열매를 맺는 일이 고달프다는 듯 꽈배기처럼 몸을 뒤틀며 자란 나무"(302쪽)는 체 자신의 몸과 유비되고 재생산에 대한 레즈비언의 불가능성은 "가지에 달린 잎만은 풍성해 둥근 잎들이 마치 꿀을 바른 듯 윤이"(같은 쪽) 나는 생의 기운으로, 자기 자신이 스스로 이미 '씨앗'

---

20 「나뭇잎이 마르고」와 성경 모두 알레고리라 할 수 있는데 알레고리(말할 수 없는 것을 말할 수 있는 것을 통해 말하기) 역시 비유적 서술이다. 비유가 개체-대상에 관한 용어라면 알레고리는 서술 양식에 관한 '비유'다.

이 됨으로써 세속화된다. 성경의 무화과나무는 바로 그 바싹 메마른 나무에 의해 정면으로 반박된다.

이 비유와 장치는 난데없이 등장한 것이 아니라 체의 할머니로부터 전해진 것이다. 아버지가 트랙터로 밭을 갈아엎는 바람에 양귀비는 영영 사라질 뻔했지만 할머니가 마지막 씨앗을 보자기에 싸서 보존했다는 이야기는 또 한번 비유적으로 독해된다. 지금 우리가 마주하고 있는 조금씩 더 나아가는 현실은 지난 시대에 출발한 빛의 도달―세대의 연속성에 의한 결과다. 역사화와 계보화 없이 이룩되는 변화는 없다. 다만 그러한 세대론적 인식은 단순한 승인이 아

니라 대항과 자기비판을 통해 갱신하는 새로운 역동성 속에서만 생생하게 살아 있다. 농심 동아리의 불문율이 "심은 씨앗을 다시 찾지 않는 것"(299쪽)임은 그들의 힘을 특정한 구도와 계보 안에 고정시키지 않고 자연의 힘과 그 씨앗들이 겪게 될 각자의 시공간을 존중하기 위함이다. 세계의 확장과 존재론적 자유는 이전 세대에 대한 숭배가 아니라 비판적 연속성을 확보할 때 가능하다.

5. 비평가-주체라는 장치가 포획하는 동시대성

아감벤의 주체(성)는 기존의 질서와 체계로부터의 해방을 향한 지향을 담는다. 호모 사케르 역시 그렇지 않던가. 그의 몸에 남아 있는 성스러움의 잔여물로 인해 그는 일반적인 인간과 같을 수 없다. 이러한 애매성은 인간과 신의 영역의 이분법적 위계를 단지 철폐하거나 전복하는 것에서 끝나지 않게 함으로써 퀴어의 모순적이고 입체적인 존재론을 설명하기에 좋은 이

론이자 비유(장치)가 된다.[21]

　강동호는 김봉곤–김세희 사건이 속도주의와 비판의 부재를 야기하는 장치들에 의해 발생했다고 분석하며 "주체화/예속화를 작동시키는 진실의 기제에 저항하고, 역사화하고, 상대화하려는 실천으로서의 비판"(438쪽)을 지속해서 발명해야 한다고 역설한다. 그러나 이러한 분석은 비평(가) 역시 문학장을 구성하는 하나의 장치라는 문제의식을 결여한 것은 아닌가? 생산된 비평가-주체(성) 역시 또다른 장치로서 기능한다. 비평가-주체라는 장치를 받아들일 때 최근 작품과 비평을 세대론적 단절 의식에 의해 산출된 것으로 보는 그의 분석은 문학이 갖는 동시대성에 대한 감각을 평면화할 위험 속으로 추락한다. 그의 말대로 현재는 비동시적인 것과 동시적인 것이 공존하는 상태이므로 동시대성은 순수한 현재가 아니다. 바로 그렇기 때문에 우리가 '오늘'의 현재성 안에서만 읽어낼 수 있는 과거의 새로운 빛은 분명히 있다. 퀴어-페미니즘 비평은 겹겹의 시간의 부피를 통과해 드디어 도착한 그 빛을 포착하는 렌즈다. 동시대성을 포착하려는 그 가장 새로운 빛을 분리주의의 언어로 읽는 분석이야말로 '분리'의 언어가 아닌가.

　현재의 작품을 경유해 과거 담론이 '무매개적으로' 비판되는 현상을 들어 퀴어-페미니즘이 분리주의적이라 진단한 그의 분석(427쪽) 앞에서 꽤 많은 시간을 서성였다. 모든 담론은 후속 세대의 목소리에 의해 비판적으로 갱신될 수밖에 없는 운명에 처한다. 예외는 없다. 작품은 그 자체로 담론과 대결하는 것이 아니라 그것을 읽는 비평에 의해 담론화되고 그 안에서 획득된 위치성과 함께 논의된다. 따라서 '무매개적인 비판'이라는 말은 오류다. 그렇다면 현재의 담론으로 과거의 담론을 비판하는 현상 자체가 분리

21　그래서 푸코가 아니라 아감벤의 '장치'를 빌려왔다.

주의적이라는 말이 되는데, 모든 현재는 미래의 과거이므로 그 어떤 시제 속에서도 담론은 비판에서 자유로울 수 없다. 그러므로 위의 주장은 과거의 담론을 영원히 그 고정된 과거시제 속에 유물로 남겨두어야 한다는 의지의 양태에 불과하다. "'동시대성'을 위한 '역사적 분석틀'이 가동할 때, 그 상상력이 어떤 시각에 따라 작동하며 헤게모니에 순응하는지, 파열시키는지를 면밀히 점검해야 한다"[22]는 일갈은 '이후'의 시간 그리고 당대 문학과 비평장의 '최선'에 관한 그의 진단 앞으로 매섭게 날아든다. 동시대 현장 비평이 아직 채 과거와 접속하지 못한 것처럼 보일 때 우리는 판단을 중지할 것이 아니라 오히려 그 역동성과 오류 가능성을 온몸으로 끌어안아야 한다. 문학사적인 평가를 기다리며 과거와 승계되는 현재성을 부여받을 수 있을 때에만 작동하는 것이 우리의 비평인가? 만약 그런 것이 비평이라면 그것은 여과된 미래의 정전canon들만 취하겠다는 극도의 수동적 태도—고고학자의 기록일 뿐이다. 비평은 과거의 유적지를 발굴하는 도구가 아니라 지금-여기의 삶을 생생히 포착하는 살아 있는 눈동자다. 그 과정에서 불연속점이 발생한다면 그것이야말로 동시대적인 것—"시차와 시대착오를 통해 시대에 들러붙음으로써 시대와 맺는 관계"[23]일 테다.

문학이야말로 세속화할 수 없는 것을 끊임없이 세속화하며 배타적인 성역이 아닌 공동의 인간적 영역으로 세계와 주체, 대상을 해방시켜온 (역)-장치가 아니던가. 「비평의 시간—김봉곤 사건 '이후'의 비평」과 이 글 또한 각각 장치인 동시에 역-장치다. '이후'의 시간에 태어난 세 편의 소설이 보

---

22 강지희, 같은 글, 280쪽.

23 『장치란 무엇인가? 장치학을 위한 서론』, 72쪽.

내온 답신과 그에 관한 이 독해 역시 그러한 효과에 의한 것이다.[24] 90년대부터뿐만 아니라 한국문학이라는 말이 세상에 나온 이후로 우리 문학은 세속화할 수 없는 것을 끊임없이 세속화하여 공동의 영역으로 사유해오지 않았나. 퀴어와 페미니즘 역시 예외는 아니다.

<hr />

24   세 편의 소설에 관한 독해는 이 부분에 대한 응답이기도 하다. "여성과 페미니즘이라는 이름만으로 포섭될 수 없는 정체성들의 복잡한 불균등성을 포착하는 문제, (……) 퀴어와 페미니즘의 교차성의 양상을 검토하는 문제, 퀴어 서사에서 형성된 게이 서사 중심성을 비판적으로 해체하는 문제를 제기하는 과정을 통해 이들의 논의는 더욱 다양한 가능성을 내장하게 될 것이기 때문이다."(강동호, 415쪽)

죽음을 대하는 몇 가지 방법

—송수권의 초기시를 중심으로

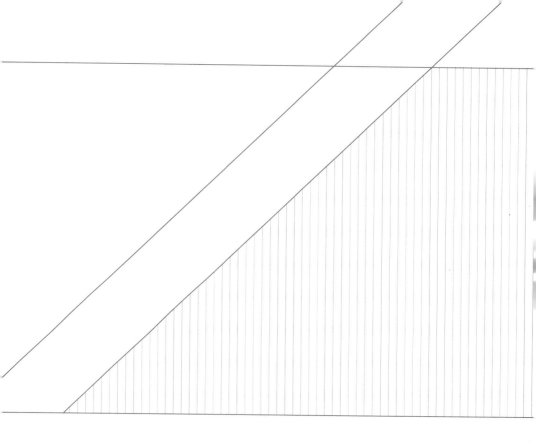

전철희

한양대학교 국어교육과 및 국문학과 대학원 졸업
(『1970년대 민족문학론의 문제의식 구현 양상에 관한 연구』로 박사 학위를 받음.)
대산대학문학상 평론부문 수상으로 등단.
현재 한양대학교 강사.
주요 관심사는 문학과 사회이다.
kjturi@naver.com

죽음을 대하는 몇 가지 방법

—송수권의 초기시를 중심으로

1.

송수권(1940~2016)은 1975년 「산문에 기대어」를 발표하며 등단했다. 5년 후 그는 동명의 시집을 상재한다. 당시 그는 광주여고의 국어교사였다. 같은 해 이 도시에서는 끔찍한 사건이 일어났다. 이후 송수권의 시에서는 저항적 메시지가 짙어졌다. 『산문에 기대어』(1980) 이후 그가 출간한 시집은 『꿈꾸는 섬』(1983), 『아도』(1985), 『새야새야 파랑새야』(1986), 『우리들의 땅』(1988)이다. 『꿈꾸는 섬』의 몇몇 작품은 분단체제와 이산가족 문제를 다룬 것이고, 『아도』는 5.18을 소재로 한 시집이었으며, 『새야새야 파랑새야』와 『우리들의 땅』은 제목부터 '운동권적'이다.[1] 한편 1990년대 무렵 송수권은 서정적 작풍으로 귀환한다. 이 시기 그가 출간한 시집은 『자다가도 그대 생

<hr>

[1] 송수권의 생전에 출판된 책 『송수권 시 깊이 읽기』의 연보는, 『아도』와 『새야 새야 파랑 새야』를 "광주 5·18 정신을 주제로 한" 시집으로 명시한다. 홍영·정일근 외, 『송수권 시 깊이 읽기』, 나남출판, 2005, 11쪽.

각하면 웃는다』(1991)와 『별밤지기』(1992)였다. 달달하고 목가적인 제목이 1980년대의 책들과는 확연하게 구별된다.

 등단 당시부터 송수권은 전통서정시의 적자로 평가받았다. 그래서 동료 문인들은 그가 '저항적'인 시로 전향할 때 아쉬워했고,[2] '서정적'인 시로 복귀했을 때에는 갈채를 보내기도 했다.[3] 송수권의 작품을 분석한 후대의 글들은 대부분 '전통'과 '서정'[4]을 키워드로 삼았다. 그를 서정 시인으로 간주해온 관행은 나름의 근거가 있을 것이다. 허나 굳어진 통념은 근본적 논의를 가로막는 편견이 되기 쉽다. 지금까지의 논고들은 송수권의 시가 서정적임을 밝히는 데 기여했을지언정, 그것이 어떤 점에서 재래의 서정시와 구별되는지를 규명하진 못했다. 또한 송수권이 1980년대에 발표한 '저항적' 작품들은 시인의 문학적 외도나 방황의 결과 정도로만 치부되고 분석이 방기되어온 측면도 있다. 본고는 송수권이 등단 당시부터 5.18 민주화운동 전후까지 발표한 몇몇 작품을 톺아보며 논의의 사각지대를 보충하고자

◇◇◇◇◇◇◇◇◇◇◇◇◇◇

2 다음의 글에서는 송수권 시에서 정치적 메시지가 강해질 때, 그런 변화를 아쉽게 생각했던 시인들이 존재했다는 사실이 드러나있다. 나태주, 「뻐꾸기 울음을 보랏비 , 꾀꼬리 울음은 황금빛」, 위의 책, 458쪽.

3 최동호, 「생각하기와 말하기」, 『문학사상』, 1990.4. 한편 조연정은 송수권의 1980년대 시를 아쉽게 평가하는 논문을 발표한 바도 있다. 조연정, 「송수권 시론에서 '한'의 의미」, 『한국문화』 35, 서울대학교 규장각한국학연구원, 2005

4 하나의 사례로 온라인에서 '송수권'이라는 이름을 검색할 때 가장 위에 나오는 설명은 다음과 같다. "그가 시를 써나간 기간 동안 우리 사회는 유례없는 산업화를 겪어 왔고, 우리 시단 역시 그에 대응하는 현실주의 시와 여러 실험 시들을 쏟아냈지만, 송수권 시인은 예부터 우리 선조들이 부리던 손때 묻은 전통시의 연장을 들고 우직하게 전통시의 우물을 파고들어가 마침내 가장 깊고 맑은 전통 서정시의 물을 길어 올렸다. 그의 시는 좁게는 소월, 영랑, 백석, 미당으로 이어지는 전통 서정시의 미학과 형식을 잇고 있지만, 넓게는 정지용과 이용악 시의 언어와 심상까지 품고 있어 우리 전통시의 그릇을 크게 확장해 놓은 시인으로 평가된다."(고형진) 다음의 글 또한 송수권이 "전통 서정시"의 적자라고 평가한다. 김준오, 「곡선의 상법과 전통시」, 홍영·정일근 외, 앞의 책, 38쪽.

한다.[5]

2.

누이야

가을산 그리매에 빠진 눈썹 두어 날을

지금도 살아서 보는가

정정한 눈물 돌로 눌러 죽이고

그 눈물 끝을 따라가면

즈믄밤의 강이 일어서던 것을

그 강물 깊이깊이 가라앉은 고뇌의 말씀들

돌로 살아서 반짝여 오던 것을

더러는 물 속에서 튀는 물고기같이

살아 오던 것을(중략)

누이야 지금도 살아서 보는가

가을산 그리매에 빠져 떠돌던, 그 눈썹 두어 날을 기러기가

강물에 부리고 가는 것을

내 한 잔은 마시고 한 잔은 비워 두고

더러는 잎새에 살아서 튀는 물방울같이

◇◇◇◇◇◇◇◇◇◇◇◇◇

5   서정시의 형식과 지향은 다양한 방향으로 뻗어나갈 수 있다. 따라서 한 시인의 작품을 엄
     밀하게 평가하기 위해서는, 그 시인이 '서정적'이라는 평가를 내리는 수준에 머무르지 않
     고, 그것이 어떤 의미에서 '서정적'인지를 밝혀야 한다. 디이터 람핑, 장영태 역, 『서정시:
     이론과 역사』, 문학과지성, 1994, 228쪽.

       그렇게 만나는 것을

                                                  「산문에 기대어」 부분

    인용한 글은 송수권의 등단작 「산문에 기대어」이다. 시인은 남동생의
죽음을 경험한 후 이 작품을 썼다고 한다.[6] 「산문에 기대어」는 발표 당시부
터 문단의 화제였고 그래서 많은 작품론을 파생시켰다. 송수권은 그 중 소
한진의 평문 「황홀, 그 절단과 연결의 방정식」[7]에 특히 공감했다고 진술한
바 있다.[8]
    소한진의 글은 「산문에 기대어」의 독특한 문제의식을 지적한 것이었
다. 이 작품의 전반부는 "가을산 그리매에 빠진 눈썹"의 이미지를 통해 죽
은 "누이"의 흔적을 소환해낸다. 그 이미지는 망자의 부재를 표상하고 화자
에게 무한한 슬픔을 선사한다. 허나 그는 자신의 감정을 토로하는 대신, 이
슬픔이 자연을 생동하게 만드는 힘으로 전화되는 모습을 그려냈다. "눈물
끝을 따라가면(…) 강이 일어"섰고, "고뇌의 말씀들"은 "물속에서 튀는 물고
기"처럼 "돌로 살아서 반짝"이게 된다는 것이었다.
    송수권은 소한진의 평문을 통해 「산문에 기대어」에 "부활의지와 힘"이
존재한다는 사실을 깨달았다고 한다. '부활'은 기독교와 천주교에 밀접히
연관된 개념이다. 그런데 송수권은 이 단어가 편의상 차용된 것에 불과하
고, 「산문에 기대어」는 서구의 정신이 아닌 불교의 가르침(연기법칙, 인연, 재
생, 환생)을 담아낸 것이라 부언했다.[9] 과연 이 작품과 불교의 연관성은 분명

6   송수권, 「시에 있어서의 힘과 부활 의지」, 『다시 「산문에 기대어」』, 175쪽.
7   소한진, 「황홀, 그 절단과 연결의 방정식」, 『시와 의식』, 1975.
8   송수권, 앞의 글, 175쪽.
9   배한봉, 「거침없는 가락의 힘, 그 곡즉전의 삶」, 홍영·정일근 외, 앞의 책, 342쪽.

174   2022년 제23회 젊은평론가상 수상작품집

해 보인다. 산문(山門)이라는 단어부터가 절간을 의미하거니와, 이 작품의 후속작 「續 산문에 기대어」에서는 "연꽃"의 이미지가 중요하게 제시되고 있기 때문이다.

다만 「산문에 기대어」는 불교의 교리를 설파하는 선시(禪詩)가 아니다. 그리고 이 작품의 감동은 고매한 종교적 깨달음에 근거를 두지 않는다. 「산문에 기대어」의 문제의식을 설명하기 위해서는, 추상적 종교사상을 검토하기에 앞서 해당 작품이 기존의 서정시와 구별된다는 사실에 먼저 주목해야 한다. 주지하듯 죽음은 오래 전부터 문학의 핵심소재 중 하나였다. 한국의 가장 유명한 고대시가 「공무도하가」부터가 장송곡이지 않은가. 그 뒤를 잇는 중요한 작품으로는 신라향가 「찬기파랑가」를 꼽을 만한데, 몇몇 논자는 이미 이 작품과 「산문에 기대어」를 비교[10]한 적이 있었다. 그런데 「산문에 기대어」에 내포된 정신적 태도는 죽은 화랑(기파랑)의 고매한 정신을 찬양한 고대향가와 매우 상이한 것으로 생각된다. 「산문에 기대어」는 근대작품이고 따라서 온전한 비교를 위해서는 20세기 무렵의 한국서정시를 참조할 필요가 있다. 한국의 모든 근대문학을 대상으로 삼아 일반화할 수는 없겠지만, 지금껏 발표된 대부분의 추모 시편은 아무래도 슬픔을 표출하거나 혹은 죽음에 대한 형이상학적 고찰을 시도한 것이 많았다. 김소월이 「초혼」과 「접동새」 같은 작품에서 '님'이 없어진 세계의 슬픔을 읊었다거나, 한용운이 부재하는 '님'에 대한 연모를 풀어냈다거나, 서정주가 죽음에 대한 환상과 공포를 드러냈다거나, 고은이 전후의 한국사회에 대한 절망을 표현하기 위해 '누이'의 죽음을 암시했다거나… 기타 등등의 수많은 사례들이 그

---

10   송수권의 시가 향가를 창조적 변용한 것이라고 지적한 글은 다음과 같다. 이대규, 「송수권 시의 텍스트 상호성」, 송수권 외, 『송수권』, 문학사상, 2005

점을 예증한다.[11]

앞서 거명한 시인들의 작품들은 "타인의 죽음"이라는 사건을 경험한 사람들의 정감과 사유를 구체화시켰다는 점에서 서정적(敍情的)이다. 반면 「산문에 기대어」는 애도의 마음을 표출하는 대신, 애도라는 감정 자체를 수면에서 파닥거리는 물고기처럼 생동감 넘치는 것임을 묘파했다는 점에서 메타-서정적인 셈이다. 송수권의 문제의식은 인간의 마음에서 신비로운 생기를 감지해낸 서구 낭만주의자들의 주장과 상통한다. 그런데 한국문학사에서는 이만큼 담담한 어조로 인간의 감정에 대해 서술한 전례가 거의 없었다.(김현승 정도를 중요한 예외로 거명할 수 있기는 하다.) 감히 일반화시키건대 한국의 서정시는 처량한 슬픔을 가감 없이 표현하는 일에 집중하는 경향이 있었다.[12] 송수권은 "〈청산별곡〉이나 〈가시리〉에는 눈물은 있어도 힘이 없다는" 점을 "우리 서정시의 취약성"[13]으로 인식했고, 그런 한계를 극복하기 위해 「산문에 기대어」를 쓴 것이었다.

이후에도 송수권은 "힘과 부활의지"를 구현하고자 했다. 가령 「지리산 뻐꾹새」(1980)는 울음을 토하는 새의 모습을 역동적으로 그려낸 작품인데, 개인의 슬픔을 넘어 한국(남도)의 국토에 흩뿌려진 한(恨)을 힘찬 감정으로 육화시켜낸 절창으로 꼽을 만하다. 그런데 이 작품이 발표될 무렵 광주에

---

11 "(나는)이때부터 재래종의 한국 시에 비판을 가했으며 〈청산별곡〉이나 〈가시리〉에는 눈물을 있어도 힘이 없다는 우리 서정시의 취약성에 착안했다.(중략) 나는 이 평문(소한진의 평문)의 자극으로 〈부활의지와 힘〉을 불어 넣자는 데 착안한 것이다. 내 시에도 강점이 있구나. 이때처럼 나를 황홀하게 한 적은 없었던 것 같다. 애이불상, 낙이불음, 언외유지의 진리를 터득하게 된 것도 이 글에 의해서였다." 송수권, 앞의 글.

12 김우창은 이런 페시미즘의 계보를 톺아보고 이 정서가 한국의 운명론과 연관된 것이라 지적했다. 김우창, 「한국시와 형이상」, 『궁핍한 시대의 시인』, 민음사, 2007.

13 송수권, 「시에 있어서의 힘과 부활 의지」, 『다시 「산문에 기대어」』, 174쪽.

서는 거대한 사건이 일어났다. 이를 기점으로 송수권의 작품에서는 점진적 변화가 일어나게 된다.

3.

1980년 5월의 광주는 참혹했다. 방송과 언론은 진실을 보도하지 않거나 못했다. 몇몇 용기 있는 문학인은 5.18민주화운동에 대한 기록을 남기고자 했다. 그런 문제의식을 견지한 최초의 작품은 김준태의 「아아 광주여! 우리나라의 십자가여!」였다. 이 작품은 절반 이상이 검열된 상태로 1980년 6월 2일 전남매일신문에 개재됐다. 누더기에 가까운 원고로 발표되었지만 광주 시민들에게 위로와 용기를 주기에는 부족함이 없었다.[14]

어쨌든 이 장시가 5.18을 다룬 최초의 문학작품이라는 사실은 익히 알려져 있다. 한데 그 뒤를 잇는 두 번째 작품을 아는 사람은 드물다. 거두절미하자면 답은 6월 4일 전남일보에 발표된 송수권의 「젊은 광장에서」이다. 이 작품에서 송수권의 문제의식이 계승된 양상을 톺아보자.

김준태와 송수권의 시는 겨우 이틀의 터울을 두고 있을 뿐이지만 내용은 사뭇 대조적이다. 「아아 광주여! 우리나라의 십자가여!」는, "피투성이 도시"에서 일어난 참상을 고발한 후, 희생당한 존재들이 "부활"하여 "우리들의 영원한 깃발"로 남게 될 것이라는 전언으로 끝맺는다. 참고로 이후 여러 문인들이 쓴 5.18 문학 또한 학살의 끔찍함을 모사하면서 죽은 자의 유지를

---

14   김준태의 삶에 대한 자료는 다음의 글이 충실하다. 표광소, 「김준태 대담」, 『언어세계』, 1996 봄, 69쪽.

계승할 것이란 결의로 나아가는 경우가 많았는데, 김준태의 시편은 그런 문제의식을 선구적으로 형상화한 작품이기도 했다.

　반면 송수권의 「젊은 광장에서」는 여느 5.18 문학과도 다른 논조였다. 분석을 위해 시편의 일부를 인용하겠다.

　　　　분수여

　　　　도청 앞 우리들의 젊은 광장에서

　　　　끓어오르는 분수여

　　　　애절한 희생자들

　　　　그들이 가고 없는 빈 골짜기의 발자국을 쓸며

　　　　새롭게 우리들 마음의 귀를 울려라

　　　　천 갈래 만 갈래 솟구치는

　　　　오늘 아침 너의 침묵은 우렁차고

　　　　너의 침묵은 우레소리와 같구나(중략)

　　　　분수여, 타오르는 분수여

　　　　하늘 높이 피어오르는

　　　　나의 젊은 혼이여(중략)

　　　　나는 지금 시인이란 모자를 거꾸로 쓰고

　　　　교사란 모자를 거꾸로 쓰고

　　　　이 젊은 광장에 나와

　　　　너의 우레와 같은 침묵의 뜻을 새기고 섰다//

　　　　내가 이 시대에 살아서

　　　　도대체 노래한 것은 무엇이며

　　　　너희들에게 가르친 것이 무엇인가를

깊이 깊이 자성한다(중략)

어렵구나, 참 어렵구나

무엇이 어려움인 줄도 모르면서

부끄럽구나, 참 부끄럽구나

무엇이 부끄러움인 줄도 모르면서

이성과 지성이 한꺼번에

마비된 듯한 어려움 속에서

「젊은 광장에서」 부분

　　5.18의 성지인 광주도청 앞 광장에는 분수가 있다. 이 시편은 중력을 역행하여 힘차게 상승하는 분수를 묘사하고 또 시민군이 열정적으로 행동하는 모습을 묘사한다. 두 이미지를 몽타주처럼 교직하여 시인은 시위대들의 행동이 분수처럼 힘찬 것이었음을 암시한다. 이 구절은 표현방법의 측면으로 보나 발상의 측면으로 보나 별로 참신한 것이 아니다. 문제는 그 다음이다. 이 작품에서 분수는 전혀 다른 것도 상징한다. 도청 앞 분수는 대규모 집회 뿐 아니라 처참한 학살도 목격했을 것이다. 그런데도 분수는 아무런 일도 없었던 듯 침묵하고 있다. 당연한 일이다. 분수는 애당초 생물이 아니기 때문에 의지를 가진 행동을 하기란 불가능하기 때문이다. 그런데 이 시는 그런 분수의 "침묵"을 두고, 5.18 이후에도 살아남은 양심적 지식인(시인 자신)의 "침묵"과 동일시한다. 그래서 분수의 "침묵"이 "우레소리"처럼 힘차다는 작중 구절은, 흡사 "침묵"한 채 살아가는 지식인들의 소극적 태도를 정당화하는 것처럼 보이기도 한다.

　　부끄러움은 자신이 해야 할 일을 하지 못한 사람이 느끼는 소극적 감정이다. 그래서 5.18에 대한 발설이 금지되었던 1980년대에 양심적 지식인들은 얼마간 부끄러움을 안고 살아야만 했다. 부끄러운 사람은 자신의 비겁함과 무능을 자책하며 살아가거나 혹은 부끄러움을 탈피하기 위한 영웅적 행동으로 나아가기 마련이다. 실제로 이 시대의 지식인 중 일부는 죄의식과 함께 살아갔으며, 다른 몇몇은 저항적 행동을 감행하기도 했다. 많은 5.18 문학은 살아남은 자의 부끄러움이 죄의식이나 용기로 전화되는 양태를 고백의 어투로 담아냈다. 이에 비해 「젊은 광장에서」는 부끄러움을 안고 살아가는 사람의 심경을 묘사하는 대신, 그 부끄러움을 힘찬 분수에 빗대고 있다.

이 작품이 소극적 지식인을 변호하는 것처럼 읽힐 소지가 있는 것은 사실이지만, 송수권 자신은 실천을 방기한 인물이 아니었다. 그는 국공립학교에서 근무하는 공무원이었고, 공무원이 5.18에 대한 시를 신문에 발표한다는 것은 얼마간의 불이익을 감수한 실천이었을 것이다. 실제로 그는 이후 경찰의 감시를 받고 승진에도 피해를 입기도 했다. 또한 그는 1980년대에 문학인으로서 여러 정치적 행사와 프로그램에 활발히 참여했다. 물론 이 시대에는 최루탄을 맞으며 거리에 나선 투사들이 있었고 또한 목숨을 걸고 저항한 열사들도 존재했기 때문에, 송수권을 투철한 사회운동가처럼 묘사할 생각은 없다. 그러나 어쨌든 그가 문학인으로서 할 수 있는 최대치의 행동을 한 것만은 사실이다.

이 점을 고려할 때 「젊은 광장에서」는 부끄러움을 변호하거나 정당화한 작품으로 폄하하기 힘들어진다. 어쩌면 이 작품은 부끄러움이 내성적 감정으로 남아 있지 않고 힘찬 행동으로 발전해나가기를 요구하는 것이지 않았을까. 앞서 언급했듯 부끄러움은 필요한 행동을 하지 못하는 사람들이 느끼는 감정이다. 달리 말하자면 부끄러움을 느낀다는 것은 행동의 필요성을 자각한 결과이기도 하다. 5.18이 끔찍한 사건이라고는 하지만 모든 사람이 부끄러움과 책임감을 느끼진 않았을 것이다.(지금도 5.18에 대해 부정하는 사람들이 있고, 2010년대에 있었던 몇몇 거대한 비극적 사건들에 대한 부끄러움과 책임감을 느끼지 않는 사람들 또한 존재한다.) 요컨대 부끄러움 자체도 조금은 미덕이 될 수 있다. 그런데 당시의 5.18문학은 양심적 문학인들의 부끄러움을 현시하는 일에 주력했을지언정, 부끄러움이라는 감정이 갖는 잠재적 의미에 대해서는 메타적으로 성찰하지 않았다. 그렇게 본다면 송수권의 시는 동세대의 문학이 다루지 못했던 논점을 성찰했다는 점에서 의미를 인정받을 수도 있을 것이다.

송수권이 당시의 주류적인 경향과 동떨어진 시를 쓰게 된 것은, "힘과 부활의지"를 표현하겠다는 독자적인 문학관을 견지한 결과였다. 상기했듯 「산문에 기대어」는 죽은 사람에 대한 애도의 정감을 표출하는 대신, 애도의 마음을 생동하는 "물고기"에 빗댄 작품이었다. 반면 「젊은 광장에서」는 집단학살을 목도한 광주시민 개인의 슬픔과 정감을 표현하는 대신, 애도의 마음이 분수처럼 역동성을 지니게 되길 염원한 작품이다. 두 작품 모두 애도의 감정을 표현하지 않고 애도의 운동성을 메타적으로 성찰했다는 공통점이 있다.

4.

그런데 송수권은 「젊은 광장에서」를 쓴 후 자신의 문제의식을 올곧게 이어가지 못했다. 그의 두 번째 시집의 표제작 「꿈꾸는 섬」은 그의 변모를 예증하기에 적합한 사례라고 할 만하다.

말없이 꿈꾸는 두 개의

섬은 즐거워라

내 어린 날은 한 소녀가 지나다니던 길목에

그 소녀가 흘려내리던 눈웃음결 때문에

길섶의 잔풀꽃들도 모두 걸어 나와

길을 밝히더니

그 눈웃음결에 밀리어 나는 끝내 눈병이 올라

콩알만한 다래끼를 달고 외눈끔적이로도

길바닥의 돌멩이 하나도 차지 않고

잘도 지내왔더니(중략)

우리 둘이 지나다니던 그 길목

쬐그만 돌 밑에

다래끼에 젖은 눈썹 둘, 매어 눌러 놓고

그 소녀의 발부리에 돌이 채여

그 눈구멍에도 다래끼가 들기를 바랐더니

이승에선 누가 그 몹쓸 돌멩이를

차고 갔는지

눈썹 둘은 비바람에 휘몰려

두 개의 섬으로 앉았으니

「꿈꾸는 섬」 부분

인용한 작품은 한 사람이 연모하던 "소녀"를 떠나보내며 생겨난 감정을 표현한 것으로 읽힌다. 시인은 완도에서 낚시를 하다가 두 개의 섬을 보고 문득 자신이 짝사랑하던 소녀의 눈썹을 떠올라서 이 시를 쓰게 되었다고 회상한 바 있다. 그런데 이 시편의 세부적 내용은 허구적 창작의 결과이다. 시인은 그 여성에 대한 연정을 줄곧 간직하고 있었던 것이 아니고, 그 여성은 죽은 것이 아니라 미국으로 이민 가서 살았다고 한다. 딱히 안타깝거나 슬픈 상황이라고 할 정도는 아닌 셈인데, 그럼에도 이 작품은 흡사 사랑하던 여성이 죽기라도 한 것처럼 비장하고 여린 어법으로 일관하고 있다.

송수권이 굳이 이런 소재의 시를 쓴 것은, 애도에 대한 새로운 관점을 표현하기 위한 문제의식으로부터 비롯된 결과일 수도 있을 것이다. 1980년까지 송수권은 줄곧 애도의 역동성을 표상하는 일에 주력한 시인이었다. 앞서 살펴보았듯 「산문에 기대어」는 "돌멩이"와 "물고기"의 이미지를 통해 애도의 마음이 생기 넘치는 것으로 그려냈고, 「젊은 광장에서」는 5.18 피해자들을 애도하는 마음을 힘찬 분수에 빗댄 작품이었던 것이다. 그런데 「꿈꾸는 섬」은 「산문에 기대어」에서 나오던 "돌멩이"와 "눈썹"의 이미지를 그대로 차용하면서도 전혀 다른 분위기를 풍긴다. 「꿈꾸는 섬」에서 "돌멩이"와 "섬"은 타인의 부재를 환기시키는 역할을 할 뿐이다. 그래서 작품 속 화자는 이를 통해 더 이상 소녀가 존재하지 않는 세상을 자각하고 자신의 적적한 마음을 자위하기에 이른다. 요컨대 「산문에 기대어」와 「젊은 광장에서」가 애도의 감정을 생기주의적(Vitalistic)으로 묘사했다면, 「꿈꾸는 섬」은 타인의 부재를 외롭게 곱씹는 모습만을 그려내고 있는 셈이다.

송수권의 시에서 이런 변화가 일어난 이유를 확증할 근거는 없다. 다만 1980년대의 상황을 고려해보면, 그가 애도의 역동성과 가치를 찬양하지 못하게 된 이유를 추론할 여지가 생긴다. 이 시대의 많은 사람들은 애도에 머무르지 않고 직접 행동에 나섰다. 돌이켜보건대 1980년대는 학생운동과 노동운동이 가장 성장했던 시기였고, 가장 많은 '투사'와 '열사'가 탄생했던 때이기도 했다. 이미 많은 사람들이 "부끄러움"에 머무르지 않고 행동을 감행한 시대라면, 부끄러움과 애도의 역능을 찬양했던 송수권의 초기작품은 설득력이 낮아질 수밖에 없다. 송수권이 작풍을 바꾸게 된 것은 이런 사실을 자각했기 때문이 아니었을까.

물론 이것은 정황에 입각한 가설일 뿐이다. 그런데 어쨌든 송수권은 「젊은 광장에서」 이후 애도를 찬양하는 시를 (적어도 1980년대에는) 다시 쓰지 않았다. 이때부터 그의 작품에서는 시대적 우울과 양심적 고독이 가감 없이 표출된다. 광주를 배회하면서 느끼는 음울한 죄의식을 표현한 「망월동 가는 길」 연작이라든가, 누군가가 죽어도 별일 아닌 듯 넘어가는 무심한 세계에 대한 슬픔을 표현한 시편 「이 땅엔 아무런 기적도 일어나지 않았다.」가 그 점을 예증하는 주요 사례이다.

참고로 이 작품들은 한 시인의 양심과 고뇌를 증언한다는 점에서 주목할 가치가 있을지언정 송수권의 시적 역량이 최대치로 발휘된 '대표작'으로 꼽을 만한 것이 아니다. 1980년대에 송수권은 "힘과 부활의지"를 표상하는 작업을 포기했을 뿐, 새로운 독자적 미학을 정초하지는 못한 것이 사실이다. 이것은 지금까지 송수권의 '저항적'인 시가 다소 무시되었던 까닭이기도 할 것이다.

그런데 이때 송수권이 양질의 시를 남기지 못한 것은 아니다. 1980년대에 그는 가련하게 꽃 이름들을 호명하며 묘하게 처연한 역사를 환기시키는 가작 「우리나라 풀이름 외기」를 썼고, 또한 적막하고도 비장한 어투로 고독한 마음을 그려낸 작품 「적막한 바닷가」도 발표했다. 상대적으로 덜 유명한 후자를 인용해보겠다.

더러는 비워놓고 살 일이다

하루에 한 번씩

저 뻘밭이 갯물을 비우듯이

더러는 그리워하며 살 일이다

하루에 한 번씩

저 뻘밭이 밀물을 쳐보내듯이

갈밭머리 해 어스름녘

마른 물꼬를 치려는지 돌아갈 줄 모르는

한 마리 해오라기처럼

먼 산 바래 서서

아, 우리들의 적막한 마음도

그리움으로 빛날 때까지는

또는 바삐바삐 서녘 하늘을 깨워 가는

갈바람 소리에

우리 으스러지도록 온몸을 태우며

마지막 이 바닷가에서

캄캄하게 저물 일이다

「적막한 바닷가」 전문

    이 작품은 적막한 뻘밭을 바라보며 인생을 관조하는 무난한 서정시로 보일 수도 있다. 그런데 이 작품을 온전히 독해하기 위해서는, 시대적 상황과 시인의 고민에 대해서도 총체적으로 조망할 필요가 있다. 이 시절 송수권은 이름 없이 광주에서 죽어간 사람들을 애도했고, 그러나 애도의 감정만으로는 망자가 "부활"할 수 없다는 사실 또한 통감하고 있었다. 그렇다면 이 작품은 또한 폭압적 세계 속에서 무력한 인간도 힘겹게 살아가는 모습을 그려낸 것이지 않겠는가.[15] 그렇게 독해할 때 이 작품의 처연한 정서는 더욱 구체적으로 느껴질 수 있다.

정리하자. 이 글은 송수권의 작품경향이 1980년 즈음을 기반으로 굴절되는 양상을 간략히 개괄하고자 했다. 그는 본래 자신의 독자적인 미학을 확립하려던 의욕적 문학인이었는데 비극적 사회현실을 자각한 이후에는 얼마간 마음이 꺾일 수밖에 없었다. 그는 조금 방황할 때도 있었지만, 종국에는 그런 사회 속에서 살아가는 자기 자신의 이야기를 기록하고자 분투하게 되었다. 앞의 두 문장에서 "그"가 송수권만을 지칭해야 하진 않을 것이다. 지난 100년간 한국사회는 언제나 문제투성이였고, 그래서 어느 시대에나 양심적 작가들은 사회의 문제를 인식하면서 창작을 수행해야만 했다. 식민지 시기의 사회주의 문학운동과 군부독재시절의 민족문학운동을 주도한 작가들은 물론이거니와, 그런 경향에 속해 있지 않았던 수많은 작가들도 얼마간의 좌절과 극복을 반복하며 글을 써내려나갔을 것이다. 이들의 이야기는 문학과 사회에 관한 논의가 활발해지고 있는 현시점의 문학인들에게도 고민과 용기를 던져주는 전례가 될 수 있다. 학제시스템에 포섭된 논문이나 현재의 작품을 읽어내는 일에 집중하는 평론이 그들의 이야기를 발굴하기에 적합한 양식인지는 불분명하지만, 어쨌든 이 사실만큼은 기록해둘 가치가 있다고 생각했다.

◇◇◇◇◇◇◇◇◇◇◇◇◇

15 이 무렵 송수권은 이런 글을 남기기도 했다. "최근 시를 쓰면서 느끼는 것은 시란 살아가려는 의지 이외에는 아무것도 아니구나 하는 자기 비하를 느끼고 있는 점이다.(중략)지금은 시에서 뜻뜻한 위로가 솟고 힘이 솟아 슬프면서도 삶을 포기하지 않은 그런 시들을 만나보고 싶을 뿐이다. 이것은 곧 내가 상처투성이로 참혹한 시대를 살아가는 이야기니까." 송수권, 『다시 「산문에 기대어」』, 176~177쪽.

'나'의 응답

— 2000년대 시를 경유한 1인칭의 진폭

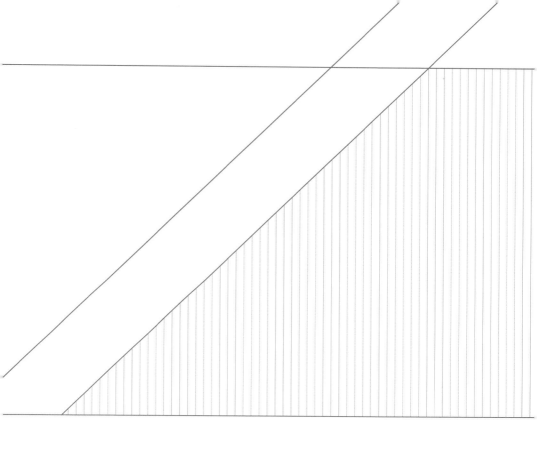

조대한

서울과학기술대학교 문예창작학과 졸업.
한양대학교 국어국문학과 박사과정 수료.
2018년 『현대문학』 평론 부문 등단.
blackdooly16@naver.com

'나'의 응답

—2000년대 시를 경유한 1인칭의 진폭

응답 #1

'응답'이라는 키워드를 받았을 때 내가 비평적으로 응할 수 있는 것들은 무엇인지 고민을 했다. 자연스레 최근의 여러 시의적인 평문들이 떠올랐고 그 어느 곳에 접속하더라도 나름의 의미는 있었을 것이다. 하지만 감당하기 버거운 이야기로 서두를 꺼내는 것보다는 우선 나의 서투른 혼잣말에 대화를 걸어준 소중한 목소리에 확실하게 답을 한 뒤, 이를 바탕으로 논의를 확장해나가는 것이 올바른 수순이라고 생각했다. 발표한 지 약간은 시간이 지난 「1인칭의 역습, 그리고 시」라는 원고에 진지하게 말을 건네준 몇몇 글들이 있었다. 우선 김행숙 시인의 글이다. 첫 시집들을 모아 다루는 해당 글에서, 그는 내면의 발현이 두드러지는 어떤 시적 경향을 가리켜 '마음의 시학'이라는 이름을 붙인다. 사회학자 김홍중의 논의를 참조하여 마음을 선택하고 독해하려는 시대의 한 현상을 짚어낸 후, 이를 시적 화자의 성격과 연루시키며 텍스트의 세목을 차분히 분석해나간다. 그 과정에서 김행숙은 '1인칭 화자'와 관련된 나의 설핀 질의를 스스로에게 되돌리며 이 응답이 시작될 수 있었던 뜻깊은 자문을 하나 남겨주었는데, 일부분을 여기 인용해본다.

첫 시집을 쓰던 무렵에 나는 '일인칭 화자'로 시를 쓰는 걸 어려워했고 또한 꺼렸다. '일인칭 화자'에 스며들어 있는 '전통'의 압력을 벗어나고 싶었기 때문일 것이다. 지금 돌이켜보면 '나'를 벗어나고자 했던 것은 아니다. 전통적인 '일인칭 화자의 내면'이 오히려 '나의 것' 같지 않았다. 나의 고유성이 아니라 나의 타자성에서 시적 발화의 욕망이 끓어올랐는데, '일인칭'으로 '일인칭 화자의 전통'을 돌파하는 게 어려웠던 것이다. 그때 나는 '일인칭의 새로움'을 나의 질문으로 끌어안지 않았고 못했다. 세 번째 시집 『타인의 의미』를 쓰던 무렵, 문득 나는 내가 '일인칭 화자'의 억압에서 풀려나 일인칭을 꽤 자주 사용하고 있다는 것을 깨닫고 새삼스럽게 놀랐던 기억이 있다. 그때도 역시 막연했지만 미래의 비평가로부터 바로 이 질문을 받았던 것이다. 나의 타자성과 타인의 타자성이 교차하고 비껴나는 지점에서 '시적인 것'을 찾고 있었는데, 때문에 일단 문법적으로도 일인칭을 더 이상 피할 수 없었고, '어떤 일인칭인가'라는 질문을 내게 돌려야 했다.[1]

위 인용문에서 언급된 시인의 첫 시집은 2003년에 출간된 『사춘기』(문학과지성사, 2003)이다. '아이들이 울고, 여자들이 웃고, 귀신들은 흘러간다'고 적힌 해설의 첫 문장처럼, 이 시집 속엔 나에게서 멀리 떨어진 듯한 낯선 타자들의 목소리가 유령처럼 공존하고 있다. 시인이 모종의 징후를 예민하

1   김행숙, 「이 계절의 시집에서 주운 열쇠어들 2」, 『문학동네』 2020년 여름호, 413쪽.

게 선취하여 발화한 것이든 혹은 당대의 분위기에 상호 영향을 받은 것이든 간에 당시에는 분명 '나'에 대한, 정확히 말하자면 강고한 1인칭 '서정적 자아'에 대한 미학적 반감이 만연해 있었던 것 같다. 잘 알려져 있듯 '미래파'(권혁웅), '뉴웨이브'(신형철), '다른 서정'(이장욱) 등 당시의 새로운 시적 경향에 이름 붙은 비평적 언명들엔 기본적으로 완고한 '나'의 독백으로 구축되는 시 세계에 대한 거부와 변화하는 시적 주체를 향한 미학적 환영이 자리 잡고 있었다.[2] 시인이 첫 시집을 쓰던 무렵 "'일인칭 화자'로 시를 쓰는 걸 어려워했고 또한 꺼렸다"고 말한 곤경 속엔 그런 내외의 변화된 분위기가 직간접적으로 반영되어 있었던 듯싶기도 하다.

　세 번째 시집이 쓰이고 발표될 즈음 시인은 유무형의 억압에서 풀려나 1인칭을 어려움 없이 그리고 꽤 자주 사용하게 되었다고 말한다. 아마도 그것은 체화된 오랜 고민 끝에 이뤄낸 시인의 주관적 성취일 것이다. 신형철 평론가는 2000년대 시의 유산을 논하는 글의 도입부에서 김행숙 시인의 '사춘기'와 '귀신이야기' 연작시를 그 대표적인 첫 사례로 언급한다.[3] 그가

2　'미래파' 의제를 제출했던 권혁웅의 『시론』(문학동네, 2010)이 '새로운 시학을 정립하기 위한 전제'로서, '주체'를 첫 번째 장의 주제로 내걸고 있다는 점은 이를 여실히 보여준다. 정신분석학적 방법론에 상당 부분을 기대고 있는 이 주체의 시학 속에는 그를 포함하여 당시 치열하게 논의에 참여했던 이들의 미학적 성과가 충실하게 담겨 있다. 물론 이와 관련된 날카로운 비판적 논의들도 이미 여럿 제출된 바 있다. 김홍중과 심보선은 「실재에의 열정에 대한 열정: 미래파의 시와 시학」(『문화와사회』 4권, 2008)이라는 글에서 당시 한국시의 미학이 개별 작품들 내에서 발현된 실재의 열정이었다기보다는, 작품 외부의 타인들이 주체가 되어 만든 '실재의 열정에 대한 열정'에 가까웠다고 지적한다. 이 논의를 이어받은 인아영은 「눈물, 진정성, 윤리―한국문학의 착한 남자들」(『문학동네』 2019년 겨울호)에서 실재를 꿈꿨던 당대 문학의 '진정성'이 시인들보다는 평론가들이 추구했던 가치였는지도 모른다고 말하며, 그 미학을 향유하고 형성한 주체들이 젠더·계급·미학적으로 특권화되어 있었음을 뼈아프게 짚어내고 있다.

3　신형철, 「2000년대 시의 유산과 그 상속자들―2010년대의 시를 읽는 하나의 시각」, 『창작과비평』 2013년 봄호.

말하는 가장 결정적인 유산이란 한국시가 '시인(1인칭)의 내면 고백으로서
의 시'라는 통념으로부터 자유로워졌다는 것, 누구도 될 수 있고 무엇이든
말할 수 있는 위조 신분증을 얻었다는 것이다. 2000년대의 시를 통과한 이
후 단순히 '나'에게서 멀리 벗어나는 발화들만으로는 더 이상의 시적 새로
움을 획득하지 못한다면, 강력하게 작동하던 1인칭의 억압으로부터 벗어나
이제는 자유로이 '나'를 사용하게 되었다면, 그것은 논자의 표현대로 어떤
시인들이 승리한 것이고 시적 언어의 확장이라는 점에서도 그 평가는 지극
히 온당해 보인다. 한데 여기서는 보다 근본적인 질문이 필요할 것 같다. 왜
하필 1인칭이었을까? 시에서 1인칭이 대체 무엇이기에 당시의 발화자들은
'나'에게서 그토록 벗어나려 애를 썼던 것인가?

관련된 문제의식을 성실히 이어온 신형철 평론가의 논의를 계속해서
참조해볼 수 있을 듯하다. 김행숙 시인의 두 번째 시집 해설의 서론 격으로
씌어졌다고 밝힌 글에서, 그는 근대화된 시의 1인칭을 논의한 적이 있다.[4]
그는 가라타니 고진을 인용하면서 근대 소설의 리얼리즘을 가능하게 하고
작품에 입체적인 깊이를 부여한 것이 '3인칭'의 서술이었다면, 시에서는 그
에 해당하는 근대적 요소가 '1인칭'의 발화였다고 말한다. 즉 근대 회화가
원근법으로 세계를 바라보는 소실점을 도입함으로서 평면 위에 입체성을
부여할 수 있었던 것처럼, 소설은 '3인칭 객관묘사'를 통해 2차원의 지면에
현실의 깊이를 축조했고 시는 '데카르트적 1인칭'을 통해 세계를 재구성하
는 근대적 소실점을 획득했다는 것이다. '나'의 렌즈로 자신만의 새로운 시
적 세계를 만들어낸다('세계의 자아화')는 점에서, 이는 우리가 익히 알고 있

<hr>

4   신형철, 「미니마 퍼스펙티비아—2000년대 시의 어떤 경향」, 『문학과사회』 2007년 가
      을호.

는 전형적인 '서정적 자아'의 작동 방식이기도 하다. 그러니 2000년대의 어떤 시들이 다른 방식의 서정을 꿈꿨다고 한다면, 그때의 시적 발화들은 필연적이게도 완고한 1인칭의 발화에서 최대한 멀리 탈주한 목소리를 담아내거나, 그 전통적 서정의 "'도원'을 무너뜨리기 위한 세계의 습격이 시작되는 풍경"[5]을 그릴 수밖에 없었을 것이다.

응답 #2

논의를 조금 더 진전시키기 위해서는 또 다른 비평적 응답을 가져와야 할 것 같다. 양경언 평론가 또한 지난 가을 한 문예지에서 나의 서투른 글에 대해 세심한 비판적 피드백을 남겨주었다. 그의 문제의식의 핵심은 시의 1인칭을 '단일한 자아'가 아닌 '관계적 자아'로 바라봐야 한다는 것이었다. 1인칭의 목소리를 시인의 전기적인 상황과 연관시키며 현실과 매개된 무엇으로 독해하는 일은 자칫 현실을 제한된 형태로 묶어둘 뿐만 아니라, '나'의 목소리를 단일한 의미로 한정지을 여지가 있다고 논자는 지적한다. 그러한 독해는 작품이 지닌 잠재적 충격의 강도를 약화시키고 희미해졌던 1인칭의 권위를 다시 붙잡게 될 위험을 안고 있다는 우려를 표하기도 한다.

최근 시에 등장하는 '나'의 목소리를 다양한 관계 속에서 적극적으로 형성되어가는 것으로 들을 때, 1인칭 '나'는 비대해진 자의식을 과시하는 독백이 아니라 세상과의 지속적인 대화 속에서 삶의 독특한 순간을 발견해나가는

---

5   이장욱, 「꽃들은 세상을 버리고—다른 서정들」, 『창작과비평』 2005년 여름호, 71쪽.

역할을 맡는다. 독자는 그런 '나'를 통해 익히 알고 있는 현실을 만나는 대신, 안다고 생각해왔던 현실이 끝내 장악하지 못했던 '시적 순간'을 창조적으로 겪으면서 주어진 현실 너머까지 닿을 수 있는 여정에 오르게 된다. 한창 회자되었던 '1인칭의 역습'이라는 말 대신(시의 '1인칭'은 사실 '2인칭'일 수도, '3인칭'일 수도 있으며, 시는 '나'라는 겹겹의 목소리를 통해 주어진 현실 너머 저 멀리까지 독자를 데려간다고 말하는 이 글에서, '1인칭'이 '공격'할 세계는 없다) '나'의 숱한 '연습'으로 형성되는 시적 순간을 읽어보자고, 이 글은 말하는 것이다.[6]

양경언 평론가의 표현대로 1인칭의 '나'는 다양한 관계와의 적극적인 수행 안에서 형성된다. 앞서 언급된 김행숙 시인의 말을 빌리자면 그것은 '나눠 쓰는 인칭'에 가까울 것이다. 그런 의미에서 1인칭을 '나'의 숱한 '연습'으로 독해하자는 위 글의 논지는 충분히 설득력 있게 다가온다. 제대로 전달되지 못한 글을 스스로 설명하는 일이 다소 부끄럽긴 하나 미흡했던 졸고 역시 1인칭의 그런 다양한 양태를 조망하려 했던 글이었다. 지면 속 묵독의 언어에 이질적인 현실의 목소리를 덧붙이는 독해를 제안하기도 했지만, 동시에 "텅 비어 있는 나를 구성하고 수행해나가는 유일한 실체"로서의 시 쓰기와 그렇게 "새로이 덧붙는 글쓰기와 발화를 통해 얼마든지 소급적으로 재배치되거나 재창조될 수 있"[7] '나'의 모습까지도 어설프게나마 아울러보는 이야기였다.

무엇보다 굳이 '역습'이라는 표현을 사용했던 것은, 앞서 이장욱 시인의 글에서 언급되었던 일군의 시인들의 '습격'을 떠올리며 그 1인칭의 논의를

6   양경언, 「나의 모험―최근 시의 '나'들이 만들어내는 자장들」, 『문학3』 2020년 3호, 47쪽.
7   조대한, 「1인칭의 역습, 그리고 시」, 『문학과사회 하이픈』 2019년 가을호, 105~111쪽.

비판적으로 계승하려는 취지에 가까웠던 것 같다. 당연하게도 그때의 목표는 완고하고 단일한 자아의 시적 세계를 복원하는 것이 아니라, "문장의 주어인 '나'와 그 문장을 쓰는 '나' 사이의 간극"[8]을 한껏 벌려두었던 세계를 다시 논의해보자는 것이었다. 전위의 원심력을 빌미로 1인칭의 '나'로부터 멀리 나아갔던 '다양한 3인칭들의 형상'과 혼종적인 '위조 신분증'의 세계는 분명 이전의 한국시에서는 볼 수 없었던 존재들을 시의 발화자로 등장시키며 아름다움의 미개척지를 확장시켰고, 당시에 읽었던 어떤 작품과 해석들은 나에게도 여전히 매혹적인 전범으로 남아 있다. 하지만 낯선 아름다움을 빌미로 행해진 일부의 억압과 폭력적인 사건들을 지나쳐온 뒤 나역시도 그 폭력의 재생산의 미필적인 향유자이자 방관자로서 참여했던 것은 아닌지, 이전의 시에서 발화되었던 '나'와 지금의 '나'가 어느 지점에서 달라지고 있는지를 돌아보게 되었던 것 같다.[9] 이는 2000년대의 미학적 경향과 분절되는 시편들을 선구적으로 포착하여 "자신을 면밀하게 내보이기 위해서 오늘날의 현실에 좀더 발랄하고 적극적으로 조응"[10]하고 있다는 언급을 남겼던 양경언 평론가의 문제의식과도 일맥상통하는 부분이 있다고

<hr/>

8   신형철 「전복을 전복하는 전복―2000년대 한국시의 뉴웨이브」, 『실천문학』 2006년 겨울호, 114쪽.

9   그렇기에 "섹슈얼리티에 대한 문제의식과 관련해서 적지 않은 한계가 있"고 "최근 비평가들이 지적하고 있는 문학주의의 강화에 기여한 측면 역시 부인할 수 없"지만, "현재의 1인칭 글쓰기에 대한 논의는, 미래파 담론 때 제기되었던 다양한 시학적 논의의 한계와 대결하는 과정에서 정치해져야 한다"(강동호, 「비평의 시간 - 김봉곤 사건 '이후'의 비평」, 『문학과사회』 2020년 겨울호, 422~423쪽)는 강동호 평론가의 언급은 매우 중요하게 다뤄져야 한다고 생각한다. 물론 여러 우려 섞인 지적처럼 그 과거와의 만남이 반복되는 구조의 틀 안에서 현재의 수행성을 소거할 위험 또한 늘 경계를 해야 할 듯싶다.

10   양경언, 「작은 것들의 정치성―2010년대 시가 '안녕'을 묻는 방식」, 『창작과비평』 2014년 봄호, 345쪽.

여겨진다.

그러니 1인칭의 위치를 다시 짚어보자는 최근의 비평적 제안은 서정적 자아로 구축된 단일한 소실점으로의 회귀를 뜻하거나 시인의 의도를 찾아나가는 독해를 행하자는 의미가 물론 아니라, 과도하게 멀어졌던 혹은 희미해졌던 '나'에 대해 의심스러운 시선을 보내며 다시 1인칭의 위치와 효과를 재고해보려는 시도에 가깝다. '나'라고 하는 존재가 시를 발화하는 행위 주체의 수행에 의해 생성되는 구성물이자 연속체임에 동의한다면, 2000년대의 미학적 분투가 실로 공허한 이론적 논의가 아니라 어떠한 윤리를 확보하기 위한 노력의 일환이었다고 믿는다면, 그 시적 수행의 결과들로 생성되었던 실존적 '나'에 대해 질문을 던지고 책임감을 지우는 일은 자유로운 발화를 억압하는 것이 아니라 새로이 구성될 시적 주체의 유효함을 진심으로 믿는 일이 아닐까? 물론 그것은 시를 쓰고 발화하는 '나'를 향한 질문임과 동시에 "실제 유효한 억압으로 작동하고 있음에도 무해한 가상의 세계로 간주되던 시의 진실"[11]을 겨냥하는 질문이기도 하다.[12]

양경언 평론가의 글은 개별적인 응답 이전에 보다 커다란 문제의식을 배면에 두고 시작되었다고 생각한다. 아마도 그것은 다른 국면에 접어든 1인칭 '나'에 대한 새로운 문제의식이었던 듯싶다. 가령 다소 민감한 논제이긴 하나, 작년 하반기에 김봉곤 소설가와 관련되어 불거졌던 일련의 사건

---

11 조대한, 「겹쳐진 세계에서 분투하는 시인들」, 『창작과비평』 2020년 여름호, 61쪽.

12 이와 관련하여 인아영 평론가의 글 「문학은 억압한다」(『문학동네』 2019년 봄호)는 여러모로 변곡점에 놓인 선언이었던 것 같다. 인아영은 김현의 유명한 비평적 테제인 '문학은 억압하지 않는다'를 재전유하며, 쓸모없음의 쓸모를 주창했던 문학과 그 역설적 아름다움의 후광 아래 가려졌던 모종의 유효성과 억압들에 대해 질문을 던진다. 물론 그것은 당대의 특수한 사회적 맥락 속에서 제출되었던 김현의 기념비적인 테제의 결함보다는, 그 매혹적인 문장에 오랫동안 기대어온 우리의 관성을 향한 질문에 더 가까웠던 듯하다.

들을 떠올려볼 수 있을 것 같다. 김봉곤의 작품에 대한 비평과 유의미한 사후적 논의들은 이미 여럿 제출되었으나, 앞서 언급된 논의에 초점을 맞추어 돌이켜본다면 '오토 픽션'을 향한 비평적 환영은 소설 '쓰기'와 '나'의 매개성에 기인했던 것처럼 보인다. 물론 공적으로 커밍아웃을 행한 퀴어 소설가의 현전이 적지 않은 요인으로 작용했을 터이지만, 자신의 삶을 다시 쓰고 고쳐나가면서 새로이 구성되던 실존적 '나'의 유효함과 둘 사이의 좁혀진 거리감에 커다란 비평적 환호를 받았던 것 같다.

도식적이나마 정리해보자. 1인칭 문장의 주어인 '나'와 그 문장을 쓰는 '나' 사이의 '거리'에 초점을 맞추어 범박하게 축약해본다면, 극단으로 멀어졌던 두 1인칭(2000년대의 미학적 성과) 사이의 거리는 여러 계기와 사건들을 거치며 다시 좁혀졌다(2010년대 후반기의 오토픽션 등).[13] 그리고 지금 그 좁아진 간격에서 분기점에 해당하는 사건이 발생한 것은 아닐까. 소설의 '나'와 실존적인 '나' 사이에서 실질적인 매개와 효력이 발생할 수 있다면, 당연하게도 그것은 상호 관계 속에서 형성되는 퀴어 수행성과 같은 긍정적인 방

---

13 물론 시의 1인칭을 논의하는 와중에 소설의 1인칭을 끌고 들어오는 것은 서정과 서사 장르의 차이만큼이나 거리가 먼 이야기일 수도 있다. 하지만 애초에 이 글의 문제의식이 그러하듯, 1인칭을 서술의 시점뿐만 아니라 작가-화자(혹은 작가-서술자) 사이의 매개성의 문제로 바라본다면 여전히 논의의 접점은 있다고 판단된다. 일례로 한국 현대시 화자 연구의 기틀을 마련한 것으로 평가되는 김준오의 『시론』(문장, 1982)은 채트먼의 서사 이론을 참조하여 시적 의사소통의 과정을 모형화하기도 했다. 그는 채트먼의 'Real author(실제작가)—Implied author(내포작가)—Narrator(서술자)—Narratee(피화자)—Implied reader(내포독자)—Real reader(실제독자)'의 구도를 '실제시인—함축적 시인—현상적 화자—현상적 청자—함축적 독자—실제 독자'의 형식으로 변용해 사용한 바 있다. 이를 포함하여 복잡한 화자의 인접 개념들을 일목요연하게 논의한 글로는 정끝별, 「현대시 화자(persona) 교육에 관한 시학적 연구」, 『한국문예비평연구』 제35집, 한국현대문예비평학회, 2011 참조; 현대시의 화자와 화법에 집중하여 여러 시 텍스트를 정치하게 분석한 최근 논의로는 이현승, 『얼굴의 탄생—한국 현대시의 화자 연구』, 파란, 2020 참조.

식뿐만 아니라 금번 사례처럼 누군가의 삶에 피해와 부정적인 영향력을 끼칠 수 있는 방식으로도 작동할 수 있었을 것이다. 이를 뒤늦게 자각한 우리에게 필요한 것은 한 작가에게 모든 책임을 지우고 그를 말끔히 도려내는 것으로 사태를 마무리 짓는 일이 아니라, 무언가를 쓰고 살아가는 이중적 삶의 매개에 대한 혹은 "'일인칭'의 자기 서술과 '일인분'의 실존적 선언 사이의 거리"[14]에 대한 논의를 다시 시작하는 일이 아닐까.[15]

그렇다면 다음 질문은 '나'의 변화를(최소한 '나'의 변화를 읽고자 하는 욕망을) 추동했던 원인을 향해야 한다. 무엇이 두 1인칭의 거리를 늘어나게, 또는 좁아지게 만들었는가? 앞서 언급된 글에서 신형철은 문학사적 분석을 통해 하나의 실마리를 제공한다. 2000년대 들어 1인칭 내면 고백의 시가 급작스럽게 지겨워졌던 것처럼 어느 시기에 이르러 개개인의 미학적 취향이 집합적으로 유의미하게 변화했다면, 그것은 어떤 사회·정치적인 조건이 (무)의식적인 매개로 작동하여 그 미학적인 혁신을 추동하였을 것이라고 그는 주장한다. 이를 테면 "'나'라는 존재가 단지 1표 이상도 이하도 아닌 존재라는 환멸과 권태가 시에서 1인칭 '나'에 대한 탐구를 진부하게 만"들었고, 그러한 2000년대의 대의불충분성과 대의불가능성의 정치적 조건이 "1인칭의 빈자리"에 "다양한 3인칭들의 형상"[16]이 밀고 들어온 직간접적인 원

김건형, 「「2020, 퀴어 역학—曆學·力學·譯學」을 위한 설계 노트 1」, 『문학동네』 2020년 겨울호, 228쪽.

15 노태훈 평론가는 다음과 같이 쓴다. "세계를 1인칭으로 그려내는 것, 당사자로서 발화하는 것"은 "자기 검열의 기제를 강화하는 방식이 아니라 더 큰 가능성의 영역을 확보"하는 방식으로 이뤄져야 한다. 노태훈, 「자신에 대해 쓰면서 자아에 대한 믿음을 잃지 않는 것」, 『자음과모음』 2020년 가을호, 5쪽.

16 신형철, 「2000년대 시의 유산과 그 상속자들—2010년대의 시를 읽는 하나의 시각」, 『창작과비평』 2013년 봄호, 374쪽.

인이 되었다는 것이다. 그의 신중한 논의를 받아들인다면, 최근 실존적인 '나'와 부쩍 가까워진 1인칭 발화의 어떤 경향은 2015년 이후의 페미니즘 리부트, 촛불 집회 등 불완전하나마 실현되었던 대의가능성의 경험, 손쉽게 합의되었던 '우리'라는 정체성의 허위를 목도한 여러 '나'들의 집합적인 자각, 이를 거치며 재구성된 젠더·계급 등의 정치적 조건과 일정 부분 맞닿아 있을지도 모르겠다.

응답 #3

2000년대 시의 발화들이 언급된 유무형의 사회·정치적 조건 아래 발현된 것이라면, '미래파'와 약간의 시차를 두고 제출되었던 '시와 정치' 논의를 자연스레 떠올려 볼 수 있을 것이다. 다만 1인칭 '나'의 관점에서 본다면 2000년대의 근거리에서 발생했던 두 비평적 논의 사이에는 생각보다 커다란 간극이 놓여 있는 듯도 싶다. 한쪽이 1인칭의 '나'로부터 최대한 멀리 달아나는 원심을 택했다면, 다른 한쪽은 '나' 속에 내재해 있는 어떤 불일치에 오래도록 머무른 채 질문을 시작했다. 진은영의 기념비적인 입론은 미학과 정치 사이에 던져진 것이기도 하지만, 달리 보면 "노동자들의 투쟁을 지지하며 성명서에 이름을 올리거나 지지 방문을 하고 정치적 이슈"로 싸우는 '나'와 "자신의 독특한 음조로 새로운 노래"[17]를 부르는 '나'의 균열 사이에 놓여 있었던 것이기도 하다. 이와 관련하여 최근 발표된 민경환 평론가의 글은 주목을 요한다. 민경환은 2000년대의 미학적 유산을 재검토하는

<hr>

17 　진은영, 「감각적인 것의 분배」, 『창작과비평』 2008년 겨울호, 69쪽.

글을 통해 당시의 '뉴웨이브'가 두 항목 사이에서, 그러니까 서정적 자아의 환영을 배격하는 "모더니즘(매체 자체의 속성에 대한 탐구)" 시와 삶-예술 사이의 거리를 좁히려 했던 "아방가르드(삶과 예술의 통합)"[18] 시 사이에서 진동하고 있었음을 정확히 지적한다.

여기까지 오면 논지는 조금 더 명료해진다. 전자가 시라는 '매체'의 미학에 집중하여 시점으로의 1인칭을 타파하고 한없이 3인칭에 근사하는 '나'로 나아갔다면, 후자는 전자의 미학적인 성과의 지평 위에 실존적 '삶'을 살아가는 1인칭의 '나'를 도입하여 고민을 한층 더 복합적으로 만들었다.[19] 그러니 김행숙 시인이 "'일인칭'으로 '일인칭 화자의 전통'을 돌파하는 게 어려웠"[20]다고 말한 것은 솔직하면서도 명료한 곤궁의 표현이었던 것 같다. 그것은 '나'에게서 멀어지는 시적 돌파에 '나'를 활용하는 일의 모순된 곤혹이자, 조금 더 나아가자면 ('나'에게서 멀어지며 발견한) 미학적 가능성을 실존적 삶의 주파수와 맞춰나가는 일의 어려움이기도 하기 때문이다.

그런 곤경을 몸소 돌파하려 했던 시인이었기에, 주민현의 첫 시집 『킬

---

18 민경환, 「우리에게 허락되지 않은 역사의 이중맹검이 여전히 우리를 부른다」, 『문학동네』 2020년 가을호, 79쪽.

19 민경환 평론가는 이를 '객관'(3인칭)과 '주관'(1인칭)의 이중 구도로 읽어낸다. 이 글 역시 그에 동의하며 쓰였지만, 또 다른 관점에서 보면 두 비평적 입장은 오히려 주관적인 미학의 윤리와 객관적인 정치성(혹은 공공성) 사이의 길항으로 읽히기도 한다. 이와 관련하여서는 『문학의 아토포스』(그린비, 2014)에서 제기되었던 '윤리'의 무력함과 가능성에 대한 진은영과 신형철의 상반된 언급, 시적 주체의 운동성과 입체성에 달리 주목했던 양경언(「이제 되었다니 그럴 리가」, 『문학과사회』 2015년 겨울호)과 박상수(「발칙한 아이들의 모험에서 일상 재건의 윤리적 책임감으로—2010년대 시와 시비평에 관하여」, 『창작과비평』 2017년 봄호)의 논박, 시인과 시민 사이의 주체성을 논의했던 최근 송종원의 글(「시인과 시민, 어떻게 만날 것인가」, 『창작과비평』 2020년 겨울호) 등 여러 유의미했던 논의들이 떠오르지만, 이에 대한 응답은 또 다른 지면을 기약해야 할 듯싶다.

20 김행숙, 앞의 글, 413쪽.

트, 그리고 퀼트』(문학동네, 2020)와 마주하여 진은영이 자꾸만 떠올랐다고 말한 그의 언급은 꽤나 흥미롭게 읽힌다. 그것은 단순히 주민현의 시가 정치적인 메시지를 세련된 시적 언어로 표현하고 있기 때문만은 아닐 것이다. 김행숙은 주민현의 시적 주체가 딛고 있는 '여성의 자리'가 이미 '정치적인 것'이라고 말하며, 그 주체에게 '시적인 것'과 '정치적인 것'은 떼어내는 게 불가능할 정도로 뒤얽혀 있다고 이야기한다. 나는 그의 언급을 들으며 사례로 거론되었던 작품 외에도 「철새와 엽총」, 「오늘 우리의 식탁이 멈춘다면」, 「복선과 은유」 등의 시편들이 떠오르기도 했는데, 앞선 1인칭의 논의에 집중한다면 다음과 같은 시를 잠시 가져올 수도 있을 듯하다.

내리는 눈을 보고서 너는

임종이 우리의 가까이에 있다
소설에 그렇게 썼다

아무도 죽지 않았는데
네 소설 속에서 흰 천이 흔들리고 임종이 생기고
그보다 더 오랜 시간이 지나서 주인공은

새로 지어지는 맞은편 건물을 덮은 파란 천을 바라보며 흰 천이 흔들리고
임종을 바라보았던 순간을 기억할 것이다

그런 순간에 우리는
갈등이란 아름답구나,

갈등의 아름다움을 체험하고 되고

창밖에 눈이 그친다
흰 천이 바람에 흔들린다
이렇게 내내 서 있어도 될까

이렇게 오래 사람인 척해도 될까

우리는 계속 사람인 척한다.
너는 소설을 쓴다.

—주민현, 「사건과 갈등」 부분

　　생략된 위 시편의 전반부에는 소설을 쓰며 '갈등'에 대해 고민하는 '너'의 이야기가 나온다. 이를 한 발짝 떨어져 지켜보는 듯한 '나'는 언뜻 '너'의 고민에 무관심한 것처럼 보인다. 창밖으로 내리는 하얀 눈을 보고 '너'는 문득 "임종이 우리의 가까이에 있다"는 문장을 소설에 쓴다. '너'와 '나'의 삶엔 별다른 사건이 일어난 적 없고 실제로도 "아무도 죽지 않았"지만, 허구의 소설 속에는 죽음 위에 덮이는 흰 천처럼 임박한 죽음이 깔린다. 훗날 주인공은 이 순간을 기억하며 술회하고, 그런 주인공을 읽으며 '우리'는 "갈등의 아름다움을 체험"하게 된다.

　　이 시는 여러 방식으로 읽히겠지만 작품 내 '주인공', 소설을 쓰는 '너', 그들을 지켜보는 '나'의 구도를 '인물', '화자(혹은 서술자)', '(내포)작가'의 은유로 읽어볼 수도 있을 듯싶다. 실제로는 소설적 갈등이라 불릴만한 어떠한 사건도 경험해보지 못한 '너'가 가까이 다가온 죽음에 대해 쓰고, 소설의

'주인공'은 임종과 얽힌 기억과 감정을 소급적으로 떠올리며, 그의 기억과 감정을 바라보는 '너'와 '나'는 이전에는 경험해보지 못했던 갈등의 아름다움을 체험한다. 눈과 흰 천의 이미지를 매개로 희미하게 중첩되어 있는 이 삶과 허구의 격자들은 '너'와 '나'가 경험한 것을 작품 위에 재현하는 방식으로 구성되는 것 같지는 않다. 도리어 '나'와 '너'가 읽고 쓴 가상적 연속체의 문장과 정동들이 '우리' 삶의 새로운 경험을 생성시키는 방식으로 작동하는 듯하다. 혹자는 리얼리티와 핍진합의 부족을 거론할 수도 있겠고 누군가는 타자화된 '나'를 바라보는 시선에 익숙한 영상 세대의 특수함을 이야기할 수도 있겠지만, 어찌됐든 허구의 쓰기와 실존적 삶이 중첩되어 있는 이들의 방식은 '내가' 살아가는 것임과 동시에 3인칭에 가까운 '나를' 살아가는 삶의 방식인 듯싶다.[21] 민경환 평론가가 앞선 글에서, 2000년대 '뉴 웨이브'의 상반된 목표였던 '객관'(삼인칭)과 '주관'(일인칭)을 주민현이 다른 방식으로 획득했다고 말했던 것은 이런 사례로도 이해될 수 있을 것이다.

습격 혹은 역습이라 이름 붙은 '나'의 진폭들이 있었다. 2000년대의 '나'가 위계의 소실점을 제거하고 혼종적인 존재들의 내재성이 각축을 벌이는 '평면의 시학'을 선취했다면, 최근 어떤 '나'들의 발화는 그 매끈한 평면에 실존적인 삶의 레이어들을 겹쳐 또 다른 격자의 표면을 만들어보려 했던 것 같다. 그것은 3인칭으로 뻗어나갔던 시적 주체를 다시 단순화하려 한다기보다는, 그 다면적인 시적 주체가 만들어낸 윤리적·정치적 가능성들을 '나'의 삶 쪽으로 가져오려는 움직임에 가까운 듯하다. 일부의 신중한 우려처럼 문학의 다양성과 자유로움을 가로막을지도 모르는 위험을 늘 경계해

---

21   '나를' 바라보며 그 실패와 파국을 재현하는 삶을 살아가는 시적 주체의 불가항력적 우울함과 안도감을 논의한 글로는, 양안다의 시집 『백야의 소문으로 영원히』(민음사, 2018)를 다룬 「나, 사라지거나 혹은 증식하거나」, 『문학과사회』 2019년 봄호 참조.

야겠지만, 삶과 문학에 매개되어 있는 '나'를 함께 바라보려는 그 시도야말로 오히려 문학과 언어의 힘을 믿는 방식이지 않을까. 또한 진실로 삶에 '감각을 분배'하려 했던 한 시인의 끈질겼던 고투를, 돌이킬 수 없는 잘못을 저질렀으나 그럼에도 삶과 소설을 함께 써보려 노력했던 한 소설가의 진심과 과오를 바로 마주하는 일이 아닐까. 아직은 '나'를 조금 더 물고 늘어져야 할 때이다.

팬데믹 이후, 세계의 저편

—인류세와 지구생태적 위기의 시적 감응들

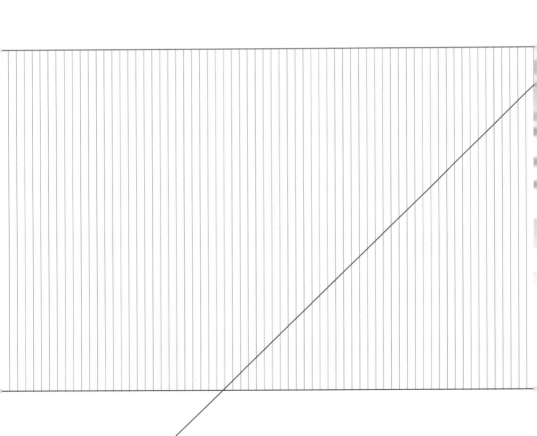

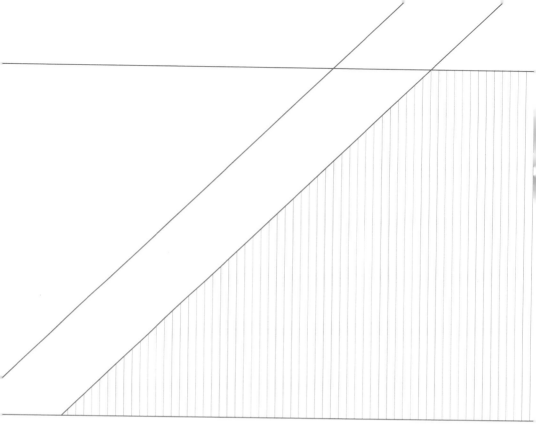

최진석

러시아인문학대학교 문화학 박사.
⟨문학동네⟩로 평론 등단. 수유너머104 연구원.
계간 ⟨청색종이⟩, ⟨뉴래디컬리뷰⟩, ⟨문화/과학⟩ 편집위원.
『사건의 시학』, 『사건과 형식』, 『불가능성의 인문학』, 『코뮨주의와 혁
명』, 『민중과 그로테스크의 문화정치학』 등을 썼고, 『다시, 마르크스를
읽는다』, 『누가 들뢰즈와 가타리를 두려워하는가?』, 『해체와 파괴』 등
을 옮겼다.
vizario@gmail.com

팬데믹 이후, 세계의 저편

―인류세와 지구생태적 위기의 시적 감응들

1. '세계의 비참'과 존재론적 전환

벌써 2년 가까이 지속되고 있는 코로나19의 전 세계적 유행은 '팬데믹'이라는 낯선 용어를 일상 깊숙이 침투시켜 놓았다. 전체를 아우른다는 의미의 '판(pan)'과 다수 대중을 뜻하는 '데모스(demos)'가 결합하여 '인류 공통의 범유행성 전염병'으로 정의되는 팬데믹은 역사상 가장 빠른 기간 동안 확산된 감염병을 가리킨다. 실제로 2019년 12월 최초로 보고된 이래 2021년 8월 말 현재까지 오대양 육대주의 모든 나라들 가운데 코로나19를 피해간 곳은 단 하나도 없으며, 2억 명 이상의 감염자와 4백 5십만 명에 가까운 사망자를 발생시켰다. 핵심은 팬데믹이 단어 그대로, '총체적 사건(pándēmos)'으로서 우리 앞에 나타났다는 사실이다. 13세기 칭기즈칸의 정복전쟁과 15세기 지리상의 발견에 뒤이어, 21세기는 코로나19 바이러스를 통해 전 지구를 아우르는 시공간의 통합이 이루어졌다는 것. 확산 초기부터 각 국가들이 서둘러 실행했던 도시와 지역의 락다운 및 국경봉쇄는 결국 지구상의 모든 것이 연결되고 또 연결되어 있음을 보여주는 강력한 반증 아닌가? 그러므로 코로나19가 드러내는 가장 강력한 진실은 이 세계 전체가 막힘없는 소통의 지평 위에 현존한다는 사실이다. 신유물론적 언어로 표현하자면 일종의 '평평한 존재론(flat ontology)'의 현실 국면이 우리 앞에 펼쳐져 있다.[1]

물론, 이 같은 성찰이 다소 급작스럽다거나 부차적으로 느껴질 수도 있겠다. 발견적 통찰이 제아무리 값지다 해도, 하루가 다르게 급격히 불어나는 코로나19 감염자와 사망자 수가 보여주듯 지금 인류는 전례 없는 고통에 시달리고 있으며 또 그 종말점이 전혀 보이지 않는 한계 상황에 직면해 있기 때문이다. 무엇보다도, '마스크 인류'로 대변되는 사회적 격리와 단절, 일상생활의 교란 및 붕괴는 공동체의 근간이 무너지고 있으며 궁극적으로 근대 문명 자체의 파국마저 예고되는 형편이다.[2] 지난 세기까지는 핵전쟁과 같은 국제정치학적 분쟁이 세계의 종말을 불러오리라는 예상이 지배적이었으나, 지금 우리는 전혀 예상치도 못했던 '보이지 않는 적'의 습격을 맞닥뜨려 진정한 인류 종언의 위기감에 휩싸여 있다.

팬데믹이 초래한 위기의 풍경들은 곳곳에서 목도된다. 세계적 차원의 원경에서 고찰할 것도 없이, 당장 한국사회의 익숙한 근경들을 돌아봐도 처참한 광경들이 금세 눈에 들어온다. 사회적 거리두기가 강화되면서 인간 대 인간의 상호적 친밀도는 저하되고, 개인의 심리적 억압이 축적되는 만큼 사회가 감당할 수 있는 집단적 스트레스의 수치도 거의 최대치에 도달

---

1   평평한 존재론은 한 존재자가 다른 존재자에 대해 기원적 선차성이나 위계적 우월성 등을 누리지 않음으로써, 모든 것이 서로 평등하게 연결되어 있는 내재적 관계를 가리킨다. 레비 브라이언트, 『객체들의 민주주의』, 김효진 옮김, 갈무리, 2021, 346~447쪽.

2   홍기빈, 「새로운 체제」, 최재천 외, 『코로나 사피엔스』, 인플루엔셜, 2020, 106쪽.

했다. 정치나 경제, 사회와 문화 등의 거시적 수준만이 아니라, 일상생활에서 지표화되지 않는 비가시적 수준의 문제들에서도 파국은 몰아닥치고 있다. 가령 서로와 서로를 연계시키던 윤활적 요소들, 곧 이해와 공감, 협력과 연대의 감응들은 마스크의 장벽에 막혀 더 이상 관계맺음의 끈으로 작동하고 있지 않는 것이다.[3] '성공적인 방역모델'이라는 화려한 수사 이면에서, '안전'과 '보호'를 위해 우리가 놓치고 있는 것이 분명하게 존재함을 드러내는 시편 하나를 인용해 보자.

한 마을을 희생하기
한 사람을 희생하기
한 걸음을 희생하기
한 절벽을 한 능선을 희생하기
한,
한 가지라고 믿어 버리기

여기까지 오려고 손을 씻은 건가
[…]
이렇게 밝은 빛 아래서도 누가 버려지나

— 김복희, 「희생」 부분 (『문학들』, 2020년 겨울호)

---

3   코로나19가 바꾸어 놓은 주요한 사회적 개념에는 '사회' 그 자체가 있다. 계약과 연대를 통해 위험과 재난을 상호적으로 나누어 떠맡는 공동체가 근대 사회였다면, 코로나19가 변형시킨 현재의 사회 상태는 감염과 고통, 죽음의 위험스런 리스크로 점철된 공포의 공간에 다름 아니다. 김홍중, 「코로나19와 사회이론: 바이러스, 사회적 거리두기, 비말을 중심으로」, 『한국사회학』 54(3), 2020, 172~173쪽. 코로나 이후에 재건될 사회적 관계가 이전의 모델과는 다르리라는 우려 섞인 전망은 이로부터 연원한다. 홍기빈, 「새로운 체제」, 114쪽.

다수를 지키기 위해 '한 마을'과 '한 사람', '한 걸음', '한 절벽' 등을 계속 희생시켜 나가는 과정이 끊임없이 이어지고 있다. 고귀한 각오와 불가피한 결단 덕분에 더 많은 사람들이 목숨을 보존하고 일상을 되찾길 희망하지만, 팬데믹이 장기화될수록 희생은 특정 계급과 집단에 집중되고 생존과 생활은 소수에게만 허가된 특권처럼 나뉘어진다.[4] 연대의 손길과 따뜻한 말, 사회성의 새로운 이해 등은 더 나은 공동체를 위한 밑거름이 될 테지만, 거기 바쳐진 희생들의 몫은 어떻게 갚아야 옳을까? '밝은 빛'이 쏟아지는 한낮에도 여전히 암울함이 지워지지 않는 '어두운 시대의 사람들'이 분명 있다.

이토록 가까이서, 그러나 명확하게 가시화되는 '세계의 비참'으로부터 시선을 돌려 전지구적 전환이나 평평한 존재론의 세계를 말하는 것은 자칫 과대한 지식욕처럼 보이기 십상이다. 특히 삶의 현재성을 반영하고 또 이에 반응하며, 고유한 표현적 감수성을 조형해내야 하는 시작(詩作)의 영역에서, 팬데믹의 파국적 순간들을 건너뛰며 지구생태적 차원의 존재론적 전환을 언명하기란 쉽지 않은 노릇이다. 그럼에도, 만일 시가 감응의 기예(technē)라면, 그렇기에 가까운 것만큼이나 멀리 떨어진 것, 확고한 것만큼이나 불명확한 시공의 변화를 감수(感受)하고 표현해내는 예술이라면 그 같은 지구적 전환의 장면들에 전혀 눈감고 있을 수 없겠다. 진정 팬데믹이 '우리 생활양식 전체의 갑작스러운 종말'을 야기한 사건이라면,[5] 이토록 거대한

4　재난이 야기하는 불평등은 지역과 인종, 성별, 계급에 따라 상이하게 나타나지만, 사회적 약자를 희생양으로 삼는 경향은 공통적이다. 우리는 인류 보편의 위기를 운위하지만, 대부분의 재난은 조건적으로 파괴력을 발휘하는 것이다. 존 머터, 『재난 불평등』, 장상미 옮김, 동녘, 2020.

5　슬라보예 지젝, 『팬데믹 패닉』, 강우성 옮김, 북하우스, 2020, 12쪽.

지구사적 전변에 시적 감응이 그토록 무심하기도 어려울 성싶다.

슬퍼하는 사람들과 파괴된 자연에 대한 공감이 아무리 크다 해도, 현재의 사태로부터 예감되는 또 다른 삶의 가능성은 결코 이전의 생활에 대한 '회복'이나 '복귀'라는 말로는 다 담아낼 수 없는 심대한 사건적 전망을 담아낼 것이다. 지금 감응의 시학이 해야 할 일은 팬데믹이라는 전대미문의 사태가 불러온 존재론적 전환의 징후들을 차분히 읽어내는 일이다. 그럼 시작해 보자.

2. 인류세, 인간과 비인간의 지구사

이른바 '탈근대', 더 구체적으로는 21세기에 접어들며 현저하게 드러난 변화는 개인과 세계가 직접적으로 대면하게 된 상황이다. 팬데믹과 관련해 이를 제대로 이해하기 위해서는 약간 에둘러 갈 필요가 있다. 지금부터 20년 전, 안토니오 네그리와 마이클 하트는 '제국'이라는 시대사적 설정을 통해 전지구화(globalization)의 정치철학적 개념을 제시한 바 있다. 가령 '제국주의'로 명명되었던 20세기는 국가간 체제(international regime)를 통해 구축되었고, 그때 개인과 개인을 매개하던 것은 국가였다. 내국인을 만나든 외국인을 만나든 '국적'은 서로를 식별하고 교류하는 중요한 관계틀이었던 것이다. 반면, 21세기의 '제국'적 지형에서 개인은 국가의 매개 없이 지구 전체와 직접 만나며 개방된 소통의 자유를 누리게 된다. 이메일과 휴대전화는 시민권/여권 없이 실시간으로 외국인과 교통하는 주요한 수단이 되었고, 국경선은 예전과 같은 절대적 매개체의 역할을 더 이상 갖지 않았기 때문이다. 네그리와 하트의 『제국』은 인터넷으로 대표되는 정보통신기술의 비약적 발전이 만들어 낸 시대 변화를 반영하는 철학적 선언인 동시에, 개인을 한계짓던 근대적 국경 개념이 해체되고 소속감을 통해 통합되었던 사회 공동체가 더 이상 유효하지 않게 된 상황을 확인하는 정치적 선포이기도 했다. 핵심은 근대 국가의 쇠퇴나 계약론에 근거한 사회체가 실효를 상실했다는 부정적 인식에 있지 않다. 오히려 여기에는 '지구'에 대한 상상력이 적극 개입하고 작동하고 있는 바,[6] 개인은 그가 누구이고 어디에 있든 자신이 지구 전체, 곧 전지구적 네트워크에 항상 접속하고 있음을 체감하게 되었다는 사실이 중요하다.

최근 십여 년 사이, 전래의 사회과학과 인문학, 생명공학, 정치경제학, 페미니즘과 환경학 등을 관통하여, 전문가 집단뿐만 아니라 대중 일반에서도 급격히 관심의 중심을 이루는 인류세 담론은 '제국'의 이론과 어느 정도 상통하는 바가 있다. 알다시피, 인류세(anthropocene)란 '인간'과 '시대'의 합성어로서 인간이 등장하면서 새롭게 열린 시대적 지평을 일컫는 신조어다.[7] 멀리는 18세기까지도 거슬러 올라가지만, 가깝게는 20세기 중반 이후의 전지구적 변화를 지칭하기 위해 고안된 용어인데, 전통적인 생태주의와 환경학의 연장선에서 있으면서도 또한 그 이상의 차원에서 인간과 인간 이외의 모든 것으로서 지구 전체를 사유하기 위해 도출된 것이다. 특히 자본주의 근대성과 관련해 말하자면, 제2차 세계대전 이후 미국 주도의 소비주의 대량생산 체제가 불러일으킨 파장은 인간 사회를 넘어서 자연계 전반에도 심대한 영향을 끼쳤는데, 도시화와 산업화, 공업화로 야기된 비가역적인 파괴

⬦⬦⬦⬦⬦⬦⬦⬦⬦⬦⬦

6 흥미롭게도, 『제국』의 영어판과 한국어판은 모두 우주에서 바라본 지구의 소용돌이치는 대기를 표지에 담고 있다. 일종의 전지적 시점에서 지구사 전체를 조망하는 이 장면은 국민국가들로 이루어진 근대 세계가 그 실효를 다했음을 단적으로 시사한다.

7 얼 엘리스, 『인류세』, 김용진 외 옮김, 교유서가, 2018, 130~131쪽.

가 환경과 기후 등에 돌이킬 수 없는 변형을 일으킴으로써 지구 전체가 총체적 위기에 빠졌다는 주장이 인류세 담론의 요점이다.[8] 이는 인류세를 자본세(capitalocene)라고도 부르는 이유가 된다.

인간에 의해 주도되는 세기라는 명명과는 지극히 대립적인 함의를 품고 있는 인류세 담론은 소단위의 국지적인 생태계의 보전과 관리에 치중했던 전통적 생태주의와 달리, 지구 전체의 통제 불가능한 여러 위기를 성찰하고 비판적으로 접근하려는 시도이다. 하지만 이십 년 전에 '제국'이 던진 문제의식이 자본과 노동의 근대적 대립을 새로운 과학기술혁명의 비전 속에서 해소하는 데 역점을 두었던 반면, 인류세의 문제설정은 무엇보다도 기후환경의 파괴를 되돌리기에는 '이미 너무 늦었다'는 어두운 전망을 배경으로 깔고 있다.[9] 코로나 19가 횡행하는 팬데믹의 현재는 바로 인류세적 위기의식이 구체적인 형상으로 우리 앞에 다가온 실증에 다름 아니다. 인간계와 동물계, 자연계 전체가 연동하여 지구 전체의 운명에 결속되어 있음을 이보다도 더 명확히 보여줄 수는 없다. 우리가 알던 시대는 끝났다.

소통과 사회, 계급과 구조 등 근대 사회를 특징짓는 개념들은 인류세의 거대한 파고 앞에 무력할 정도로 텅 빈 관념이 되어 추락하는 중이다. '소통'은 더 이상 합리적인 의견교환으로 표상되지 않는다. 인간의 특성으로 간주되던 언어능력은 자연사물과 맺는 비언어적 소통보다 결코 우월하지 않다. 예컨대 바이러스가 신체에 침투하여 병인이 된다는 것은 바이러스와 신체가 하나의 어셈블리지를 이루고, 그로써 제3의 관계항('병든 신체')으로

---

8   이광석, 「'인류세' 논의를 둘러싼 쟁점과 테크노-생태학적 전망」, 『문화/과학』 97, 2019년 봄호, 26~27쪽.

9   클라이브 해밀턴, 『인류세』, 정서진 옮김, 이상북스, 2018, 248~249쪽; 우리 모두의 일, 『기후정의선언』, 이세진 옮김, 마농지, 2020, 17쪽.

변형됨을 뜻한다. 감응하는 바이러스, 이는 언어적 소통을 넘어서는 인간-자연, 인간-비인간의 관계적 존재론의 주요한 양상을 대변한다.[10] '사회' 또한 안전과 지속의 연대체를 벗어나버렸다. 락다운과 봉쇄의 상황에서 집밖의 사회로 나선다는 것은 감염과 발병의 위험을 무릅쓴 공포의 모험이다. 상위계급의 특권적 공동체인 출입제한지구(gated community)의 사례처럼 사회는 더 이상 국가를 내적으로 묶어내는 경계선이 아니다.[11] 한편으로 하위계급은 팬데믹의 위험 속에 더 많은 리스크를 안고 가야 하는 부담을 지지만, 동시에 바이러스의 전지구적 편재성이라는 특징은 (마치 자본주의 초기에 화폐가 그랬던 것처럼) 인류 전체와 비인간 모두를 공평하게 '대우'하는 듯 보인다. 무차별적으로 변이하는 바이러스의 힘 앞에 인간의 우월성은 더 이상 주장될 수 없게 되었다. 요컨대 코로나 19라는 팬데믹의 시대는 인간이 자기만을 바라보며 살던 이전의 세계로 돌아갈 수 없음을 드러내며, 바이러스와 '함께 살기'의 불가피성을 절감하게 만든다. 이것은 하나의 존재론적 전환의 징표인데, '공생'의 주요한 의미는 바이러스와 인간이 '서로 영향을 주고 받으면서(affect and affected, 感應)', 탈정체적인 무엇으로서 지속적인 변이를 거듭해야 한다는 운명을 보여주는 것이다.

근대의 사회혁명이 더 나은 인간적 삶의 영위와 확장을 추구했을 때, 그 목표에는 인간 주체의 변화는 포함되어 있지 않았다. 자연과 사회를 자기에게 맞춰 발전시키는 것, 그것이 근대 혁명의 목적이었던 셈이다. 하지

10   도나 해러웨이, 『해러웨이 선언문』, 황희선 옮김, 책세상, 2019, 122~123쪽.
11   슬라보예 지젝·이택광, 『포스트 코로나 뉴노멀』, 비전CNF, 2020, 71쪽. 신자유주의적 불평등과 맞물린 소위 '빗장도시'의 문제는 배달노동이나 돌봄노동 등의 부수적이지만 치명적인 사회적 파급효과를 야기한다. 우석균, 「불평등한 세계에서 팬데믹을 응시하다」, 김수련 외, 『포스트 코로나 사회』, 글항아리, 2020, 136~140쪽.

만 팬데믹이 불러온 파장은 이 같은 휴머니즘의 전제를 여지없이 무너뜨리고 있다. 코로나 19 앞에 인간은 더 이상 주체의 자리를 지킬 수 없게 되었다. 주체와 객체라는 근대적 이분법은 지극히 인간적인 환상일 뿐이며, 모든 존재자는 동등할 뿐만 아니라 서로 연결되어 공-동의 생명을 이룰 따름이다. 분자단위에서 세포로, 유기물과 무기물의 개체적 경계를 넘어 관계적 흐름의 집합체[singularity]만이 존재하고 있는 것이다. 이러한 팬데믹의 세계상황은 그 누구든 자신이 매 순간 지구 전체와 만나고 있음을 각성하게 해주며, 모든 존재하는 것들이 자연사적 실존이라는 의미에서 결속되어 있음을 깨닫게 만든다. 인간이 겪는 삶의 위기는 동시에 비인간과 세계 전체, 지구사적 위기와 관련되지 않을 수 없다는 자각이 그 중심에 있다.

　　시베리아가 불타고 있다

　　모든 것이 끝나리라는 기대도 있었지만 다른 선택지가 없다는 걸 알았을 때 날려버린 시간을 만회하려고 애를 썼다

　　운이 나빴다고도 할 수 있다

　　며칠째 두통에 시달리는 너에게
　　괜찮아질 거라는 말만

　　잠을 청하며 슬픔에 잠기곤 했는데

　　어제 집계된 감염자의 수와 두려움과 가난과 외로움

상황이 나아지지 않으면
우린 어떻게 되는 걸까

돈 버는 것보다 가치 있는 일이 있다고 믿었다 갓 서른을 넘겼을 뿐인데
다 늙어버린 것 같다 태어나고 싶지 않았다고 너는

끝이 보이지 않는 바닥을 향해 가라앉는

이것은 모두 이번 여름의 일

기대하지 않는 사람은 이 세상과 얼마나 멀어진 걸까

폭우가 계속되는 계절

고양이들은 어디서 비를 피하는 걸까
　　　　　　　— 최지인, 「이번 여름의 일」 전문 (『작가들』, 2020년 겨울호)

　'나'와 '너', '돈 버는 것', '가치 있는 일' 등은 일상의 관심사 중 하나이
지만, '집계된 감염자 수'는 돌연 시적 무대를 팬데믹의 현실로 불러 세우
고, '두려움과 가난과 괴로움'의 감정과 연결시켜 어느 누구도 개체로서 존
재하고 있지 않음을 일깨운다. 여기에 짐짓 무심하게 시상을 끌어내던 '시
베리아가 불타고 있다'는 첫 구절은 폭우의 묘사와 비를 피하는 고양이로
끝맺어지면서 서정적 시상을 세계성의 장으로 인입시켜 준다. 인칭대명사
와 사회생활을 빗겨나는 이 배경적이고 주변적인 요소들은 어쩌면 자아가

놓인 사적인 장소가 무의식적으로 지구적인 전체 속에 위치해 있음을 암시하는 것일지 모른다. 따라서 희망을 '기대하지 않는 사람'인 그의 불안을 야기하는 것은 다만 개인의 주관적 기분 탓만은 아닐 듯싶다. 이런 분위기의 정체가 무엇인지 아직은 딱 꼬집어 명명하지 못함에도 불구하고, '끝이 보이지 않는 바닥을 향해 가라앉는' 이토록 예민한 감수성은 지구성이라는 총체적 감각과 맞닿아 있기에 피어오를 수 있는 효과일 것이다.

3. 불러보기, 공명하는 목소리들

불과 백여 년 전만 해도 동물의 권리에 대한 요청은 큰 호응을 받을 수 없는 주제였다. 동물을 사랑하지 않아서가 아니라, 동물이 인간과 동등한 권리의 주체라는 생각을 할 수 없었던 탓이다. 동물도 인간과 마찬가지의 감정이 있고 고통을 느낄 수 있는 존재라는 인식이 자라난 것은 불과 수 세기 전의 일이었다. 그 이전까지 동물은 식물과 마찬가지로 '미물'에 불과했기에 동정과 애완의 대상이었을 따름이다. 하지만 생태주의적 관점이 강화되면서 동물은 식물과 더불어 인간이 살아가는 생태계의 구성 요소로 인지되기 시작했고, 그저 공존의 대상이기를 그치고 등가의 생명권을 주장할 만한 존재로 부각되기에 이른다. 비인간 존재자를 인간과 등가의 주체로 파악하는 인류세적 관심이 동물의 권리라는 주제와 무관할 수 없음은 당연한 일이다. 하지만 '자연보호'나 '동물사랑'과 같은 휴머니즘 가득한 구호를 벗어나 동물을 진정 인간과 같은 주체로 간주한다는 게 무엇을 의미하는지는 더욱 숙고해 볼 주제이다.

현재 한국을 비롯한 여러 나라에서 시행중인 동물보호법의 기본 취지는 생명있는 존재인 동물이 고통과 학대를 당하지 않도록 보호해야 한다는 데 있다. 하지만 동물에게도 인간과 마찬가지의 정치적 권리를 부여해야 한다는 주장에는 아직 별다른 호응이 따르지 않는 형편이다. 사실 많은 사람들은 개나 고양이 같은 동물과 정치라는 '인간적' 사안을 엮어 생각하는 것을 불가능할 뿐만 아니라 불합리하다고 여긴다. 그 같은 불가능과 불합리의 상상력 이면에 있는 인간적 우월감의 자취를 지적하지 않을 수 없다. '동물의 정치적 권리'가 문제시될 때 우리가 떠올리는 것은 '말 못하는 짐승' 즉 언어적 소통에 무능한 생명체를 위해 인간 주체가 무엇을 베풀어야 하는가라는 시혜적 물음이기 십상인 것이다. 동물의 정치적 권리라는 테제는 동물이 국회에서 법을 제정하고 의결하는 모습 속에 투영되지 않는다. 만일 동물이 인간과 마찬가지로 존재의 권리를 갖는다면, 우리가 지금 향유하는 것이 동물에게도 공유되고 있는가에 대해 성찰하고, 이를 실현시키기 위해 무엇을 해야 하는가에 대한 고민이 반드시 필요하다.[12] '고양이들은 어디서 비를 피하는 걸까'(「이번 여름의 일」)라는 의문이 막연한 궁금증을 넘어, 현재 우리가 누리는 휴식과 평온이 비인간 존재자에게도 유효한지 진지하게 묻고 답하는 방향으로 나아갈 때 지구생태계의 공동성원으로서 동물과 인간은 서로를 마주할 수 있을 것이다.

지구 전체를 사유한다는 것은 태양계의 푸른 별인 지구의 이미지를 마음에 품고 감동에 젖으라는 뜻이 아니다. 그런 감상주의적 낭만을 내려놓고, 지구 전체를 구성하는 다양한 성분들을 발견하고 명명함으로써 그 보이지 않는 존재자들을 끊임없이 찾으려는 노력을 기울여야 한다는 의미이다. '너'와 '나'가 단순히 '인간'으로 종합되지 않는 각각의 개별자들, 이름

---

12   앨러스데어 코크런, 『동물의 정치적 권리 선언』, 오창룡 외 옮김, 창비, 2021, 17쪽.

을 갖는 고유한 존재자이듯이, 각각의 고양이들 또한 그것 자체의 개체적 특이성을 갖는 존재자일 것이다. 물론, 인간의 제한된 인식능력과 지각능력으로 비인간적 생명 각각을 전부 구별하라는 것은 당장으로서는 불가능한 명령에 가깝다. 그러나 우리가 구별하지 못하는, 그래서 통째로 묶어서 함부로 명명한 채 망각 속에 던져 놓은 비인간 존재자들이 얼마나 많은가? '타자'란 어쩌면 우리가 모르는 존재가 아니라 알았지만 더 이상 그의 안부를 캐묻지 않고 내버려둔 비인간이 아닐까?

　　이제부터 생물 종 다양성에 대해서 살아갈 것이다,

　　라고 나는 오늘 다짐했다

　　거울 속 나의 얼굴을 바라보며 내 얼굴과 나쁜 아닌 인간 얼굴의 여러 가

지 면을 떠올려보다가도, 아니 아니 그게 아니야 그게 아니라

　　생물 종 다양성에 대해서

　　하지만 어떻게?

　　내 삶 공간에서 어떻게?

　　어떻게 업으로 삼을 수 있을까, 지금에라도

　　사뭇 진지해졌는데

　　당장 해볼 수 있는 게 있을까, 멀리서라도

　　그러므로 오늘은 절멸한 생물들의 이름을 반복해서 되뇌어보는 시간을

가졌죠 생김새를 떠올려보며 오랫동안

　　……

　　랩스 청개구리(Ecnomiohula rabborum)

　　브램블 케이 멜로미스(Melomys rubicola)

　　포오울리(Melamprosops phaeosoma)

크리스마스섬집박쥐(Pipistrellus murrayi)

콰가(Equus quagga quagga)

세실부전나비(Glaucopsyche xerces)

스텔러바다소(Hydrodamalis gigas)

타이완구름표범(Neofelis nebulosa brachura)

......

인간의 언어로

한국인이므로 현대 한국어족의 화자이자 청자로서

라틴어 학명을 어떻게 읽어야 하나 구강을 이리저리 움직거려보면서

한국인의 조음 방식과는 좀 다르게 시도하면서

그렇게 혼자 되뇌어보는 나를 보면서도 순간

기만적입니까,

라고 의식했습니다만

인간이므로

인간으로서

인간이니까 어쩔 수 없다고 받아들였지만

인간 때문에 동식물이 자연도태보다 500배나 빠르게 절멸되고 있다,

2010년대에만 467종이 절멸되었다,

라고 지구에서는 내내 보도되고 있다

그러므로 내가 할 수 있는 건 없나요

　　　　　— 안태운, 「생물 종 다양성 낭독용 시」 부분 (『현대시』, 2021년 5월호)

　‘나’는 어떤 계기로, 왜 ‘생물 종 다양성에 대해 살아가기로’ 결심했는가? 이유는 밝혀지지 않았다. 하지만 그 이유 없음이 진정한 이유다. 근대

지성이 합리적이지 않았기 때문에 비인간 종에 대해 관심을 기울이지 않았던 것은 아닌 까닭과 같다. 보이는 것만이 실존하고, 인식되는 것만이 현존한다고 믿었던 어느 순간, 문득, 돌연히, 그러나 아마도 모종의 지구적 감응을 계기로, '나'는 인간의 종적 유일성에 의문을 표하고 그 바깥의 다양성에 '대해서' 살기로 결심했다. 이런 다짐이 단순한 시혜성을 벗어나는 지점은, '거울 속'에서 "인간 얼굴의 여러 가지 면"을 떠올리다가 부정해 버리는 순간이다. 두 번에 걸친 '아니, 아니'는 거울에 비친 '나'의 개인적 실존과 인간의 종적 실존을 모두 넘어서는 지점을 가리킨다. 하지만 과연 인간이 자기 바깥의 무엇에 대해 말하고 생각하는 것이 가능한지 의문스럽다. 다양성에 대해 '알기로' 한 게 아니라 '살기로' 했다는 것은 이 낯선 대면의 현장이 지식의 문제가 아니라 삶의 문제임을 직감했기 때문에 나온 언어적 반응일 듯하다.

그럼 객체를 넘어서 등가의 존재로서 다른 종과 어떻게 만날 수 있을까? 아마도 그것은 '다름'의 스펙트럼에 정면으로 부딪히고 그 차이를 불러보는 것으로부터 시작되어야지 않을까? 이미 절멸해 버렸고 지금 절멸하고 있으며, 곧 절멸할지 모르는 타자들을 주체의 언어로 되새기고 이해하는 것은 분명 한계를 갖는 행위일 것이다. 그럼에도 현학으로 포장한 차이의 존재론을 설파하기보다 지극히 인간적인 능력인 말하기를 통해 다가서는 것이야말로 가장 솔직하고 겸허한 출발점일 터. 지금-여기의 진실인 나-자신으로서의 인간을 부정한 채 감히 타자와 세계, 지구에 '대(對)해' 살아갈 수는 없을 것이다. '인간이므로/인간으로서/인간이니까' 할 수 있는 것과 할 수 없는 것, 그에 관한 성찰만이 이제 어떻게 살 것인지를 가늠하는 조타점이 되리라. "내가 할 수 있는 건 없나요."

이제부터 생물 종 다양성에 대해서 살아갈 것이다,

라고 나는 오늘 다짐했고

그리고 나자 무엇을 할 수 있을지 모르겠다

당장 옆 사람이 있다면야 두 손을 힘껏 맞잡으며

그래 그래 오늘부터야

무엇을 어떻게 행해야 할지 모르면서도

다짐을 하고 계속 다짐하고 그래 그래 두 손을 꼭 맞잡고서 다짐은 두 손

이 되기도 하고

할 수 있다고 여기서 찾아나가자고, 그렇게 서로의 얼굴을 바라볼 수도

있었을 텐데

오늘 옆 사람은 없었으므로

[…]

그러면서 나는 무엇을 할 수 있을까

지구에 최대한 해를 덜 끼치려고 노력하면서

조금이라도 쓰임과 효용이 되고 싶었는데

내 시간과 공간에서

한반도에서 내 몸과 마음에서

가끔 무언가를 끼적이는 사람이므로 해볼 수 있는 게 있을지

끼적인 걸 낭독해보며

낭독용 시를 써보며

해볼 수도 있을까

낭독해볼게

낭독해보자

생물 종 다양성에 대해서

— 안태운, 「생물 종 다양성 낭독용 시」 부분 (『현대시』, 2021년 5월호)

다른 누군가와 '두 손을 꼭 맞잡고서' 다양성을 지키기 위해 살 수 있다면 얼마나 행복할까. 그러나 이런 바람은 '오늘 옆 사람은 없었으므로' 허망하게 무산된다. 하지만 이 또한 지금-여기의 적나라한 진실일 것이다. 한갓된 신체에 갇힌 유한한 존재자로서 인간은 세계와 지구, 우주를 넘나드는 사변의 능력이 무색하게 이기(利己)라는 본능에 너무나 충실하니까. 역설적이지만 출발점은 여전히 똑같다. 이러한 단독의 실존 속에서 '그러면서 나는 무엇을 할 수 있을까' 되묻는 것. 그리고 낭독하는 것. 만일 이 작품이 사회학적 장르에 속한다면, 생태계 보전의 당위와 불확실이 뒤엉킨 현대적 삶의 절망을 증거하는 자료로 인용될 것이다. 하지만 감응의 기록으로 읽는 한, 우리는 그저 출발점에 대한 다짐으로, 그 시적 실천의 한 걸음으로 받아들여도 좋겠다. 가능성은 이로부터 현실로 피어나는 것인 바, 아마도 이 시를 읽는 누구에게든, 낭독되는 목소리의 공명 속에 생물 종 다양성을 둘러싼 물음과 답변의 감응도 시작될 것이다.

4. 행위하기, 경계를 넘는 발걸음

사회의 일반적 정의는 인간 행위자들이 특수한 목적을 이루기 위해 결합하고 유지하는 공동체라는 데 있다. 함께 모여 사는 생물이 인간만은 아니지만, 자기가 누구인지 의식하는 개인들과 행위에 스스로를 투여하는 의지적 주체, 자기 이익이 무엇인지 분명히 아는 개별자들로 이루어진 사회는 분명 인간에게 고유한 집합체라 할 만하다. 동물이든 식물이든 또는 무생물이든 자기의식이 없는 존재, 의지적 행위를 꾀할 수 없는 존재, 이익에 대한 합리적 지식이 결여된 존재는 사회를 이룬다고 말할 수 없기 때문이다. 이런 이유로 사회는 물론이거니와 목적합리적 행위의 주체성이라는 지위는 오랫동안 인간의 특징으로 한정될 수밖에 없었다.

인류세 논의의 시발점을 열었던 과학기술학(STS) 연구자 브루노 라투르는 그 같은 행위자의 관념을 대폭 확장시켜 비인간 존재자들에게도 그 지분이 분배되어야 한다고 주장했다.[13] 가령 지렁이와 인간 문명은 어떤 관계인가? 상식적으로 아무 연관이 없다. 언어와 문화, 건축과 법령, 예술과 철학, 과학과 기술 등으로 집대성되는 문명에 한낱 미물인 지렁이가 게재할 자리가 어디에 있는가? 그러나 기원전 1400년 전, 팔라티누스 언덕에 지렁이들이 서식하여 기름진 토양을 만들어 놓지 않았더라면, 애초에 로마문명이 건립될 수 있었을까? 그 땅에 매혹된 고대인들이 거기 자리잡기로 결정하지 않았더라면 로마가 역사적 이름으로 전해질 수 있었을까? 알 수 없는 일이지만, 분명한 점은 지렁이들의 그 같은 비인간적 노고가 없었다면 로마문명의 찬란한 토대와 그것을 계승한 서구문명 또한 지금과 같지는 않았으리라는 사실이다. 그러므로 현대 문명의 앞자락에 지렁이의 삶이 있었다는 주장이 완전히 허황된 이야기는 아니라고 할 수 있다.[14] 오히려 여기에는 지구사적 시간을 배경으로 해서만 확증되는 진실이 놓여 있는 것이다.

요점은 소위 역사와 문명, 진보와 발전의 모든 거대한 이데올로기들, 문명적 성과들에는 인간 행위자만이 개입한 게 아니라는 사실이다. 지렁이 같은 곤충류를 포함해, 여러 동물들과 식물들이 인류사의 곳곳마다 (인간에게만) 보이지 않는 역할을 맡아왔고, 돌과 물, 산과 구릉, 바람과 바다 등의 비생명적 존재자들 또한 이에 참여하고 있었던 것. 그로써 행위자의 의미

13　브루노 라투르 외, 『인간·사물·동맹』, 홍성욱 엮음, 이음, 2010, 21~22쪽.
14　제인 베넷, 『생동하는 물질』, 문성재 옮김, 현실문화, 2020, 238~240쪽.

와 존재자의 자격은 근대 인간학, 곧 휴머니즘의 범주를 훌쩍 뛰어넘어 지구사에 속한 모든 것으로 확장된다. 심지어 인간이 만든 기계도 하나의 행위자이고, 지구 전체도 역시 행위자가 아닐 리 없다. 누군가는, 그럼에도 인간이 갖는 특권적이고 우월적인, 다른 존재자들에 비해 중차대한 특별함이 있지 않느냐고 반문할 법하다. 단언컨대, 전혀 그렇지 않다. 호모 사피엔스의 역사가 약 30만년 정도로 추산되는데, 다른 아종(亞種)은 물론이고 천문학적 시간대를 거슬러 올라가는 다른 (무)생물종의 존재를 전혀 무시한 채 지구 전체의 역사를 이야기하는 것은 어불성설이다. 지구라는 대지에 발딛고 선 모든 존재자들은 앞선 존재들의 (최소한) 신체적인 흔적들 위에서 생존을 영위했고, 진화를 거듭했다. 그런 점에서 인류는 지구사에 뒤늦게 출현한 행위자 중 하나일 뿐이다. 현재를 중심으로 보아도, 인간은 지구사 전체에 대한 개입적 모멘트라는 점에서 일정한 (부정적인) 역할만을 수행할 따름이다. 역사가 흐름이며 운동이고, 변화를 담아내는 우연적인 사건들의 장이라 할 때, 무엇이 더욱 본질적이고 근원적인가를 따지는 관점 자체가 이미 인간중심적이다. 가시적인 비중의 크고 작음을 떠나, 지구 전체의 시점에서 볼 때 모든 행위자들은 동등한 가치와 위상을 통해 자기의 삶을 살아간다. 이런 관점이 중요한 이유는, 모든 존재의 등가성과 아울러 연속성을 사유할 수 있게 해주기 때문이다.

언어는 인간에게 고유하다. 동물에게는 언어가 없는가? 만일 인간의 고유한 신호체계만을 언어라고 부르는 한 '없다.' 동물이 서로를 부르고 쫓아내거나 유희하는 신호체계는 '본능'이라는 이름으로 격하시키고 무시해 왔다. 하지만 언어의 본질이 무엇인지 잠시 상기해 보라. 서로 다른 타자들이 자기의 의사나 욕망을 정확히 전달하고 원하는 반응을 이끌어 내는 방법 아닌가? 대부분의 언어학자들이 지적하듯, 인간의 자연언어는 '소음'이 너무 많아서 정확한 의사소통을 하기 위해서는 수많은 조건들을 걸어야 한다. 그럼에도 인간의 언어만이 완전하다거나 우월하다고 믿고 주장하는 것은 대단히 아이러니한 노릇이다. 그토록 강력한 인지능력을 자랑하는 인간이 이종적 존재의 언어를 해독하는 데는 늘 실패하고 있으니, 이는 거꾸로 인간의 무능력을 입증하는 것 밖에 다른 의미가 없지 않은가?

흥미롭게도, 바이러스나 세균과 같은 미시적 차원에서 의사소통의 문제를 들여다보면, 인간중심적인 언어관념은 순식간에 무너지고 만다. 인간은 비인간 존재에게 자기 의도를 전할 수 없으나, 바이러스나 세균은 그 같은 시도에서 성공하고 있기 때문이다. 인수공통감염병을 예시해 보자. 생물학적 지식에 의거하면 모든 종(種)에는 해당 종에 이질적인 바이러스가 침투하지 못하게 가로 막는 수용체의 벽이 있다. 그런데 지구적 조건의 변화가 극심해지면서, 또 역사와 지역에 의해 분리되어 있던 상이한 종들이 뒤섞이면서 그런 수용체의 벽에 변화가 발생한다. 상이한 종 사이의 벽을 허물어 침투한 바이러스가 수용체의 구조를 자신과 비슷한 조성으로 바꾸어 버리는 것이다. 이런 식으로 인간과 동물 사이의 종 간 격벽이 허물어짐으로써 동일한 바이러스 수용체로 변형시키는 질병을 인수공통감염병이라 부른다. 면역학이 발전할수록 인수공통전염병의 범주는 넓어져가고, 환경 변화가 급격할수록 새롭게 발견되고 생성되는 병인들이 늘어나는 추세이다.[15] 그런데 이처럼 수용체의 동질적 조성이라는 관점에서 본다면 바이러스나 세균이야말로 우리 인간이 이루지 못한 꿈, 즉 이종 간의 의사소통에 성공한 행위자라 볼 수 있지 않을까? 감염 혹은 감응이란 비언어적인 '영향

---

15   정석찬, 「하나의 건강, 하나의 세계: 기후변화와 인수공통감염병」, 『포스트 코로나 사회』, 210~212쪽.

을 주고받는 관계', 그로써 서로를 변형시키는 관계를 뜻하는 바, 그 비인간적 행위자이 인간의 숙원을 성취시켰다는 점에서 우리보다 우월하다고 말해도 틀리진 않을 성싶다. 자연사(自然史)의 원형적 장면, 그 낯선 사건들이 우리에게 무엇을 말하고 있는지 들어봐야 하는 것이다.

> 목덜미에 노란 깃털을 두른 작은 새가 꽃을 따 먹고 있다. *쉿!! 너무 이뻐.* 새가 놀라지 않게 까치발을 한 휴대폰 카메라가 두세차례 초점을 맞추고 떠난다. 앙증맞고 귀여운 새여서 꽃은 황홀했을까. 검고 구불텅한 벌레가 갉아 먹고 있었다면 끔찍했을까. 카메라마저 각도를 틀었을까.
>
> 고양이가 반려자의 가슴에 안겨 고요히 눈을 감고 있는 장면이 있었다. 반려자로부터 바이러스가 전염되었다고 한다. 박쥐나 아르마딜로나 또는 두개골이 크고 온몸에 털이 숭숭한 단백질 덩어리가 전염시켰다면 고양이는 치를 떨었을까. 보드라운 머릿결과 아늑한 가슴이어서 고양이는 행복했을까. 그래서 기꺼이 몸을 웅크려 맡겼을까.
>
> 먼지가 곧 연분홍 벚꽃이고 벚꽃이 고양이고 고양이의 수염이 사람이고, 차별 없이, 사람이 산허리 작은 돌들이고, 돌들은 바람이고, 바람은, 흙은, 하늘은, 책은, 또 사람은, 벌레는. 서로의 눈과 귀를 바꿔보는 날, 황은, 흑은, 백은, 유기질과 무기질은,
>
> — 김명철, 「꽃은, 고양이는,」 부분 (『창작과비평』, 2020년 여름호)

제 아무리 화려하게 포장된다 해도, 자연 속에서 미(美)를 찾아내는 것은 지극히 인간적인 관심사에 불과하다. 아름다움이 무엇인지 자연에게 물은 바 없기 때문이다. 그러니 마음을 사로잡는 '앙증맞고 귀여운 새'의 이미지는 새 자신의 것이 아니라 인간 자신에게서 불거져 나온 관념의 표상이

다. 부정성의 감정도 사정은 다르지 않다. 자연 깊은 곳에 서식하던 박쥐의 바이러스가 어떻게 인간에게 도달했는지는 큰 관심의 대상이 아니다. 그저 인간의 삶이 방해받았다는 게 끔찍하고 싫을 뿐이다. 그런데 인간에게 감염된 고양이는 자신의 감염원인 인간에 안겨있다. 아마도 감염원이 박쥐나 아르마딜로였다 해도 고양이에게는 크게 다르지 않았을 것. 그저 과학적 지식의 유무나 사실에 대한 앎과 무지의 차이는 아닐 듯하다. 타자에게 어떤 태도와 관계를 맺는가가 문제이며, 이는 결국 동등함과 차별에 대한 감수성에 관련된 문제일 게다. 이 점에서 고양이는 인간보다 더욱 정치적 평등을 실천하는 존재가 아니겠는가?

인간 사회의 가장 진보적인 가치지만 그 실현은 늘 갈등과 투쟁, 포기의 반복 속에 실종되어왔던 저 정치적 권리의 극한에는 '먼지'나 '연분홍 벚꽃'이 다르지 않고, '벚꽃'은 '고양이'와 같으며 '고양이 수염'은 또한 '인간'과 동격인 무차별의 계열들이 있다. 그 존재론의 한계지점까지 달려가 보는 것, 또는 자신이 설정한 경계에 머물지 않도록, 비껴날 수 있는 것. 비인간적 평등주의란 그것이 아닐까? 대체 인간의 경계를 정하는 것도 어리석고, 그것이 실존하는 무엇이며 지켜야 할 어떤 것이라고 믿는 것도 부조리하다.

> 볕 좋은 공원 마당에서 한 아이가 마스크를 쓰고 자전거를 탄다. 돗자리에 앉아 있는 사람들 주위로만 빙글빙글 돌고 있다. *우리에서 멀어지면 안 돼. 경계를 벗지 마.* 보도블록 위에 떨어진 하얀 날개를 까만 개미들이 부산하게 끌어가고 있다.
>
> — 김명철, 「꽃은, 고양이는,」 부분 (『창작과비평』, 2020년 여름호)

마스크로 상징되는 격리와 분리의 경계선은 인간이 자신의 안녕과 보전을 위해 둘러쳐 놓은 휴머니즘의 한계선이다. 그것이 도리어 (비)인간 존재자들과 맺을 수 있는 공생과 공존에 대한 장애물로 기능하고 있음을, 그로써 공동체라는 관념을 퇴행시켰음을 다시 지적하진 않겠다. 아이러니한 점은, '경계를 벗지 마'라는 강박을 비웃기라도 하듯 일군의 비인간적 존재들('개미')은 인간이 정해 놓은 경계선('보도블록')을 부지런히 횡단하고 있다는 사실이다. 이 지구에서 자신이 그어놓은 경계에 온전히 갇혀 지내는 존재는 인간이 유일할지 모른다.

'보존'을 명목으로 늪지나 숲을 금지의 경계선으로 폐쇄시키겠다는 시도는, 그 기특한 발상에도 불구하고 생태적 순환의 고리를 끊고 괴사시키는 결과를 초래할 수 있다. 경계선 바깥에 대해서는 마음대로 개발하고 마음껏 파괴해도 좋다는 역효과를 낳을 수 있으니까. 임의의 산물인 경계선의 이쪽과 저쪽은 지구 전체를 연동순환하는 네트워크로 대체되어야 할 것이다. 그렇지 않으면, 결국 폐쇄적인 경계선 내부에 갇혀 질식하는 것은 인간 자신일 수밖에 없다. 인간적인 사유와 감각을 넘어서, 비인간적인 것들과 소통하고 접속할 수 있는 사건의 시간을 준비해야 한다. 그러한 비인간의 세계를 인간의 언어로 부르고 열거하는 데는 한계가 있을 것이다. 이제는 몸으로 부딪히고 체감하는, 그럼으로써 인간과 비인간이 서로 영향을 주고받는 감응의 사건 속에서 만나야 할 시점이 왔다. 사물들과 비로소 친해지기 위한 발걸음.

물리적 거리 두기가 시작되고 난 후
부담 없이 사람들을 떠나 있을 수 있게 되었다

사물들과 친해지고 있다

— 김명철, 「기침소리」 부분 (『창작과비평』, 2020년 여름호)

5. 존재론적 평형과 공존의 진실

대체 무슨 근거로 인간은 지구 지배를 정당하다고 자신했을까? 성서적 전승에 따르면 지배는 신으로부터 위임받았기에 가능한 일이었다. "하나님이 노아와 그 아들들에게 복을 주시며 그들에게 이르시되 생육하고 번성하여 땅에 충만하라"(창세기 9장 1절). 만일 어느 철학자의 말처럼 기독교의 신이 인간 자신의 이미지를 반영한 인간학적 형상이라면, 이러한 인간적 가시성을 벗어나는 그 무엇도 악마적이고 괴물적이며 위험스러운 대상으로 나타나는 것은 자연스런 노릇이다. 정형(定形)을 벗어나는 무엇, 대상성에 의해 포착되지 않는 이형(異形), 더 이상 쪼개질 수 없는(in-dividual) 개체성을 넘어서는 분산과 결합의 유동성은 온갖 비인간적인 것에 붙여진 부정적 속성들이다. 죽음 뒤에, 부활의 시간에 돌아오는 것은 오직 인간의 신이며 비인간적인 모든 것들은 사멸하고 애초에 존재하지도 않았던 것으로 치부될 것이다. 물론, 휴머니즘의 관점에서만 그럴 테지만. 만약 '휴먼'의 경계로부터 한 걸음 더 나간다면 어떤 사건이 벌어질까?

박테리아와 바이러스는
마침내 가장 두려운 신이 되었다

보이지 않는다는 이유 때문에

지나가는 곳마다 사람들이 툭툭 쓰러지는 위력 때문에
인간이 바람에 날리는 겨와 같은 존재라는 걸 보여주기 때문에

박테리아와 바이러스에게 마음이 있다는 증거는 없지만
가장 오래되고 가장 지적인 이 존재는
일찍이 영원불멸할 수 있는 비밀을 터득했다

무언가를 얻으려면 무언가를 버려야 해
우리가 포기한 것은 독립성,
대신 우리는 어떤 생물에도 깃들 수 있게 되었지
세상에 편재하게 되었지
억조창생의 역사는 그렇게 시작된 거야

그들이 지나갔을 법한 길목마다
흰 텐트가 들어서고 사람들은 줄을 서서 입을 벌리고
하루에도 몇 번씩 손을 씻으며 중얼거린다
괜찮겠지, 괜찮겠지, 괜찮겠지, 아무 일 없겠지

일제히 문을 닫은 예배당,
종일 검은 티브이에서 흘러나오는 재난방송을 설교보다
더 열심히 들으며 안식일을 보냈다

드라이브 스루로 고해성사,
자동차에 앉아 있는 동안 잠시 신이 스쳐 간 것 같기도 하다

이번 부활절에는

아무도 부활하지 않았다

부활절 계란에는 마스크 쓴 얼굴들이 그려졌고

집에는 바이러스 대신 먼지가 쌓여갔다

창문을 열면 먼지가 잠시 날아올랐다가 내려앉았다

천사의 잿빛 날개처럼

보일 듯 말 듯 희미하게, 그러나 자욱하게

— 나희덕, 「어떤 부활절」 전문 (『문학과사회』, 2020년 여름호)

무척 흥미로운 시편이다. 보이지 않지만 전능한 신의 관념은 어쩌면 인간이 아니라 바이러스 같은 비인간적 존재로부터 연유한 게 아닐까? '마음'은 인간의 것이라는 편견을 내려놓고 그 작용과 기능에 대해서만 이야기해보자. 마음의 활동은 대상에 대한 인지와 분석, 해석과 종합을 통해 그 대상과 공통의 리듬을 형성하는 것이다. 지극히 휴머니즘적인 주제를 견인하는 타인에 대한 공감(compassion)은 실상 타인의 마음에 대한 동조와 동감, 리듬의 일치를 가리킨다. 그런데 바이러스도 비슷하게 움직이지 않는가? 대상에 대한 결합 가능성을 탐색하는 것은 일종의 인지적 작용이며, 분해(해석)와 결합으로 이루어지는 감염은 리듬의 공통 주파수를 형성하는 과정이다. 예컨대, 우리가 독감에 걸리는 이유는 RNA나 DNA 바이러스가 숙주세포의 핵산과 결합하여 단백질 합성기구를 만들어 증식하기 때문이다. 만일 바이러스가 숙주세포와 '소통(인지와 해석)'하지 못한다면, 핵산결합을 통한 단백질 합성(결합과 감염)도 불가능할 것이기에 독감에 걸리지도 않을 것이다.

여기서 소통이란 바이러스와 세포의 상호인지를 통한 공감의 과정을 뜻한다. 서로 유사한 감수성을 교환하고 동조시킨다는 것은 공통의 리듬을 타고 있다는 말일 것이다. 이런 점들로부터 바이러스는 텍스트와 기호를 사용하는 인지적 존재로 규정될 만하며, 마음을 갖는 단위체라고도 할 수 있다.[16] 가장 단순하지만 그 무엇과도 소통 가능한 전지적 존재이자, 결합과 분열을 통해 끊임없이 무한증식하는 전능한 존재인 바이러스. 인류의 오랜 염원이었던 '살아계신 주'의 형상이란 실상 이로부터 연원한 것이라 말해도 크게 어긋나지는 않으리라. 부활과 영원한 삶에 대한 인간적 염원은 자기 몸에 이미 내속하는, 하지만 비가시적으로 활동하는 저 바이러스적 힘에 감응한 무의식적 욕망은 아니었을까? '억조창생의 역사는 그렇게 시작된 거야.' 진정 신은 실존하는 무엇의 인간적 이미지임에 분명하리라. 다만 인간 자신의 외양이 아니라 내부에 실재하는 외부, 타자로서의 바이러스와 같은 것을 상상함으로써 태어났던 것.

팬데믹의 역사 속에서 바이러스와 박테리아는 항상 공포의 대상이었다. 그러나 분명히 짚고 넘어가야 할 점은, 바이러스와 박테리아의 실존 자체는 17세기에나 겨우 알려지기 시작했으며, 그 이전까지는 완전한 비가시적 지대에 머물러 있었다는 사실이다. 지금 21세기의 우리는 바이러스와 박테리나, 그 이상의 위협적 요인들을 잘 알고 있다. 심지어 그 요인들이 창궐하게 된 배경에는 인간 자신의 오류와 오인, 비뚤어진 욕망이 가로놓여 있음도 정확히 파악하고 있다. '세상에 편재하'고 있는 이 보이지 않는 위험은, 거꾸로 말해 모든 것에 감응할 수 있는 그 능력을 우리가 제대로 인식하지 못한 데서 나온 결과라 할 수 있다. 전 지구적 순환을 통해 선주(先住)해

---

16 김홍중, 「코로나19와 사회이론」, 167쪽.

온 이 존재자들, '보일 듯 말 듯 희미하게, 그러나 자욱하게' 흩어져 있던 존재자들에 대해서는 완전히 무지한 채, 인간학의 경계 내부에 유폐되어 스스로를 닮은 형상과 그 역상(逆像)에만 길들여진 인류의 적나라한 자화상을 보라. '마스크를 쓴 얼굴들', 그것이 보이지 않는 신성 곧 바이러스와 박테리아에 대한 뒤집힌 초상화 아닌가?

이제 무엇이 필요한가? 인간적 경계 너머에 대해 열려있는 앎이 아닐까? 멀리 우주로 나아갈 것 없이, 오랜 미망 속에서 보지 못했던 가장 가까운 것들에 눈을 돌리고 귀를 기울이는 것. 자 그럼, 돌이란 무엇인가?

산책길에 돌을 하나 주워 왔다

수많은 돌 중에
왜 하필 그 돌을 주머니에 넣었을까

내가 돌을 보는 게 아니라
돌이 나를 물끄러미 바라보고 있다고 느낄 때
돌의 시선을 피하는 방식인지도 모르지

특별할 것 없는 그 돌은
비로소 나에게로 와서 돌이 되었다
이름을 붙이거나 부르는 일 따위는 하지 않았다

돌은 나의 바깥, 그러나
차고 단단한 돌은 주머니 속에서 조금씩 미지근해졌다

얼마 전 바닷가에서 그 조약돌을 손에 들고 있었을 때 느꼈던 것이 더욱 선명하게 떠올랐다. 그것은 어떤 들쩍지근하고 메슥거리는 기분이었다. 얼마나 불쾌한 기분이던지! 그것은 그 조약돌 때문이었다. 틀림없다. 그 불쾌함은 조약돌에서 내 손으로 옮겨온 것이다. 그래, 그거다, 바로 그거야. 손안에서 느끼는 어떠한 구토증.

돌은 그곳에서 이곳으로 왔고
그곳의 냄새와 습기 또한 내 손을 통해 이곳으로 옮겨 왔다
　　　　　　　　　― 나희덕, 「돌이란 무엇인가」 부분 (『문학과사회』, 2020년 여름호)[17]

지나다가 무심코 돌을 줍는 행위, 이 얼마나 인간적인가! 우리는 아무렇지도 않게, 자기 마음대로 돌을 줍거나 버릴 수 있다. 마치 모든 것이 자신에게 허락되어 있다는 듯이. 하지만 '왜 하필'이라는 의문을 갖기 시작하면서 돌과 나의 관계는 일방성을 멈추고 상호성을 위한 단계로 진입해 들어간다. '나'라는 인간 주체의 위압적이고 위계적인 분석의 눈길이 아니라 '돌'이라는 객체이자 대상, 수동적 사물이 거꾸로 '나를 물끄러미 바라보고 있다고 느낄 때' 벌어지는 사건. 그것은 존재론적 평형 같은 것일지 모른다. 한편이 다른 한편을 장악하고자 던지는 시선 대신, 서로가 서로를 회피하는 방식 속에 아마도 돌은 돌이 되지 않을 것이다. 내게 낯선 대상, 알려지지 않은 무엇으로서.

돌이란 무엇인가? 본질을 정의하는 대신 '나'는 돌을 돌로서 감촉하고 감지하려 든다. 명명과 호명은 필요하지 않다. 이름을 통해 인지하고 분석

　　　　　　　　　　　　　◇◇◇◇◇◇◇◇◇◇◇◇◇◇◇

17　　시인의 주석에 따르면 6연은 사르트르에게서 인용한 것이다.

하려는 시도는 나-인간-주체의 경계 내부로 되돌아가는 방식으로서, 결국 인간인 나 자신을 아는 데만 필요한 자기 지시적 행위에 불과할 것이다. 그러니 쉽사리 부르고 쥐어드는 행위를 벗어나 사물과 사물로서 서로의 감응을 끌어내야 할 터. 그 사물적 이물감을 과시하는 방식으로 손아귀에 들린 돌은 '조금씩 미지근해'지고, 마침내 물리적 열평형과 더불어 존재론적 평형마저 이루지 않을까? 하지만 이것은 동화, 나와 돌이, 서로 다른 존재자들이 구별없이 똑같아지는 것을 뜻하지는 않을 것이다. 들뢰즈가 말했던가, 존재론적 평등은 차이를 지우는 게 아니라 모든 차이의 의미가 동등한 것이라고. 그러니 지워지지 않는 차이로서 돌은 모종의 '냄새와 습기'를 간직한 채 '불쾌감'의 감응으로 내게 남을 것이다. 그렇게 곁에 머무는 타자로서 함께 지속하는 것 자체가 이미 공존의 과제에 한 발 다가서는 것일 게다. 그것이야말로 지구사적 진실이 아닐 런지.

> 이물감과 구토증을 견디며
> 기다리고 있다
> 그것이 나의 돌이 아니라 그냥 돌이 될 때까지
> 나를 더 이상 바라보지 않을 때까지
> 그때까지만 곁에 두기로 한다
> — 나희덕, 「돌이란 무엇인가」 부분 (『문학과사회』, 2020년 여름호)

6. 팬-데모스, 도래하지 않은 시간의 다리

지구와 세계를 관통하여 비인간적 상상력의 지평을 여는 것, 인류세의 문턱에서 그것이 아무리 원대한 이상이라 해도 지금-여기를 구성하는 현재적 차원을 방기하는 빌미가 될 수는 없다. 코로나 19의 전 세계적 확산은 의학적 치유와 공동체의 재건 노력, 파괴된 자연에 대한 복원의 기획 속에서 구체적으로 성찰되고 대처되어야 하는 현실이기 때문이다. 더불어 팬데믹을 신화적 재앙처럼 신비화시킴으로써 은폐하지 않기 위해서는 그 원인에 대한 명확한 규명과 조치가 수행되어야 한다. 이는 의료적이고 정치적인 범주에 국한된 문제가 아니다. 근대 사회와 국가, 자본주의의 경역 내에서 오직 권력과 화폐의 순환을 위해 내버려지고 훼손되었던 가치 및 삶의 현장들도 빠짐없이 돌보아져야 할 대상들이다. 이런 점에서 인류세가 진정 전환의 계기가 되려면 반국가주의와 반자본주의의 탈근대적 첨점을 발견하는 과제와 맞물리지 않을 수 없다.

> 미국 캘리포니아주에선 수만번의 번개가 치며
> 한달째 100여곳으로 번진 산불이
> 대한민국 서울 면적의 20배를 태우고도
> 꺼지지 않고 있는데 기후변화 때문이란다
>
> 전 세계 산소의 20퍼센트를 생산해
> 지구의 허파라 불리는 브라질 아마존 밀림에서는
> 2019년 7만건의 불이 올해 8월까지 10만건의
> 산불로 이어지며 일년째 타오르고 있는데
> 이 또한 기후변화 때문이란다
> [⋯]
> 우기도 아닌 한반도에 세번의 태풍이 연달아 오고

사스 신종플루 메르스 에볼라…

코로나19가 창궐한 까닭도

기후위기 기후재난 기후변화 때문이라는데

너무들 한다

아마존 우림이 파괴되는 것이

다국적 식량자본과 소고기 문명을 위한 목축자본

그리고 다국적 광산업을 위해 무차별 개발을 밀어붙이는

브라질의 신종 독재자 보우소나루 때문이라고는 말하지 않고

너무들 한다

기후위기 기후재난의 원인이

전 세계 석유자본 산업자본의 무한 탐욕 때문이라는 것은

과잉생산 과잉소비를 부추기는 상품 문화 때문이라는 것은

자동차 문명 플라스틱 문명 때문이라는 것은, 그 잘난

개발과 발전의 신화 때문이라는 것은 말하지 않고

전 세계 0.1퍼센트 자본가의 무한한 독점과 축적

1세계 부르주아들의 무한한 안락과 풍요를 위한

약탈과 탐욕의 문명 때문이라는 것은 말하지 않는

교육도 언론도 문화도 정치도 너무하다

　　　　　── 송경동, 「비대면의 세계」 부분 (『창작과비평』, 2021년 봄호)

위기의 직접적인 원인이 무엇인지 우리가 모르지는 않는다. 오히려 너

무 잘 알고 있을 것이다. 과대한 탄소배출과 지구온난화, 이를 인공적으로 부추겨온 산업발전과 인구팽창… 무엇보다도 이전과는 너무나 달라진 지구의 풍경들. 그 모든 것이 '기후위기, 기후재앙, 기후변화'로 인해 비롯되었음을 모르는 이는 없을 것이다. 하지만 우리의 시선과 언어, 의식을 온통 '기후'에 정박시켜놓을 때, 그 배후에서 작용하는 근본 원인을 놓칠 수도 있다. 우리 자신과 은밀하게 연루된 진정한 재앙의 원인을. 그렇다. 인간에 의해 지질학적 연대기가 뒤틀리고 인공적인 변화와 급변으로 말미암아 초래된 재난. 요컨대 인류세가 초래한 반면의 역설로서 자본주의적 욕망이 그것이다. '하늘 전체를 주황색'으로 태우는 캘리포니아의 산불이 '서울 면적의 20배'를 휩쓸어버린다거나, 아마존 밀림의 지속적인 파괴와 축소로 인해 "지구의 허파"가 망가짐으로써 대기 속에서 질식사해 버릴 위험이 닥치는 것, 계절의 순환을 망가뜨리며 '때에 맞지 않게(unzeitgemäß)' 태풍이 연달아 오고/사스 신종플루 메르스 에볼라'가 창궐하는 세계도 빼놓을 수 없다. 전 지구적 위기를 불러 일으킨 자연적 배경 뒤에 엄존하는 너무나도 인간적인 원인들이 폭로되고 있다.

전 지구적 소통과 자연-인간, 인간-비인간의 상호 간섭 및 (불)연속성 속에서 야기되는 파국적 사태들을 인류세적 지평에서 사고하고 분석하는 것은 나쁘지 않다. 확실히, 인류세가 갖고 있는 결과의 양면에는 부정적인 것 못지않게 긍정적인 것도 있을 것이다. 하지만 인류세의 최종 결론을 차분히 기다릴 수 없다는 절박한 시점에 우리가 서 있다는 점도 기억해야 한다. 그것은 인류세의 다른 얼굴이 자본세라는 사실과 연관되는데, 역동적으로 자신을 개신하는 이 체제는 대량의 자원낭비와 폐기물 산출을 대가로 삶의 물질적 터전을 영구히 파괴해 버릴 주범으로 알려져 있기 때문이다.[18] 따라서 '인류세'라는 추상적인 유사-지질학적 개념에 현재의 위기를 둘러싼 모든 문제의 원인과 결과를 귀속시키는 것은 어리석을 뿐만 아니라 그릇된 것이다. 이 점에서 이토록 유례없는 행성적 사태의 중핵에는 우리, 곧 자본주의 시대를 살아가는 인간 자신의 욕망이 또아리를 틀고 있음을 또렷이 지적해야만 한다.

> 이 모든 종말과 파멸의 주범은
> […]
> 사스도 메르스도 에볼라도 코로나19도 아닌
>
> 진실과 오랫동안 비대면해온
> 인간 그 스스로이다
> 우리가 끝내 우리의 유한한 삶과
> 무한한 세계에 대한 무한한 무지에 대해
> 인정하지 않는 한 도미노처럼 쓰러져가는
> 세계의 재난은 끊이지 않을 것이며
> 파국은 멈추지 않을 것이다
>
> ― 송경동, 「비대면의 세계」 부분 (『창작과비평』, 2021년 봄호)

　　스피노자는 원인에 대한 앎이야말로 사태의 진리를 깨닫는 유일하고 정확한 방법이라 말했다. 아닐 리 없다. 그럼 파국의 근본 원인으로서 인간

18　　존 벨라미 포스터, 『생태계의 파괴자 자본주의』, 추선영 옮김, 책갈피, 2003, 123~125쪽.

은 무엇을 해야 할까? 문득 지난 이십년 가까이 지식사회의 담론을 주도했던 '파국론'을 떠올려 그 답변의 실마리를 유추해 본다. 파국이란 문명이 성가를 이루는 동안, 정치와 경제, 사회와 문화, 예술, 종교, 산업의 모든 측면에서 자신도 자멸적인 상황을 스스로 조성한 근대 인류의 현 상황을 가리키는 말이다. 이미 모든 것이 틀어졌기에 마치 게임의 주인공이 그러하듯, '리셋' 버튼을 누르는 것 외에는 선택지가 남아있지 않은 상황. 그 누구의 의지나 의도, 노력에 의해서도 회피할 수 없는 재난적 사태 속에서, 혹자는 그렇게 완파(完破)의 도착적 쾌락에 젖기도 했고, 혹자는 새로운 주체성과 인간성의 구축을 가늠하기도 했다. 그 같은 종말의 사상을 지금 평가하고 논의할 수는 없지만, 그 부수적 효과로서 인간 자신에 대한 의문과 성찰, 그리고 비인간적인 모든 것들에 대한 각성은 지금 우리의 논제와 연관시켜 생각해 볼 필요가 있다. 급작스레 인류세라는 시대 속에 살게 된 우리 역시 '이미 늦었다'는 위기의식을 공유하며, 또 비인간 존재자들과의 공-동적 행위를 통해 미-래를 전망해야 하는 까닭이다.

그것은 하나의 예감이며, 또 예감일 수밖에 없다. 팬데믹의 도래와 더불어 우리는 인류세라는 학자들의 담론을 주삿바늘에 찔리듯이 절감하게 되었고, 신전 밖 어디서든 출몰하는 '낯선 신'과 함께 살아가게 되었기 때문이다. 보이지 않고 들리지 않는 세계와 지구의 거대한 전환을 통해 어느 새 우리 자신조차 이전과는 다른 존재로 변형되고 있을 것이다. 변화라는 주사위가 던져졌을 때, 그 결과는 우리에게 아직 알려지지 않았으므로, 섣불리 디스토피아의 절망이나 유토피아의 희망에 빠질 이유는 없다. 미-래는 언제나 예측할 수 없이 갑작스레 도착했고, 결코 한 번도 정시에 그 모습을 드러낸 적이 없었다. 이토록 불가해한 시대, 절멸과 이행이 혼동스러운 이 시대가 어디로 흐를지는 그저 감각을 날카롭게 벼려냄으로써 막연하나마 예감해 볼 수밖에 없는 것이다. 인류세를 논의하면서도 동시에 인류세 이후를 넘보고, 인류세를 다 살아보기도 전에 인류세 이후를 살기 시작하는 몸짓으로서, 우리는 감수성의 여린 촉수를 벼리고 또 벼려야 할 것이다.

검은 바다에 표류하는 하얀 베개들,
세상이 온통 병동이니까요
하얀 방역복을 입은 의사들,
마스크와 마스크로 대화하는 마스크,
묵시록을 가득 실은 트럭이 다리 앞에 줄 서 있고
도시 곳곳엔 해파리를 닮은 괴물이 일렁거리며 나타난다
폐가 금세 하얗게 불타버렸어요, 재가 되었어요
이탈리아의 성모마리아상도
리우데자네이루의 예수님상도
소녀상도 하얀 마스크를 쓰고 있어요

세계는 다 함께 비참과 진혼의 다리를 건너간다
관뚜껑으로 뗏목을 타고 간다
필사적으로 찢어지는 세계를 막아서며
들들들 들들들 이를 갈듯 재봉틀 돌아가는 소리
검은 탄식을 울리며
시신을 담은 냉동차가 다리 앞에 서 있는데

천사들이 외출하고 외출하고 돌아오지 않는다
술을 뿌려라 꽃도 뿌려라

중력에 휘어잡혀 끌려가는 무겁고 캄캄한 몸

인류의 어느 사과밭에선 지금도 맹렬하게 사과가 자라고 있으리라

홍로, 홍옥, 국광, 후지(부사), 아오리, 미야비, 감홍, 추광, 홍월, 슈퍼홍로, 홍로와 추광의 교배로 만든 선홍, 후지와 쓰가루를 교배한 시나노스위트, 방울사과 메이플, 스칼릿서프라이즈, 파이어크래커, 골드러시, 알프스오토메, 아칸서스블랙, 서머킹, 백설공주 독사과, 꽃사과 제네바, 스칼릿센티널, 미얀마후지, 로얄부사, 후지와 세계일을 교배하여 화홍, 자홍, 후브락스, 갈라, 레드딜리셔스, 프르미에루주, 멜로즈, 핑크레이디, 로얄갈라, 조나레드… 그리고 아직도 꿈속에서 만나는 이름 모르는 사과들

지금은 봄의 초순, 사과는 이제 시작이다, 진혼의 다리를 건너가는 봄에 나는 빨간 사과의 이름을 부른다, 어느 산비탈 아래 이름 모르는 밭에서 아직도 맹렬하게 자라고 있을 이름 모르는 빨간 사과에 이름 모르는 사랑을 걸고 싶다

— 이승희, 「진혼의 다리를 건너는 봄에 빨간 사과의 이름을 부르다」 전문

（『문학동네』, 2020년 가을호）

필시 우리들의 이 세계는 지금 '비참과 진혼의 다리'를 건너는 중일 게다. 이미 다 지나왔는지, 아직 중간에 불과한지, 혹은 시작도 하지 않은 것인지는 알 수 없다. 또한, 이 다리가 과연 '선악의 저편'에 이르는 길인지, 도중에 끊어질 것인지, '이편'으로 되돌아오는 반환점으로 밝혀질 것인지도 아직은 알 수 없다. 그럼에도, '마스크'로 상징되는 이 세계의 종말은 다만 지나간 인간의 종언이요, 그/녀들을 닮았던 신들의 황혼이자 인류가 경

작하던 논과 밭의 폐허라는 사실은 분명하다. 슬퍼할 필요는 없다. 우리에게 알려진 시간, 익숙한 세계의 끝은 알려지지 않은 시간과 낯선 세계의 시작과 맞붙어 있을 것이다. 새로운, 혹은 그저 비인간이라 불러야 할 낯선 시공간의 존재는 벌써 이 다리를 건너고 있을지 모른다. 이 존재론적 전환의 순간에는 인간조차 인간이 아니며 비인간도 비인간이라는 이름에 갇히지 않을 것이다. 판-데모스, 모든 존재자들의 시간이 언제 어떻게 열리게 될지 우리는 아직 모른다.

돌보지 않아서 버려진 것인지, 그저 스스로 비옥해진 것인지 '어느 산비탈 아래 이름 모르는 밭에는' 씨뿌린 이가 누구인지 모른 채 남몰래 익어가는 사과도 있으리라. 거기에 '이름 모르는 사랑'이 걸려 있다지만, 이 '비참과 진혼의 다리'를 마저 건너지 못한다면 우리가 그 사랑을 불러볼 기회는 영영 사라질 것이다.

제23회 '젊은평론가상' 심사경위 및 심사평

한국문학평론가협회는 2000년에 '젊은평론가상'을 제정한 이후 우리 비평의 현장성을 보여주는 동시에 남다른 시각과 개성적인 목소리를 유지하고 있는 평론들에 주목해왔다. 올해로 23회를 맞은 이 상은 그간 우리 문단에 젊은 활력을 불어넣은 평론가들의 활동에 작지만 강렬한 응답을 보냄으로써 문학장 전체에 새로운 동력을 불어넣는 중요한 통로이다.

제23회 '젊은평론가상'을 선정하기 위해 한국문학평론가협회는 2021년 한 해 동안 각 문예지에 발표되었던 평론 작품들을 면밀하게 살펴보았다. 한 편 한 편, 모두 높은 완성도와 뜨거운 열정을 보여준 글들이었다. 그 가운데 동시대의 문학작품들과 가까운 자리에서 호흡하고 개성적인 시각으로 비평장에 생명력을 불어넣어준 평문들을 선별하고자 했다. 그 구체적인 심사과정은 다음과 같다.

먼저 2021년 12월 13일에 본 협회는 임원에게 수상 후보 작품 추천을 공지한 후, 2022년 2월 11일 회의를 열고 각자의 의견에 따라 다수의 추천 작품을 교환하였다. 논의 끝에 다음 10편의 수상 후보 작품들로 의견을 정리하였다.

1. 김영임, 「감정의 구조화」, 오늘의 문예비평, 제120권(2021년 봄호)

2. 남승원, 「도피처에서 연대까지―공간의 변화와 소설적 반응」, 현대비평, 제9호(2021년 겨울호)

3. 박인성, 「과거도 미래도 말하지 않는 팬데믹 서사」. 현대비평, 제8호(2021년 가을호)

4. 이 소, 「새롭지도 훌륭하지도 않게―형식주의자의 페미니즘」, 문학동네, 제108호(2021년 가을호)

5. 인아영, 「괴로움의 기술―백은선론」, 문학동네, 제108호(2021년 가을호)

6. 임지훈, 「너의 불완전함만이 우리를 구원할 거야」, 문장웹진(2021.5.1.)

7. 전승민, 「이제, 너희는 씨 뿌리는 사람의 비유를 들어보아라―레즈비언 퀴어를 세속화하는 '장치'에 관하여」, 문학동네, 제109호(2021년 겨울호)

8. 전철희, 「죽음을 대하는 두 가지 방법―송수권의 초기시를 중심으로」, 서정시학, 제31권 2호(2021년 여름호)

9. 조대한, 「'나'의 응답―2000년대 시를 경유한 1인칭의 진폭」, 자음과모음, 제48호(2021년 봄호)

10. 최진석, 「팬데믹 이후, 세계의 저편― 인류세와 지구생태적 위기의 시적 감응들」, 현대비평, 제8호(2021년 가을호)

2022년 2월 11일, 1차 회의에서는 수상 후보 작품들에 대한 의견을 교환한 후, 평문들을 숙독했다. 2021년 3월 25일, 수상작을 결정하기 위해 2차 의견 교환의 기회를 가졌다. 매년 그랬듯, 평문들이 가진 다양한 문제의식과 그에 따른 성과들로 인해 치열한 의견이 오고가면서 단 하나의 수상작품을 결정하는 것이 그 어느 때보다 어려웠다.

오랜 논의 끝에 남승원 평론가를 이번 제23회 젊은평론가상 수상자로 결정하였다. 남승원 평론가는 2010년 『서울신문』에 평론을 발표하며 문학평론가로서 활동을 시작했다. 그는 시와 소설의 장르적 구분을 넘어 활발할 글쓰기를 진행하고 있으며, 문예지 『포지션』과 『딩아돌하』의 편집위원으로 활동하며 당대 문학의 현장성을 수용하고 새로운 문학성을 전망하는 활달한 평문들을 발표하고 있다. 특히 이번 수상작으로 결정된 평문 「도피처에서 연대까지-공간의 변화와 소설의 반응」은 근대적 '공간'과 '배치'라는 두 가지 문제 틀을 통해 100여년 동안 진행되어온 문학적 시공간의 전변적 흐름을 폭넓은 관점에서 검토하고 있다. 그의 수상 평문은 이광수의 「방황」(1918)에서부터 조해진의 「환한 나무 꼭대기」(2018)에 이르는 한국 현대소설사의 흐름을 따라 그 의미 맥락을 면밀하게 추척하고 있다. 이 같은 100여년의 시차 안에서 근대문학과 당대문학을 새롭게 해석해 내는 비평적 심미안을 뚜렷하게 드러내는 평문이라고 판단된다.

이 같은 그의 행보와 평문에서 엿볼 수 있는 성실한 안목은 문학의 존립을 점차 의심받는 환경 속에서도 그 본연의 가치를 더욱 풍요롭게 할 수 있을 것이라는 믿음으로 그의 작품을 수상작으로 선정하였다. 좋은 작품을 선정하게 되어 기쁜 마음으로 남승원 평론가에게 축하를 드린다. 이제껏 그가 보여준 비평 작업이 이번 수상을 계기로 더욱 아름다운 결실을 맺기 바란다.

심사위원
오형엽, 곽효환, 김동식, 심진경, 이재복, 최현식, 홍용희

작품 출전

남승원, 「도피처에서 연대까지—공간의 변화와 소설적 반응」
　　__ 현대비평, 제9호(2021년 겨울호)

김영임, 「감정의 구조화」
　　__ 오늘의 문예비평, 제120호(2021년 봄호)

박인성, 「과거도 미래도 말하지 않는 팬데믹 서사」
　　__ 현대비평, 제8호(2021년 가을호)

이　소, 「새롭지도 훌륭하지도 않게—형식주의자의 페미니즘」
　　__ 문학동네, 제108호(2021년 가을호)

인아영, 「괴로움의 기술—백은선론」
　　__ 문학동네, 제108호(2021년 가을호)

임지훈, 「너의 불완전함만이 우리를 구원할 거야」
　　__ 문장웹진, (2021.5.1.)

전승민, 「이제, 너희는 씨 뿌리는 사람의 비유를 들어보아라
　　　　—레즈비언 퀴어를 세속화하는 '장치'에 관하여」
　　__ 문학동네, 제109호(2021년 겨울호)

전철희, 「죽음을 대하는 두 가지 방법—송수권의 초기시를 중심으로」
　　__ 서정시학, 제31권 제2호(2021년 여름호)

조대한, 「'나'의 응답—2000년대 시를 경유한 1인칭의 진폭」
　　__ 자음과모음, 제48호(2021년 봄호)

최진석, 「팬데믹 이후, 세계의 저편—인류세와 지구생태적 위기의 시적 감응들」
　　__ 현대비평, 제8호(2021년 가을호)

2022년 제23회 젊은평론가상 수상작품집

초판1쇄 인쇄 2022년 6월 24일
초판1쇄 발행 2022년 7월 8일

지은이   남승원·김영임·박인성·이 소·인아영·임지훈·전승민·전철희·조대한·최진석
기획   한국문학평론가협회(회장 오형엽)
펴낸이   이대현
책임편집   이태곤
책임디자인 최선주
편집   권분옥 문선희 임애정 강윤경
디자인   안혜진 이경진
마케팅   박태훈 안현진

펴낸곳   도서출판 역락
출판등록   1999년 4월 19일 제303-2002-000014호
주소   서울시 서초구 동광로 46길 6-6 문창빌딩 2층 (우06589)
전화   02-3409-2079(편집부), 2058(영업부)
팩스   02-3409-2059
홈페이지   www.youkrackbooks.com
이메일   youkrack@hanmail.net

ISBN 979-11-6742-363-4 03810